MW01436957

Christian Schnalke
Gewitterschwestern

Roman

Oktopus

Für den Blick hinter die Verlagskulissen:
www.kampaverlag.ch/newsletter

Ein Oktopus Buch bei Kampa

Alle Rechte vorbehalten
Copyright © 2023 by Kampa Verlag AG, Zürich
www.kampaverlag.ch
www.oktopusverlag.ch
Covergestaltung: Lara Flues, Kampa Verlag
Covermotiv: © Cecilia Carlstedt
Satz: Tristan Walkhoefer, Leipzig
Gesetzt aus der Stempel Garamond LT / 230135
Druck und Bindung: Friedrich Pustet, Regensburg
Auch als E-Book erhältlich
ISBN 978 3 311 30041 0

Gewidmet allen Schwesternschwestern.

»Jetzt, Schwester, redet!«

*Friedrich Schiller: Maria Stuart.
Dritter Aufzug, vierter Auftritt,
Maria zu Elisabeth*

Prolog

Grit war am Ende ihrer Kräfte. Sie konnte nicht mehr. Ihre Oberschenkel brannten, sie hatte Blasen an Fersen und Handflächen, und der Gurt schnitt in ihre Schulter, dass sie glaubte, ihr Kopf fiele jeden Moment ab. Ihre Hände waren verkrampft, ihr linkes Knie war von einem der Stürze aufgeschlagen, ihre Lippen waren trocken und aufgesprungen, auf Nase, Wangen und Stirn hatte sie einen üblen Sonnenbrand, und sie wusste genau, dass es nur noch wenige Schritte dauern würde, bis ihr Rücken endgültig durchbrach. Wenn nicht vorher noch ihr Herz platzte oder ihre Lunge kollabierte. Hier war die Grenze. Mehr konnte sie nicht ertragen. Sie kämpfte sich auf die Beine und keuchte: »Weiter. Los, kommt. Weiter. Bringen wir es hinter uns.«

Grit legte sich den Riemen über die Schulter, während sich auch Fiona aufrappelte. »Na, endlich«, keuchte Fiona. »Ich dachte schon, du gibst auf.«

»Vergiss es. Diesmal mache ich dich fertig.«

»Lächerlich …«

Auch Fiona schulterte ihren Gurt. Sie hoben den Sarg an, wobei er hohl gegen den Felsen polterte.

»Und lass dich nicht wieder die ganze Zeit ziehen!«

»Ziehen? Ich schiebe dich doch!« Grit stieß Fiona den Sarg ins Kreuz, und die beiden Schwestern stolperten weiter.

I

Grit hatte die Burg gewollt. Sie hatte immer eine Burg gewollt. Schon als kleine Mädchen hatten Fiona und sie davon geträumt, eines Tages auf einer Burg zu leben. Für Fiona war es vielleicht nur ein Kinderspiel gewesen, aber Grit hatte es ernst gemeint.

Die meisten Leute sagten, es sei überhaupt keine Burg. Jedenfalls keine richtige. Grit sah das anders. Es gab einen Hof, es gab eine Mauer – wenn auch nur eine halbe –, und es gab außerhalb der halben Mauer eine Mulde, die einmal ein Burggraben gewesen sein könnte. Sie war vollkommen zugewuchert von dornigen Brombeeren, den riesigen Blättern Gemeiner Pestwurz und von Haselnusssträuchern, die bis zu den Fenstern im ersten Stock hinaufragten, den einzigen Fenstern auf dieser Seite des Hauses. Es wuchsen dort hohe Dolden von Rotem Fingerhut, vor denen Grit die kleine Milli eindringlich gewarnt hatte, weil sie giftig waren, und im April blühten ganze Teppiche von Bärlauch, von dem man Grit gesagt hatte, dass sie ihn ernten könne. Sie scheute aber davor zurück, weil sie Angst hatte, ihn mit Aronstab oder der Herbstzeitlosen zu verwechseln, die ebenfalls hochgiftig sind. Jenseits der Wiese, am Waldrand, blühten zur selben Zeit Unmengen von Buschwindröschen.

Die herrlichste Zeit auf der Burg war aber der Sommer. Auf den Feldern und Wiesen rundherum blühte der Mohn, und die halbe Burg sah aus, als schwebe sie auf einer Wolke aus leuchtend roten Blüten. Nachmittags saßen sie im Schatten der alten Platane im Burghof, abends auf dem Balkon oben auf der alten Mauer, wo sie ans Haus stieß und sich zu einem kleinen Plateau verbreiterte. Sie saßen bis tief in die Nacht draußen, im Schein von Kerzen und einer bunten Lichterkette, mit Cora oder mit anderen Freunden, während Milli mit dem Kopf auf Grits Schoß einschlief. Im Winter, wenn die Bäume kein Laub trugen, konnte man von dort oben weit in der Ferne die spitzen Türme des Doms sehen und ein paar hohe Schornsteine in der Rheinebene. Wenn das alte Haus auch den Vorteil hatte, dass es sogar an den heißesten Tagen zum Schlafen angenehm kühl war, so lebte es sich im Winter – das musste Grit zugeben – oft nicht so angenehm.

»Immer friert man«, maulte Milli.

»Du musst dich wärmer anziehen«, erklärte ihr Grit.

»Was soll ich denn noch anziehen? Handschuhe und Mütze?«

»Jetzt übertreib nicht. Dafür leben wir in einer Burg!«

»Andere Leute leben in einem Niedrigenergiehaus. Einem Passivhaus. Mit Solaranlagen. Wärmetauschern. Effizienter Wärmedämmung.«

»Eine Solaranlage plane ich auch. Vielleicht nächstes Jahr.«

»Es ist ja nicht einmal eine richtige Burg! Es ist nur ein schäbiges, uraltes Haus, das sich nicht heizen lässt und viel zu weit von allem weg ist. Und wenn man warmes Wasser aufdreht, dann röchelt es irgendwo, als ob in einer hohlen Wand einer stirbt.«

Tatsächlich hatte die Behauptung, es sei keine Burg, viel für sich, denn es gab um den Innenhof außer der halben Mauer zwar das Haus mit bemerkenswert kleinen Fenstern und ein ehemaliges Stallgebäude, aber es gab keinen Turm, es gab kein Verließ, es gab keine Kapelle, es gab keine Zugbrücke, die Scheune war zu einem Haufen Steine und Ziegel zusammengefallen, und alles zusammen war kleiner als ein Bauernhof auf einer Kinderzeichnung. Das Herrenhaus, wie Grit es nannte, machte eher den Eindruck, als sei es ein Dienstbotenhaus gewesen. Von einem wirklichen Herrenhaus, das den Namen verdiente, keine Spur. Die Burg war an die vierhundert Jahre alt, und genauso sah sie auch aus. Heruntergekommen. Deshalb hatte Marek sie damals auch für einen *symbolischen* Betrag vom Landkreis kaufen können. Mit der Verpflichtung, alles zu renovieren und zu erhalten, denn dem Landkreis, der die Burg geerbt hatte, fehlte dafür das Geld. Marek hatte damals plötzlich viel verdient, nachdem er in eine Firma für Elektroscooter investiert und mehrere Städte überzeugt hatte, ihm Lizenzen für das Sharing seiner Scooter zu erteilen. Kurz darauf hatte er sich dann allerdings von Grit getrennt und ihr die Burg überlassen, was wegen der daran hängenden Verpflichtungen juristisch nicht einwandfrei war. Aber das kam erst Jahre später ans Licht. Natürlich fehlte Grit das Geld für die Renovierungen. Sie tat, was sie konnte, steckte selbst so viel Arbeit wie möglich in die Burg und überredete immer mal wieder einen Unternehmer, ihr für kleines Geld oder auf Pump zu helfen. Der Landkreis schrieb regelmäßig Mahnungen und Vorladungen, drohte, den Vertrag zu kündigen, wenn die

Arbeiten nicht unverzüglich erledigt würden, aber da es unbestreitbar voranging, folgten lange Zeit keine Konsequenzen. Es hatte Grit viel Mühe gekostet, immer wieder bei den entsprechenden Stellen vorzusprechen, aber sie war erfolgreich gewesen.

Jedenfalls manchmal. Es war ein fortwährender harter Kampf. Es hatte Rückschläge gegeben, sie hatte Geld aufgetrieben, sie hatte die Renovierungen vorangebracht, und sie hatte ihre Schulden teilweise abgezahlt. Es sah hoffnungsvoll aus, bis sie dann diesen Gutachter ohrfeigte.

»Die können mich mal!«, sagte sie zu ihrer Freundin Cora. »Die Burg steht jetzt seit vierhundert Jahren. Sie wird wohl nicht gleich einstürzen, wenn ich nicht sofort all mein Geld hier reinstecke!«

»Welches Geld?«, fragte Cora.

»Du könntest *symbolisches* Geld reinstecken«, schlug Milli vor.

»Handwerker arbeiten leider nicht für symbolisches Geld«, entgegnete Grit.

»Ist nicht *alles* Geld symbolisch?«, fragte Milli.

»Da hast du recht«, stimmte Grit ihr zu. Und der Gedanke, dass es nur eine Frage der Zeit war, bis sie dieses symbolische Geld beschafft hätte und die Burg in neuem Glanz erstrahlen würde, brachte ihr Zuversicht. Was für ein kluger Gedanke für eine Elfjährige! Alles Geld ist symbolisch. Man muss nur daran glauben, dass man es bekommt.

*

»Hallo, Milli«, sagte Grit, als Milli in die Küche kam, wobei sie wie immer leicht humpelte. Es war schon fast fünf Uhr, Milli hatte am Nachmittag noch Sport gehabt. Es nannte sich Sport, aber meist saßen sie nur herum und warteten auf irgendetwas. Erst warteten sie auf Frau Krug, ihre Sportlehrerin, dann warteten sie darauf, dass alle umgezogen und versammelt waren, weil die Jungen meist noch wild in der Halle herumrannten und gegen die Matten sprangen oder sich gegenseitig traten. Als Nächstes warteten sie, bis Frau Krug die Klassenliste abgehakt hatte, was in der Regel lange dauerte, denn einige Kinder waren schon wieder verschwunden, um doch noch auf Toilette zu gehen oder sich in den Geräteräumen zu verstecken und erst dann wieder herauszukommen, wenn Frau Krug sie als fehlend eingetragen hatte. Danach wurden alle möglichen Geräte aus den Geräteräumen herausgeschafft und aufgebaut, wobei einer der Jungen mit dem Mattenwagen über seinen Fuß fuhr und Frau Krug sich um ihn kümmern musste. Und wenn endlich alles aufgebaut war, erklärte Frau Krug, was sie in welcher Reihenfolge tun sollten, und das war meist so kompliziert, dass sie es mehrmals wiederholen musste. Das Ganze endete damit, dass alle in Schlangen an den jeweiligen Geräten standen und warteten, bis sie an der Reihe waren. Denn sobald Frau Krug ihnen den Rücken zuwandte, gaben die Kinder, die gerade dran waren, das Gerät nicht mehr frei, sondern spielten so lange an den Ringen oder auf den Kästen oder dem Trampolin, bis Frau Krug es bemerkte. Milli hatte also in dieser Sportstunde ein paar Mal an den Ringen geschwungen und war über einen Kasten geklettert, über den sie eigentlich hätte springen sollen, wobei sie sich wehgetan hatte, weil sie mit dem Knie dagegen gestoßen war. Zwei Jungen hatten dreckig gelacht, aber das taten sie natürlich nur, weil sie hofften, Milli so sehr zu beschämen, dass sie den Kasten gleich wieder freigab. Was ihnen auch gelang. Milli verzog sich lieber früher als später. Sie war froh, dass die Zeiten vorbei waren, in denen sie ständig wegen ihres Fußes und ihrer orthopädischen Schuhe gehänselt worden war. Aber es steckte ihr noch in den Knochen, weshalb sie versuchte, möglichst wenig Anlass für Spott zu bieten.

Als Milli in die Küche kam, war ihr Gesicht gerötet und schweißnass, denn sie war gerade durch die Augusthitze geradelt. Tapfer fuhr sie jeden Morgen sieben Kilometer weit zur Schule und am Nachmittag dieselbe Strecke zurück. Den größten Teil des Weges legte sie mit ihren Freundinnen Jennifer und Lea zurück, aber nur, wenn Milli sich nicht verspätete. Denn obwohl Grit schon mehrfach ihren Müttern ins Gewissen geredet hatte, warteten die Mädchen dann nicht, sondern ließen Milli alleine fahren. Sie waren keine wirklichen Freundinnen.

Auf der Arbeitsplatte lagen geschälte Möhren und Kartoffeln. Auf dem Herd stand ein Topf mit Wasser, das aber noch kalt war. Grit telefonierte, wobei sie hauptsächlich zuhörte und das Mikrophon stummschaltete, um nebenbei mit Milli zu sprechen.

»Hast du Hände gewaschen?«

»Wie denn, ich komme doch grad erst rein.«

»Dann wasch sie bitte.«

»Wäre ich jetzt nicht drauf gekommen«, sagte Milli, während sie ins Bad ging.

»Wie war's in der Schule?«, rief Grit aus der Küche.

»Blauer Fleck.«
»Wie viele?«
»Einer.«
»Also ein guter Tag.«
Als Milli zurück in die Küche kam, nahm Grit ihr behutsam die Brille ab, begann, sie mit einem Küchentuch zu putzen und sah mehrmals hindurch, bis sie zufrieden war. Dann schob sie die Bügel vorsichtig wieder über Millis Ohren. »So, jetzt kochen wir zusammen.«

Milli hätte sich am liebsten einfach nur auf die Eckbank gesetzt, obwohl sie eigentlich sehr gern mit ihrer Mutter kochte.

»Setz dich hin«, sagte Grit, als ob sie Millis Gedanken gelesen hätte. (Milli hatte oft den Verdacht, dass Mütter so etwas können.) »Du kannst die Möhren in Scheiben schneiden, den Rest mache ich.« Sie legte das Schneidebrett und ein Messer auf den Esstisch. »Und nun erzähl, was passiert ist.«

Während sie noch beim Essen saßen, klingelte wieder Grits Telefon. Milli hoffte, dass Grit den Anruf nicht annehmen würde. Das tat sie manchmal. Aber sie schaute aufs Display und sagte: »Tut mir leid, Kleines, da muss ich drangehen.«

Grit hörte eine Weile zu, während der sich die angespannte Mulde zwischen ihren Augenbrauen zu einer wütenden Falte verhärtete, und sagte dann entschieden: »Alicia, wir müssen die Polizei rufen. Ja, ich weiß, dass er dein Vater ist. Aber er wird es wieder tun. – Auch wenn er es versprochen hat. Deine Mutter wird nie etwas unternehmen. – Nein, ich kann jetzt nicht kommen. Wir haben das alles oft genug durchgesprochen.«

Milli war daran gewöhnt, dass ihre Mutter solche Telefonate führte. Grit arbeitete als Sozialarbeiterin beim Jugendamt und hatte den Bereich mit den hoffnungslosesten Fällen. Sie hatte ihn sogar freiwillig angenommen. Milli fragte sich schon, ob dieses Telefonat eines von denen war, die damit endeten, dass ihre Mutter noch einmal wegfahren musste.

»Du hast *was*? Ihn eingesperrt? Er schlägt alles kurz und klein? – Nein, Alicia, gib ihr nicht den Schlüssel. Gib ihr *nicht* den Schlüssel. Ich rufe die Polizei. – Alicia, nein, tu das nicht. Alicia, hörst du! – Alicia, ich komme, ja, ich bin in zehn Minuten da. Sag ihm, dass ich komme. Er kann nur hoffen, dass die Polizei vor mir da ist.«

Sie legte auf, sah Milli an und seufzte: »Es tut mir leid. Ich muss noch mal los. Ich bin in einer halben Stunde zurück. Dann spielen wir noch etwas, und ich bringe dich ins Bett.«

»Ist gut«, antwortete Milli. Als die Haustür hinter Grit zugefallen war, stocherte Milli noch ein wenig in ihrem Essen herum, aber sie mochte nicht mehr. Sie räumte den Tisch ab, füllte die Reste in Dosen und stellte sie in den Kühlschrank. Dann packte sie in ihrem Zimmer den Ranzen für den nächsten Tag. Millis Zimmer war klein und hatte nur ein schmales Fenster zum Hof hinaus. Sie hätte auch das größere Zimmer haben können, das jetzt Arbeitszimmer hieß, wenngleich es nie zum Arbeiten genutzt wurde, weil es voll war mit Akten und Büchern und Kartons. Die Schreibtischplatte war vor lauter Papieren und aufgeschlagenen Ordnern schon lange nicht mehr zu sehen, und sogar auf dem Stuhl davor lagen zwei Stapel alter Bücher, die Grit herausgesucht hatte, um sie im Internet zu verkaufen, aber dann doch nie eingescannt und verschickt hatte. Eigentlich war es schade um das Zimmer, weil es sehr schön war. Aber sein Fenster blickte auf den Wald hinaus, und das bedeutete, dass der Wald auch zum Fenster hereinblickte, was Milli unheimlich war. Also begnügte sie sich mit weniger Platz und schaute auf den Hof und auf die Wiesen dahinter. Über ihrem Schreibtisch, der sehr ordentlich war, hingen mehrere Postkarten und Plakate, die zum Schutz des Klimas aufriefen oder schmelzende Eisberge und überschwemmte Dörfer zeigten, und mitten darin ein Foto von Greta Thunberg. Milli bewunderte Greta sehr und hatte eine Zeit lang sogar einen ähnlichen Zopf getragen wie die unbeugsame Aktivistin. Milli war nicht ganz so unbeugsam, aber sie nahm an allen möglichen Aktionen teil. Seit sie in einem Wochenseminar zur Klimabotschafterin ausgebildet worden war, wurde sie nicht müde, ihren Mitschülern ein verantwortungsbewusstes und nachhaltiges Leben nahezubringen. Und nicht nur ihren Mitschülern. »Ihr Erwachsenen seid so naiv«, hatte sie Grit und Cora und ein paar anderen Gästen bei einem Abendessen erklärt. »Ihr glaubt wirklich, ihr könntet die Welt sauber kriegen und das Klima retten, ohne auf irgendwas zu verzichten! Ihr fahrt einfach saubere Autos, fliegt sauber ans Meer, baut saubere Häuser und geht in ein sauberes Internet! Aber das ist verlogen! Es gibt keine sauberen Autos! Das einzige saubere Auto ist *kein* Auto!«

Beim Packen des Ranzens fiel Milli ein, dass sie am nächsten Tag einen Vokabeltest schreiben würde, aber sie hatte keine Lust zu lernen. Mit ein bisschen Glück würde sie es auch so hinbekommen. Sie saß eine Weile in der Stille. Wieder einmal fiel ihr auf, wie still es in der Burg war. Für ihren Geschmack viel zu still. Jedenfalls, wenn man auf einer vierhundert Jahre alten Burg alleine ist.

Grabesstill.

Vierhundert Jahre sind eine lange Zeit, in der eine Menge scheußlicher Dinge passieren können. Und Milli hatte bereits gelernt, dass früher eine Menge scheußlicher Dinge passiert waren. Menschen sind zu Tode gemartert, in tiefe Verliese gesperrt, lebendig verbrannt oder eingemauert worden, Frauen waren gestorben, wenn sie Kinder kriegten, und Kinder waren ohnehin alle gestorben. Solange es hell war, wusste Milli natürlich, dass es keine Geister gab. Auch im Dunkeln glaubte sie nicht wirklich daran, aber da waren doch einige besorgniserregende Dinge, mit denen sie sich auseinandersetzen musste: die Fußböden, die gelegentlich sogar dann knarrten, wenn niemand darüber ging, das leise Jammern, das der Wind im alten Kamin erzeugte, und hinter der Burg der dunkle Wald, der eine Vielzahl ganz eigener Geräusche hervorbrachte. Manchmal schrie dort ein Tier, und Milli mochte sich gar nicht vorstellen, ob es gerade ein anderes Tier fraß oder ob es gefressen wurde. Ob es nun eine richtige Burg war oder nicht, auf jeden Fall gab es Dinge, die man als unheimlich und unheilvoll bezeichnen konnte. So gab es in der halben Mauer einen steinernen Türrahmen (alleine deswegen konnte es keine wirkliche Burgmauer sein), in dessen oberen, schiefen Abschlussstein ein Totenschädel eingemeißelt war. Und zwar von außen. Man sah ihn also, wenn man die Burg betrat. Es schien eine Warnung oder ein Omen zu sein. »Betritt die Burg und stirb!«, sagte Lawine dazu. Doch Grit vertrat die Meinung, es sei lediglich eine Warnung, sich nicht den Kopf zu stoßen, denn das sei bei dem massiven Stein unter Umständen tödlich. Dann waren da noch die drei Grabsteine, die mit rostigen Spangen an der Rückseite des Hauses angebracht waren. Sie waren so alt und verwittert, dass man die Inschriften nur noch erahnen konnte.

Vor allem aber gab es unter der Burg ein Gewölbe. Durch eine kleine Tür in der Küche gelangte man auf eine steile und ausgetretene steinerne Treppe, die in einen niedrigen Raum mit einem Fußboden aus Lehm führte. Dort unten herrschte, wie Grit erklärte, das ganze Jahr hindurch (alle vergangenen vierhundert Jahre hindurch) dieselbe Temperatur. Das Gewölbe war also ideal zum Lagern von Lebensmitteln. Es war nur etwas lästig, die winzige Stiege mit eingezogenem Kopf hinunterzusteigen. Unbestreitbar war das Gewölbe unheimlich. Das lag vor allem an dem zugemauerten Durchgang. Außer der Tür zur Küche am oberen Ende der Treppe gab es nämlich unten noch eine zweite Öffnung: einen Türbogen aus Granitsteinen, der mit sehr alten Ziegeln zugemauert war. Am oberen Ende war einer der Ziegelsteine herausgebrochen, und wenn man mit der Handy-Taschenlampe durch das kleine Loch hineinleuchtete, sah man einen kurzen Gang. Das hintere Ende war mit Erde, Sand, Steinen und zerbrochenen Ziegeln zugeschüttet, aber nur locker, und es sah aus, als könne man es ohne große Mühe freischaufeln und dahinter Gott weiß was entdecken. Vielleicht eine Gruft mit Knochen oder einen Geheimgang, der irgendwo in den Wald führte. Grit hatte das Ganze irgendwann untersuchen wollen, war aber nie dazu gekommen. Sie ging ohnehin davon aus, dass die Schüttung kein Geheimnis verbarg, sondern nur einen feuchten und unbrauchbaren Keller. »Da könnte natürlich auch ein alter Brunnen sein. Wenn wir den wiederherstellen, dann wären wir von den Stadtwerken unabhängig.«

Die Stadtwerke waren Milli ziemlich egal. Aber die Vorstellung, dass unter dem unheimlichen Kellergewölbe auch noch ein vollkommen schwarzer Schacht in die Tiefe führte, beunruhigte sie. Um der Stille zu entgehen, ging sie ins Ofenzimmer, wie sie ihr kleines Wohnzimmer nannten, setzte sich mit dem iPad aufs Sofa und begann, Minecraft zu spielen. Und als es Zeit wurde, ging Milli ins Bett.

2

Unabhängigkeit war ein wichtiges Ding für Mama. Selbst Milli, für die Männer noch nicht viel mehr waren als die Idioten, die sie im Sportunterricht auslachten, hatte begriffen, dass das nicht nur für Grits Job galt, nicht nur für die Art und Weise, wie sie lebten, sondern eben auch für Männer. Milli begriff noch nicht so recht, was daran so schwierig war. Sie selbst war längst unabhängig von Männern. Sie ignorierte sie, und ihr war schleierhaft, wie irgendeine Frau bei Verstand das nicht tun konnte. Sogar ihre Lehrer begriffen das. Wenn sie in der Klasse endlich Ruhe haben wollten, dann änderten sie einfach die Sitzordnung: abwechselnd Junge und Mädchen. Milli verstand nicht, was an diesem Männer- und Frauending kompliziert sein sollte, aber offensichtlich war es das für manche Leute. So auch für Mama.

Grit hatte sich mit verschiedenen Männern getroffen, die dann eine kurze oder nicht ganz so kurze Weile bei ihnen ein und aus gingen. Da war Giulio gewesen, der ein lustiges Deutsch gesprochen und immer Späße gemacht hatte. Der lange Freddy, der neben Mama ausgesehen hatte wie ein Riese und am Dom als Steinmetz arbeitete. Sie hatten ihn einmal besucht und durften auf das schwindelerregend hohe Kirchendach – wie Quasimodo und Esmeralda. Freddy war ein Freund von Grits Freundin Cora, und deshalb hatte Grit gedacht, es könnte was werden, es wurde dann aber doch nichts. Hamza arbeitete für ein Start-up, das veganes Essen entwickelte. Er war Spezialist für Eiscreme und brachte oft welche mit. Er war immer ein bisschen schneller als seine Umgebung und trieb Grit in den Wahnsinn, weil er alles immer sofort erledigte und nie still saß. Dann gab es noch Schulze, der allerdings nur zwei Mal auf der Burg gewesen war. Milli hatte in einem Gespräch zwischen Grit und Cora gehört, dass er Depressionen hatte und in einer Klinik war.

Immer, wenn es Grit zu eng wurde oder irgendwie lästig oder wenn die Dinge sich so gestalteten, dass sie Grit nervös machten, dann gingen die Männer nicht mehr ein, sondern nur noch ein letztes Mal aus. Lieber früher als später. »Man muss da nicht lange drauf rumkauen. Wenn es so weit ist, muss man ehrlich sein.«

»Mama, muss man immer ehrlich sein?«, hatte Milli einmal gefragt.

»Natürlich«, hatte Grit geantwortet. »Wenn man nicht ehrlich ist, spüren das alle. Und alle quälen sich herum.«

Ebenso wie Männern gegenüber war ihre Mutter unabhängig genug, ihren jeweiligen Chefs oder Kollegen, damals irgendwelchen Kunden und heute Klienten gegenüber ehrlich zu sein. Das wollten aber nicht alle hören. Deshalb war sie dann immer mal wieder plötzlich noch unabhängiger, als sie es eigentlich geplant hatte. Jedenfalls war das so bei den Jobs, die sie während ihres Studiums gehabt hatte. Denn neben diesen Jobs, neben ihren Renovierungsarbeiten auf der Burg und neben Millis Aufzucht (wie Cora es nannte) hatte sie dann doch ihr Studium wieder aufgenommen und unter einschneidenden Entbehrungen abgeschlossen. Nach einigem Hin und Her arbeitete sie nun seit vier Jahren als Sozialarbeiterin für das Jugendamt.

Milli hatte sehr wohl begriffen, dass ihre Mutter zu Nervosität neigte, wenn sie unter Druck gesetzt wurde. Das war sicherlich auch der Grund dafür, dass sie den Gutachter des Liegenschaftsamtes geohrfeigt hatte. Grit hatte nicht darüber gesprochen, aber scheinbar lief alles darauf hinaus, dass man ihr die Burg wegnehmen wollte, weil sie mit der Renovierung nicht vorankam. Aber auch das hatte Milli lieber nicht nachgefragt. Milli bedauerte nur, dass sie bei dem Vorfall mit dem Gutachter nicht dabei gewesen war. Sie hatte es nur aus einem Telefongespräch herausgehört, das ihre Mutter ziemlich erregt und teilweise recht lautstark geführt und an dessen Ende sie eingewilligt hatte, sich bei dem Mann zu entschuldigen.

Milli hatte noch mehr Freundinnen, die nicht wirkliche Freundinnen waren. Jenni und Lea und ein paar andere waren einige Male zu ihr nach Hause gekommen, weil sie es cool fanden, in einer Burg zu spielen, aber in letzter Zeit interessierten sie sich nur noch für ihre Handys. Sie posteten eigene Videos und reposteten fremde, sie schrieben sich Nachrichten, gaben sich gegenseitig Likes und waren stolz darauf, dass ein Mädchen, dessen Kanal sie abonniert hatten, über eine Million Follower hatte. Milli versuchte eine Weile lang mitzuhalten, aber die anderen merkten bald, dass sie sich nicht wirklich begeisterte, und es geschah immer öfter, dass Milli keine Likes bekam und keine Nachrichten. Im Grunde machte es ihr nicht viel aus. Eine Freundin hatte sie zumindest. Allerdings eine, von der sie zu Hause nicht erzählen durfte.

Denn obwohl es sich gelegentlich nicht vermeiden ließ, dass Milli Grits Klienten oder Klientinnen kennenlernte, hatte Grit ihr eingeschärft, den Umgang mit ihnen zu meiden. Auf eine sehr vorsichtige Art und Weise, denn Grit wollte ihre Tochter nicht in einem Geiste erziehen, dass sie sich für etwas Besseres hielt. Aber es waren eben oft schwierige und unberechenbare Kinder und Jugendliche, die Straftaten begangen hatten oder an denen Straftaten begangen worden waren. Also galt Grits Prinzip, Arbeit und Privatleben strikt zu trennen. Trotzdem waren sie sich nähergekommen: Milli und Lavinia, die ein paar Jahre älter war und einen Kopf größer und spindeldürr und von allen nur Lawine genannt wurde. Außer natürlich von Millis Mutter, zu deren Schützlingen Lawine gehörte und die regelmäßig bei ihr zu Hause nach dem Rechten sah. »Ob ich noch lebe«, sagte Lawine, »oder ob meine Alte mich schon enthauptet hat.«

Lawine mochte ihren Spitznamen. Sie sagte: »Eines Tages gehe ich ab wie eine richtige Lawine, und dann reiße ich jeden mit, der in meiner Nähe ist.« Ihre Arme waren voller Narben, von oben bis unten. Milli hatte sie einmal gefragt, woher sie die habe, und Lawine hatte geantwortet, die habe sie selbst gemacht. Und dabei mit einem irgendwie stolzen Blick darüber gestrichen.

»Warum?« Auf diese Frage hatte Lawine nicht geantwortet, aber Milli wusste, dass die Besuche ihrer Mutter bei Lawine zu Hause damit zu tun hatten.

Grit kümmerte sich schon seit einer Weile um Lawines Familie. Eine Zeit lang hatte Lawine bei einer Pflegefamilie gewohnt, weil ihre Mutter in einer Klinik gewesen war. Damals hatte sich Lawine zum ersten Mal in der

Nähe der Burg herumgedrückt, und die beiden Mädchen hatten sich kennengelernt. Mit Lawine traf sich Milli am liebsten an ihrem geheimen Platz, dem Schutthaufen, der einmal eine Scheune gewesen war. Marek (von dem Milli nichts wusste) hatte sie damals einreißen lassen, weil sie einsturzgefährdet war. Den Schutthaufen hatte er abtransportieren lassen wollen, aber dann hatte er das Geld lieber für neue Fenster ausgegeben. Seither lag er dort. Unkraut, Mohnblumen und Haselnussgebüsch wuchsen inzwischen aus den Lücken und Löchern, und sogar ein Hain Birken mit weißen Stämmchen und dünnen, im Wind flirrenden Blättern gedieh auf den Überresten des alten Bauwerkes. Grit hatte Milli streng verboten, auf dem Schuttberg herumzuklettern, deshalb ging Milli immer nur von der Rückseite aus hinein. Inmitten des Birkenwäldchens und des Haselnussgebüschs hatte sie einen geheimen Platz, ihren Lieblingsplatz. Aus ein paar Brettern hatte sie sich in einer Mulde zwischen den Steinen eine Hütte gebaut, und wenn sie dort alleine war, dann war der Schuttberg ihre eigene kleine Welt.

Manchmal war Lawine schon da, wenn Milli aus der Schule kam, denn Lawine ging oft nicht hin. Milli bewunderte sie dafür, weil sie sich das nicht trauen würde. »Schule ist scheiße«, sagte Lawine, wenn Milli sie ermunterte, doch hinzugehen. »Lehrer sind scheiße. Und von einer Scheißlehrerin lernst du nur Scheiße. Du solltest auch nicht hingehen.« Aber Milli mochte die Schule, und sie mochte ihre Lehrerinnen und Lehrer. Als sie Lawine das gestand, zuckte die nur verächtlich mit den Schultern und sagte: »Klar, du bist eine Brillenschlange. Brillenschlangen stehen auf Schule.« Milli wusste natürlich, dass das Unsinn war, aber sie hatte das Gefühl, dass es Lawine half, wenn das so im Raum stehen blieb, und widersprach nicht.

»Lass uns doch mal zusammen schwänzen.«

»Zusammen? Wir gehen doch gar nicht auf dieselbe Schule.«

»Das spielt doch keine Rolle, Fliegenhirn! Du schwänzt deine Schule, ich schwänze meine, und wir machen was Schönes!«

»Ich weiß nicht ...«

»*Ich weiß nicht.*« Lawine lachte.

Manchmal kam Lawine tagelang nicht, auch wenn sie verabredet waren, und wenn Milli fragte, was sie gemacht hatte, antwortete sie nicht. Dann wieder brachte sie teure Dinge mit, die sie sich ganz sicher nicht leisten konnte. Wahrscheinlich hatte sie sie geklaut, aber Milli wusste es nie so genau.

»Habe ich zum Geburtstag gekriegt.«

»Geburtstag? Aber du hattest doch vor drei Monaten Geburtstag.«

»Ist doch meine Sache, wann ich Geburtstag habe, oder?«

»Ich sag ja nur ...«

»Habe ich von meinem Vater gekriegt. Wir haben uns jetzt erst gesehen.«

»Du hast deinen Vater getroffen? Das hast du gar nicht erzählt!«

Milli dachte wieder einmal daran, dass sie ihren Vater noch nie getroffen hatte. Sie hatte sich oft gefragt, warum sie keinen Vater hatte, und schon mehrmals war sie kurz davor gewesen, ihre Mutter nach ihm zu fragen. Es war nicht so, dass sie sich nicht trauen würde. Sie hatte keine Angst davor, natürlich nicht, sie wusste ja, dass sie alles fragen und alles sagen konnte. Aber sie scheute davor zurück. Sie hatte ein komisches Gefühl dabei. Sie konnte es sich nicht erklären. Irgendetwas hielt sie davon ab zu fragen. Natürlich würde sie es irgendwann tun. Aber vielleicht gab es ja einen Grund, dass Grit noch nie über ihren Vater gesprochen hatte. Und wenn Milli fragte, würde Grit ihr womöglich nicht die Wahrheit sagen. Davor hatte Milli noch mehr Angst, als es nicht zu wissen.

Umso mehr interessierte sie sich für Lawines Vater.

»Ich erzähl's eben jetzt«, sagte Lawine.

»Wie war es? War er nett? Wie ist er?«

»Jetzt frag doch nicht so viel!«

»Ich frage total wenig! Ich könnte noch viel mehr fragen.«

»Er war richtig cool. Hat mir das Handy geschenkt.«

»Er ist reich?«

»Und wie! Er fährt ein Riesenauto. So einen Sportwagen, aber riesig. Und er trägt eine Rolex.«

»Was ist eine Rolex?«

»Du weißt aber auch gar nichts. Eine Uhr. Die teuerste Uhr der Welt.«

»Ach so?«

»Klar. Die tragen nur die wirklich coolen Leute.«

»Was habt ihr gemacht?«

»Wer?«

»Na, du und dein Vater.«

»Ach so, klar. Wir sind essen gegangen und ins Kino.«

»Warum hat er sich all die Jahre nicht gemeldet? Wenn er so nett ist.«

»Weil er nicht konnte.«

»War er in Taka-Tuka-Land?«

»Was ist das denn?«

»Da war der Vater von Pippi Langstrumpf Häuptling von einem Eingeborenenstamm.«

Lawine starrte sie vernichtend an. »Du kommst dir ganz witzig vor, was?«

Milli merkte, dass Lawine echt getroffen war. »Tut mir leid, ich wollte nicht ...«

»Du kriegst Brüste«, wechselte Lawine abrupt das Thema.

Milli sah an sich herunter. Es stimmte. Milli beobachtete jeden Tag aufmerksam, was ihre Brüste machten. Das Schwierige war, dass sie eigentlich immer schon welche gehabt hatte. Babyspeck, wie Mama erklärte. In letzter Zeit war Milli allerdings sicher, dass sich etwas veränderte. Lawine hatte schon richtige Brüste. »Titten«, wie sie sagte. »Titten nerven. Hängen da so blöd rum und jeder glotzt drauf.«

»Dann trag doch nicht immer so enge T-Shirts.«

»Doch, gerade! Dann glotzen sie einem wenigstens nicht ins Gesicht. Ich wette, neunzig Prozent der Leute können nicht sagen, wie mein Gesicht aussieht. Und das ist gut so. Du hast eine Brille. Das hilft auch. Dann brauchst du keine Brüste.«

»Wenn man eine Brille hat, braucht man keine Brüste?«

»Dann bleiben die Leute an deiner Brille hängen und schauen dich auch nicht richtig an.« Lawine sah auf Millis Oberkörper. Milli setzte sich gerade auf, reckte die Brust heraus und zog ihr T-Shirt glatt.

»Ja«, bestätigte Lawine. »Da kommen sie. Wahrscheinlich wirst du große kriegen. Wie deine Mutter. Das bleibt immer in der Familie.«

»Die von meiner Mutter sind gar nicht so groß.«

»Keine Ahnung. Vielleicht wirkt es nur so, weil sie klein ist.«

*

Grit hatte die Akten, die sie durcharbeiten musste, mit nach draußen genommen. Sie saß an dem Tisch im Hof, der von der halben Mauer geschützt wurde, unter der riesigen Platane, von der es hieß, sie sei über zweihundert Jahre alt. Es war ein heißer Tag, und auch im lichten Schatten des Baumes war Grit in ihrer luftigen knopflosen Bluse warm. Sie mochte Platanen wegen der besonderen Schatten, die sie spendeten. Während es unter vielen anderen Bäumen oft düster wurde und die Schatten immer etwas Trübes hatten, schimmerte durch die dünnen Platanenblätter so viel Licht, dass darunter eine zauberhafte Stimmung herrschte. Doch heute hatte Grit dafür keinen Blick.

Auf dem Tisch lagen ihre Papiere, ihr Handy, ihr Laptop. Außerdem standen dort eine Tasse Kaffee und eine Karaffe Wasser. Grit hatte ein Gutachten zu schreiben, das sie bis zum übernächsten Tag beim Landgericht einreichen musste. Übermorgen ist verdammt eng, dachte sie. Aber trotz des Termindrucks kam sie nicht so recht in Schwung.

Das lag vor allem an einem anderen Schriftstück, das ihr schon vor einer Woche zugegangen war. Sie hatte es seither abwechselnd ignoriert und mit wachsenden

Bauchschmerzen durchgekaut, um es schließlich wütend wegzuwerfen. Mit jedem Tag wurde ihr klarer, dass sie etwas unternehmen musste, denn die Frist, die ihr in dem Schreiben gesetzt worden war, rückte näher und näher: Das Amt für Liegenschaften, Vermessung und Kataster drohte ihr unter Berufung auf ein Gutachten des Amtes für Denkmalschutz und Denkmalpflege mit einer Klage und einer endgültigen Annullierung des Kaufvertrages, da sie ihren Verpflichtungen zu vertraglich bindenden Renovierungs- und Instandhaltungsarbeiten nicht vollumfänglich nachgekommen sei. Kurz gesagt: Sie wollten Grit rauswerfen. All die Arbeit, all die Mühen, all die Ersparnisse, die sie seit über elf Jahren in die Burg gesteckt hatte, wären umsonst gewesen. Grit hatte ihnen all die schönen Dinge gezeigt, die sie geleistet hatte. Gerade erst hatte sie das Dach ausbessern lassen! Aber es reichte nicht. Den Zuständigen der Behörde war klar geworden, dass Marek ihnen damals das Blaue vom Himmel versprochen hatte. Dass er seit Langem verschwunden war und Grit es niemals schaffen würde zu leisten, was er zugesagt hatte.

Vor zwei Wochen war ein Gutachter des Liegenschaftsamtes aufgetaucht, um sich alles anzusehen. Grit hatte zwei Stunden lang auf ihn eingeredet wie auf ein krankes Pferd, aber er hatte alles kleingemacht, was sie geleistet hatte, und ihr war mehr und mehr klar geworden, dass seine Meinung schon festgestanden hatte, bevor er überhaupt gekommen war. Sie hatte sich beherrscht, so gut sie konnte, aber schließlich war sie so wütend geworden, dass ein Wort das andere ergeben und sie ihn geohrfeigt hatte. Worauf er wortlos in seinen Wagen gestiegen war. Sie musste sich etwas einfallen lassen, und zwar schnell.

Grit trank ihren Kaffee und versuchte sich zu konzentrieren. Doch es gelang ihr nicht. Diese Gerichtsunterlagen waren grauenhaft zu lesen. Warum konnten Leute nicht klar und deutlich formulieren, was gemeint war? Grits Blick fiel auf das Baugerüst, das an der Seitenwand des Hauses stand. Dachdeckermeister Jurgan hatte es aus Gutmütigkeit stehen lassen, weil Grit noch den alten Putz abschlagen und die Wand neu verputzen wollte. Schon fürs Dachdecken hatte sie ihm kaum etwas bezahlt. Normalerweise arbeitete Jurgan für Geld. Grit hatte kein Geld. Aber sie redete so lange und so oft mit ihm, bis er einsah, dass es für ihn einfacher war, ihr Dach zu decken, als es nicht zu tun. Sie bezahlte, was sie bezahlen konnte, aber vor allem bestand ihre Gegenleistung schließlich darin, ihm Mut zuzusprechen. Seine Frau ließ sich gerade von ihm scheiden, und es brach ihm das Herz. Vor allem der Kinder wegen. Er hatte eine neunjährige Tochter und einen siebenjährigen Sohn, und er liebte die beiden über alles. »Ich ertrage das nicht«, sagte er unter Tränen, als er eines Vormittags an Grits Küchentisch saß und mit schmutzigen, zitternden Händen eine Kaffeetasse umfasste. Seine beiden Lehrlinge besserten derweil das Dach aus. »Alle zwei Wochen! Am Wochenende! Sie sagt, ich arbeite doch sowieso immer. Da schuftet man Jahr für Jahr, um alles abzuzahlen, und dann sagt sie: Du arbeitest doch sowieso immer!«

Grit redete mit seiner Frau, und es stellte sich heraus, dass auch sie weinte. Als das Dach fertig war, lud Grit die ganze Familie als Dank zum Essen ein. Anschließend zeigte sie den Kindern die Burg. Sie stieg mit Milli und den beiden in das Kellergewölbe hinab und leuchtete in den zugemauerten Gang, sie kletterte mit ihnen die Treppe zur halben Mauer hinauf und zeigte ihnen die Aussicht, sie erklärte den Kindern die Kräuter, die hinter dem Haus wuchsen, und sie ging mit ihnen in den Wald. Sie ließ die Eltern warten.

Am nächsten Tag rief Jurgan an und fragte, ob Grit bereit wäre, sich am Abend mit ihnen beiden zu unterhalten. Sie redeten lange, es gab Entschuldigungen und Beteuerungen, es wurde zugehört und verstanden, und schließlich waren beide bereit, einander mehr zu vertrauen, und vor allem die Kinder einander anzuvertrauen. Jurgan war so glücklich darüber, auch wenn seine Frau nicht zu ihm zurückkam, wie er gehofft hatte, dass er kein weiteres Geld von Grit nehmen wollte, das Gerüst stehen ließ, bis sie es nicht mehr bräuchte, und sogar versprach, die Mauerkrone der halben Mauer, die zurzeit noch schutzlos Regen, Eis und Bewuchs ausgesetzt war, ebenfalls zu decken.

Grit war in den letzten Wochen nicht dazu gekommen weiterzuarbeiten. Vielleicht könnte sie jetzt zwei Stunden Putz abschlagen und später mit den Gerichtsakten weitermachen. Das würde auch noch reichen. Das Gutachten musste ja erst übermorgen fertig werden. War das nicht in ihrem Leben immer so: Was morgen fertig sein musste, wurde sofort erledigt (und wenn es bis spät in die Nacht dauerte), übermorgen konnte bis morgen warten.

Kurz darauf stand sie oben auf dem Gerüst, auf dem Kopf die alte Malermütze, die ihr Haar ein wenig vor dem Staub schützte, Arbeitshandschuhe an den Händen, in der linken einen Meißel und in der rechten einen Fäustel. Unter ihren Schlägen prasselten Putzstücke in die Tiefe, und bald war Grit weiß eingestaubt. Während der Verputz sich in kleinen und größeren Platten von der Wand löste, war ihr, als käme ihr eigenes Leben darunter zum Vorschein, und eine kleine Verzweiflung überfiel sie. Es war ein endloser Kampf, der nie aufhörte. Sobald sie irgendwo einen Riss repariert hatte, erschien ein neuer. An dieser hoffnungslos riesigen Wand ebenso wie in ihrem Leben. Warum nur gelang es ihr nie, ihr Leben kreativ zu gestalten? Warum musste sie sich immer damit begnügen, Risse zu spachteln, absinkende Fundamente zu stützen und nässende Dächer zu flicken? Niemals ging es vorwärts, immer musste man dankbar sein, wenn es einem gelang, alles vor dem Einsturz zu bewahren. Während wieder eine Scholle in die Tiefe stürzte und unten zerschellte, dachte sie an die Männer, die gekommen und gegangen waren. Warum war nie der Richtige dabei gewesen? Wieder einmal kam ihr der Witz mit dem Geisterfahrer in den Sinn. Der Mann, der auf der Autobahn fährt, im Radio die Warnung vor einem Geisterfahrer hört und denkt: »Einer? Dutzende!« Sie schob den Witz beiseite. Sie wusste selbst, dass sie nicht einfach war. Aber doch nur, weil sie immer das Beste wollte. War es verkehrt, das Richtige zu tun und das Richtige zu verlangen? Vor allem doch für Milli! Um Milli tat es ihr am meisten leid. Es war natürlich nicht einfach für das Kind, wenn Männer kamen und gingen und niemals ein Vater dabei war.

Grit hörte das Brummen eines Autos, das näher kam. Sie drehte sich um, schaute über die Wiesen, hinter denen die Landstraße lag, – und sah einen schwebenden Sarg.

3

Die schmale Straße führte in einem Bogen am Hang des sanft aufsteigenden Hügels entlang. Wer zu Grit kam, musste um diesen Bogen herum. Wenn es der Paketwagen war, sah man zuerst sein Dach. Es war aber nicht der Paketwagen, wie Grit zuerst vermutet hatte. Es war ein Sarg. Die Form war unverkennbar, wenn er auch rot und bunt bemalt war.

Erst einen Moment später erschien ein Auto, auf dessen Dach der Sarg geschnallt war. Ein dunkelgrüner Kombi, dessen Lackierung über die Jahre stumpf und fleckig geworden war. Vielleicht ein alter Forstwagen. Grit hatte ihn nie zuvor gesehen. Wer am Steuer saß, konnte sie nicht erkennen. Auch noch während das Gefährt um die Kurve kam und sich auf der schmalen Straße näherte, schien der Sarg eine Art Eigenleben zu führen. Es hatte fast den Anschein, als ob er es wäre, der das Auto führte, und nicht umgekehrt. Als ob das bunte Ding eine eigene Energie besaß, mit der es das heruntergekommene Auto vorwärts zog.

Schließlich rollte der Wagen auf den Kies des Burghofes und hielt knirschend an. Die Tür wurde geöffnet und ausstieg –

Fiona.

Grit stand oben auf ihrem Baugerüst, weiß eingestaubt wie ein Vanillekipferl, das in der Keksdose vom letzten Winter vergessen worden war, in ihren Händen Fäustel und Meißel und auf dem Kopf eine lächerliche Mütze, und schaute auf ihre kleine Schwester hinab.

Fiona stand neben dem Auto, überragt von dem absurden Sarg, der, wie Grit jetzt aus der Nähe erkannte, über und über mit kleinen Mustern bemalt war. Die vorherrschende Farbe war zwar Rot, doch das Holz war übersät mit Orange, Blau, Weiß, Violett und Pink. Kleine Totenköpfe, Knochen, Grabsteine, Blumen, Blätter und Sonnen. Das Ganze erinnerte in seiner Farbenpracht an den mexikanischen Tag der Toten.

Fiona schaute zu ihr herauf. »Hey, Grit«, sagte sie, als wäre sie nur eben Einkaufen gewesen.

Grit warf ihr Werkzeug und die Mütze in den schwarzen Eimer, der neben ihr auf dem Gerüst stand, und begann die Leiter hinabzusteigen. Das tat sie sehr bedächtig. Sie wollte Zeit gewinnen, um sich darüber klar zu werden, wie sie Fiona begegnen sollte. Doch als sie ihrer Schwester gegenüberstand, war sie immer noch ratlos. Sie blieb außerhalb der Reichweite einer Umarmung oder eines Händedrucks stehen.

Grit fiel auf, dass Fiona unmögliche Klamotten trug. Eine zu kurze Cordhose in einer namenlosen Farbe, die achtlos hochgekrempelt war, darunter verwaschene Socken, ein T-Shirt, das aussah wie ein gebrauchtes Pflaster, und darüber eine Bluse oder Jacke, die aus dem Fundus eines Clowns hätte stammen können. Ihre schmalen Füße steckten in bunten Stoffturnschuhen, die entweder furchtbar billig waren oder extrem teuer. Vielleicht eine angesagte Marke, die eine Hinterwäldlerin wie Grit nicht kannte. Jedes einzelne Kleidungsstück war eine Farce. Aber Grit musste zugeben, dass Fiona erstaunlich stylish darin aussah. Trendy. Grit kam sich augenblicklich plump vor. Und das nicht nur, weil sie ein altes T-Shirt, eine eingestaubte Jeans und abgetragene Arbeitsschuhe trug. Als sie Fiona gegenüberstand, fühlte sie sich klein, unförmig und unattraktiv. Nach all den Jahren immer noch genau so, wie es immer gewesen war.

Im Gegensatz zu Grit, die ihre Haare kurz trug, weil es praktischer war, ließ Fiona ihre Haare lang wachsen. Sie hatte sie zu einem lässigen Wirbel hochgedreht, der auf ihrem Kopf thronte wie ein Krönchen und ihr die Eleganz einer ägyptischen Pharaonin verlieh. Wie der fransige Dutt da oben hielt, war Grit ein Rätsel. Es gab kein Tuch oder Band, und Kamm oder Klammern waren auch nicht zu sehen. Wahrscheinlich stand der Wirbel durch die bloße Energie Fionas überdrehter Gedanken.

»Hallo, Fiona«, antwortete Grit.

»Wie geht es Milli?«

»Gut …«

»Ist sie … ist sie da? Also, ich meine, hier? Zu Hause?«

»Nein, Fiona, sie ist in der Schule. Kinder gehen unter der Woche in die Schule.«

»Und Marek?«

»*Marek?*« Grit starrte ihre Schwester an.

»Dein Mann. Marek.«

»Er ist seit zehn Jahren nicht mehr mein Mann.«

»Oh … Das tut mir leid.«

Grit zuckte mit den Schultern.

Eine Weile standen sie sich schweigend gegenüber. Die

Dunkle, die Hellere. Die Schmale, die Kräftigere. Die Jüngere, die Ältere. Grits Haut war, ebenso wie ihr Haar, heller als die ihrer Schwester. Sie hatte immer schon eher Sonnenbrand bekommen und musste vorsichtiger sein. Abgesehen von der Farbe schien ihre Haut auch immer schon dünner zu sein. Fionas Inneres war stabiler verpackt. Vielleicht erklärte sich daraus die größere Vorsicht Grits im Umgang mit ihrem Innenleben. Sie hielt es bedachtsamer zurück, schützte es und gab darauf acht. Grit galt immer schon als die Verschlossenere der beiden Schwestern. Schon als Kind rannte Fiona jedem Besuch entgegen und plapperte drauflos, während Grit erst einmal schaute und abwartete. Fiona ließ immer schon alles heraus. Wenn sie nicht plauderte, dann summte sie oder sang. Wenn sie als Mädchen Hausaufgaben machte, dann war im Mundwinkel die Spitze ihrer Zunge zu sehen, und wenn die Schwestern mit ihrem Vater Karten spielten, dann produzierte Fiona in einem fort Geräusche. Manchmal platzte Grit deswegen der Kragen und sie rief: »Fiona! Jetzt sei doch mal still! Man kann sich gar nicht konzentrieren!« Dann war Fiona tatsächlich für einen Moment still, doch kurz darauf begann sie wieder vor Spannung zu schnalzen, zu schmatzen, mit den Fingern zu klopfen oder mit dem Fuß zu scharren. Ihr Vater lächelte dann nachsichtig: »Lass die Kleine mal, die Aufregung muss ja raus.« Grit ließ sie also, wenn sie auch nicht der Meinung war, dass Aufregung raus müsse. Sie selbst behielt ihre ja auch drin.

Nun standen sie sich also wieder gegenüber. Und so unterschiedlich sie waren, hatten sie doch auch unermesslich viel gemeinsam. Sie waren so eng verwandt wie nur irgendwie möglich. In jeder Zelle steckte ihre Verwandtschaft. Wenn man das Erbgut ihrer so unterschiedlich wirkenden Haut analysiert hätte, so hätte sich eine nahezu völlige Übereinstimmung gefunden. So verschieden und doch so gleich. Und dasselbe galt wohl für den gemeinsamen Teil ihrer Geschichte: für ihre Kindheit und frühe Jugend. Sie teilten eine überwältigende Menge an Erlebnissen. Die Geburtstage, die Weihnachtsfeste, jedes Mittag- und jedes Abendessen, langweilige Sonntage, verschlafene Frühstücke, Fernsehabende, Ausflüge – alles hatten sie gemeinsam erlebt. Sie hatten sich sogar ein Zimmer geteilt. Und das waren vielleicht die gemeinsamsten aller gemeinsamen Stunden: nachts im Dunkeln sich leise zuzuflüstern, was man erlebt hatte, was man dachte und hoffte, was man liebte und wovor man sich fürchtete.

Und doch – Grit hatte lange gebraucht, um es zu begreifen – waren all diese Erlebnisse zwar gemeinsam gewesen, aber deswegen noch lange nicht dieselben. Jede Schwester hatte sie durch ihre eigenen Augen gesehen, ihrem eigenen Wesen gemäß verstanden und in ihre eigene Ordnung abgelegt. Und je mehr diese Ordnung wuchs, desto unterschiedlicher wurde sie. Ein und dasselbe Erlebnis konnte Enttäuschung sein oder Bestätigung, dieselben Tränen konnten entmutigen oder stärken, dasselbe Missgeschick zum Lachen anregen oder zu Mitleid. Es begann schon damit, dass Fiona die Kleine war und Grit die Große. Dass man auf die Kleine mehr Rücksicht nahm, während man von der Großen mehr forderte. Dass Fiona in ihrer unbedarften Art sich Dinge nahm, während die zögerliche Grit auf sie wartete. Ihr Vater kam mit Fionas Wesen besser zurecht und ihre Mutter mit dem von Grit. Trotzdem liebten sich die beiden Schwestern. Sie waren einander die ganze Welt. Fiona bewunderte die Große, Grit vergötterte die Kleine. Doch es kamen die ersten Momente des Neides, der Enttäuschung und der Abgrenzung. Und irgendwann erreichten sie den Punkt, an dem jede der beiden, um sich selbst treu zu sein, die andere verraten musste. Aber das war viel später.

»Was ist das für ein – *Ding*?«, fragte Grit und wies auf den bunten Sarg. Im selben Moment wusste sie, dass sie nie hätte fragen dürfen. Sie wollte die Antwort eigentlich gar nicht hören. Sie ahnte, dass diese Antwort ihr eigenes Leben auf den Kopf stellen könnte.

»Das Ding ist ein Sarg.«

»Warum hast du einen Sarg dabei?« *Frag nicht!,* schrie etwas in Grit auf. *Frag doch nicht, du dummes Huhn!*

»Ich habe ihn selbst gebaut.«

»Für wen?«

»Für mich.«

Grit sah ihre Schwester an. War das der Grund für Fionas plötzliches Auftauchen? »Bist du krank?«

»Im Gegenteil. Ich habe mich nie besser gefühlt.«

»Sondern?«

»Darin begrabe ich meine Vergangenheit.« Fiona lächelte stolz.

Tausend Gedanken schossen Grit durch den Kopf. Müsste sie das jetzt ernst nehmen? Oder war das wieder einmal eine neue Showeinlage der Dramaqueen?

»Ich weiß«, sagte Fiona, »das klingt vielleicht seltsam. Aber ich habe ein Seminar besucht. Wir haben alle Särge gezimmert.«

»Ein Seminar ...«

»Ja, ein Seminar.«

»Und alle wollten ihre Vergangenheit begraben?«

Fiona zögerte. Sie schaute auf den Sarg. Atmete tief durch. »Nein«, antwortete sie dann. »Ich war die Einzige. Die anderen hatten wirkliche Trauerfälle. Einige mussten sich damit auseinandersetzen, dass sie bald sterben. Es hat etwas Meditatives. Das Arbeiten mit dem Holz. Zu sägen, zu hobeln, zu schleifen. Der Duft nach Harz in der Werkstatt. Diesen Sarg mit den eigenen Händen zusammenzusetzen ...« Sie hob ihre Hände hoch, als sei an ihnen eine wundersame Veränderung zu sehen. »Den Sarg zu bemalen ... Es setzt so viel frei.«

»Und all die Mühe hast du dir gemacht, um deine Vergangenheit zu begraben?«

»Es ist ein symbolischer Akt.«

»Das dachte ich mir.« Grit spürte, dass Fiona ihr nicht die Wahrheit sagte. Irgendetwas verschwieg sie, aber Grit hatte nicht die geringste Lust nachzufragen. Sie wollte nichts damit zu tun haben. Ihr kam die Frage in den Sinn, ob es nicht einfacher gewesen wäre, ihre Vergangenheit zu verbrennen und in eine handliche Urne zu füllen, aber auch das sprach sie nicht aus.

»Wie gefällt er dir?«

»Gut ...« Grit musste daran denken, wie sie Fiona immer gelobt hatte, als sie ein kleines Mädchen gewesen war. »Du hast immer schon ganz gut malen können.«

Fiona zuckte mit den Schultern.

»Ich hab mich oft gefragt, warum du da nichts draus gemacht hast.«

»Ich hab's versucht ...«

»Und?«

»Hat nicht geklappt.«

»Wie alles …«

»Grit! Ich habe dir nichts getan!«

»Noch nicht.«

»Verdammt, ich habe dir nie etwas getan!«

»Das sehe ich anders.«

»Ich will nur mit dir reden. In Ruhe.«

Grit atmete tief durch. »Ich glaube, das ist keine gute Idee.«

»Es ist immer eine gute Idee zu reden. Das hast du selbst immer gesagt.«

Grit sah ihre Schwester an. Was sollte man darauf erwidern? Natürlich war das einer ihrer fundamentalen Glaubenssätze. Solange geredet wurde, gab es Zuwendung, gab es Bewegung, gab es Möglichkeiten. Reden ist gut, natürlich. Doch die Regel hatte eine Ausnahme: Fiona.

»Du weißt genau, dass es immer im Streit endet, wenn wir reden.«

»Das ist nicht wahr.«

»Es ist wahr.«

»Ja, früher. Früher war das so. Jetzt nicht mehr.«

»Warum jetzt nicht mehr?«

»Weil jetzt alles anders ist.« Sie wies auf den Sarg.

»Fiona, was willst du hier?«

Fiona verschloss unwillkürlich ihre Lippen. Sie schaute zu dem Gerüst auf. »Willst du das alles alleine abhämmern?«

»Brauchst du Geld?«

»Denkst du, dass ich nur deswegen hergekommen bin?«

Grit zuckte mit den Schultern.

»Ich ...« Fiona rang mit einer Antwort.

»Du bist doch jetzt nicht den weiten Weg von weiß ich woher gekommen, um nichts zu sagen.«

»Ich dachte, vielleicht könnte ich meine Vergangenheit hier begraben ...«

»Fiona!«

»Du hast doch viel Platz!«

»Ich will mit deiner Vergangenheit nichts zu tun haben!«

»Aber wenn sie doch begraben ist?«

»Selbst wenn man eine Steinplatte auf ihr Grab legt, wird sie herumspuken. Selbst wenn du ihr einen Holzpfahl ins Herz rammst! Ich will nicht, dass du deine Vergangenheit bei mir ablädst! Lad sie irgendwo anders ab. Möglichst weit weg.«

»Ich will sie nicht abladen, ich will sie begraben. Es ist mir wichtig. Ich dachte, bei dir ist sie gut aufgehoben.«

»Wenn dir Begräbnisse so wichtig sind, warum bist du dann nicht zu Mamas gekommen?«

»Sie ist tot?« Es war Fiona nicht anzusehen, ob ihr die Nachricht naheging oder ob sie einfach erstaunt war. Weil sie irgendwie damit gerechnet hatte, dass ihre Mutter ewig leben würde. Als ob sie kein Mensch sei, sondern eine abstrakte Idee.

»Ja, Fiona, sie ist tot. Sie ist vor zwei Jahren gestorben.«

»Oh.«

»Es wäre schön gewesen, wenn du dabei gewesen wärest.«

»Wie sollte ich? Ich wusste von nichts!«

»Ich habe wochenlang versucht herauszufinden, wo du steckst.«

Fiona zuckte mit den Schultern.

»Ich habe sie gepflegt. Anderthalb Jahre lang. Auch da warst du nicht da.«

»War sie krank?«

Auf die Frage konnte Grit nicht eingehen, weil sie mit ihren Vorwürfen noch nicht fertig war. »Weißt du, wie viel Zeit ich im Internet verbracht habe, um ehemalige Freunde und Freundinnen von dir ausfindig zu machen?«

»Die Mühe hättest du dir sparen können. Ich wäre ohnehin nicht gekommen.«

Grit starrte sie entgeistert an. »Und das sagst du mir ins Gesicht?«

»Ich würde es auch Mama ins Gesicht sagen, wenn sie nicht eingegraben wäre.«

*

Der Friedhof sah aus wie alle Friedhöfe. Gemähte Wiesen, beschnittene Büsche, immergleiche Grabsteine und immergrüne Nadelgehölze. Schattig und freudlos, als ob der Tod zu bändigen wäre, wenn man ihn zu Tode langweilt.

Grit und Fiona gingen den Hauptweg entlang. Grit, die große Schwester, etwas kleiner als Fiona. Grit hatte sich in der Burg kurz zurückgezogen, um den Staub abzuduschen, die Verblüffung über Fionas abruptes Erscheinen wegzuatmen und sich auf die übliche Enttäuschung einzustellen. Am Ende lief es ja doch darauf hinaus, dass Fiona irgendetwas wollte. Wahrscheinlich Geld. Ihre Frage, ob sie deswegen gekommen war, hatte Fiona jedenfalls nicht beantwortet.

»Du hast Wangenknochen bekommen«, sagte Fiona und probierte einen freundlichen Plauderton aus.

»Ich hatte immer schon Wangenknochen.«

»Ja, nur hat man sie nicht gesehen.«

»Wirklich? Habe ich nie bemerkt.«

»Natürlich! Du hattest doch immer diese Pausbäckchen, weißt du nicht mehr? Mama hat gesagt, Babyspeck und –«

»Fiona, ich *weiß*, dass ich immer Pausbäckchen hatte!«

Im Gegensatz zu Fiona, die immer schon schlank gewesen war, hatte sich Grit noch als Zwanzigjährige über ihren *Babyspeck* geärgert. Und es stimmte: Erst als sie auf die Dreißig zuging, hatte sie ihn verloren. Sie war auch vorher nie dick gewesen. Das konnte man nicht sagen. Ohne die fohlengleiche Fiona neben sich hätte sie vollkommen normal ausgesehen. Wenn Grit vor dem Spiegel stand, ahnte sie, dass sie im Alter auch wieder runder werden würde. Genau wie Mama. Ihre Arme würden runder werden, ihre Beine, ihre Taille und ihr Gesicht. Ihrem unbestechlich selbstkritischen Auge schien das ausgemacht. Im Gegensatz zu Fiona. Fiona würde eine dürre Alte sein. So wie sie als Kind schon die Dünne gewesen war.

»Du siehst gut aus«, fuhr Fiona fort. »Das Alter steht dir gut …«

»Mir war nicht klar, dass ich alt bin.«

»Älter als ich.«

»Das war ich immer schon.«

»Im Ernst. Du gehörst zu den Frauen, die mit den Jahren besser aussehen.«

»Fiona, bitte!«

»Es sollte nur ein Kompliment sein. Ich wollte keinen Streit anfangen.«

»Hör zu, Fiona. Ich weiß nicht, ob ich besser aussehe als früher, aber vielleicht liegt es daran, dass ich gelernt habe, von Leuten Abstand zu halten, die mir nicht guttun.«

»Schon verstanden. Ich werde nicht länger als notwendig bleiben.«

»Notwendig für was?«

Fiona sah sie an und antwortete nichts. Und als Grit ihren Blick erwiderte, wich Fiona ihm aus. Sie sah sich um, als gäbe es auf dem Friedhof irgendetwas Spannendes zu sehen. Wenn es auf die Frage eine Antwort gab, dann zögerte sie, sie auszusprechen.

»Wo ist jetzt das Grab?«, fragte sie nur.

Sie bogen in einen Nebenweg ein und dann in einen noch schmaleren und standen schließlich vor einem kleinen quadratischen Grab.

»Warum ist das so winzig?«, fragte Fiona. »Habt ihr sie stehend begraben?«

»Das ist ein Urnengrab.«

»Urnengrab. Klar. Habe ich mir gleich gedacht. Was ist das für ein hässlicher Grabstein?«

»Er war im Angebot.«

»Du hast Mama einen Grabstein hingestellt, der im Angebot war?«

»Du warst nicht mal auf ihrer Beerdigung.«

»Aber wenn ich da gewesen wäre, dann hätte ich einen schönen Stein ausgesucht.«

»Es gibt keine schönen Grabsteine.«

Eine Weile standen sie schweigend da und schauten auf die Stiefmütterchen hinab, die Grit ab und zu erneuerte. Fiona hielt sich zurück, die armseligen Blümchen nicht zu kommentieren.

»Ich wollte sie in einem Trauerwald beerdigen«, erklärte Grit. »Aber sie wollte nicht.«

»Warum genau mussten wir jetzt hierher?«

»Fiona!«

»Ich hasse Friedhöfe. Friedhöfe machen mir Angst.«

»Sie war deine Mutter!«

»Warum weißt du eigentlich immer, was für andere am besten ist?«

»Wer kommt denn hier mit einem Sarg an und sagt, die symbolische Beerdigung ist so wichtig?«

»Das ist nicht dasselbe.«

»Nein, ist es auch nicht. In einem Fall steht unsere Mutter im Mittelpunkt, im anderen Fall du. Du hättest dich auch so bei ihr melden können. Ohne zu wissen, dass sie krank ist. Dass sie stirbt. Dass *ich* sie pflege!«

»Du weißt genau, warum ich das nicht getan habe.«

»Weil du dich einen Dreck für sie interessiert hast. Und für mich genauso wenig.«

»Ach, und wie genau interessierst du dich für mich? Du hast doch nicht die geringste Ahnung, was ich gemacht habe.«

»Nein, und ich will es auch gar nicht wissen. Ich habe bis zu deinem spurlosen Verschwinden zweiundzwanzig Jahre lang gesehen, was du gemacht hast. Das reicht.« Es hat keinen Zweck, dachte Grit. Diese verkorksten Gespräche mit Fiona führen zu nichts. Nach wie vor.

»Außerdem ist es nur gerecht«, sagte Fiona, »dass du sie gepflegt hast, sie war ja auch jahrelang für dich da.«

»Für dich nicht?«

»Sehr witzig.«

»Vielleicht hättest du sie nicht jahrelang immer wieder vor den Kopf stoßen sollen.«

»Allein meine Existenz hat sie vor den Kopf gestoßen. Sie hat mir nie verziehen, dass ich Papa verteidigt habe.«

»Du hast uns das Leben zur Hölle gemacht! Es gab immer Streit und Theater.«

»Und das machst du *mir* zum Vorwurf? Sie hat mich gehasst! Und du auch!«

Was tue ich hier eigentlich, fragte sich Grit. Warum höre ich mir all diesen Unsinn an? Wohin soll das führen? Wir sind so unglaublich weit voneinander entfernt. Und jedes Wort, das wir wechseln, führt uns noch weiter voneinander fort. Ist das nicht ein Irrsinn? Diese Frau, die mir da gegenübersteht, kenne ich mein Leben lang. In meinen frühesten Erinnerungen sitzt sie nackt in einer Babybadewanne und strampelt mit ihren dicken Beinchen. Und jetzt steht sie vor mir – und ist mir *fremd*. Wie können dieselben Wurzeln so unterschiedliche Früchte hervorbringen?

»Fiona, es ist sinnlos. Pass auf, ich sage dir was. Wir fahren jetzt zur Bank, und ich hole zweitausend Euro. Ich gebe dir das Geld, und dann verschwindest du wieder. Okay?«

»Nein. Nicht okay.«

»Das ist viel Geld für mich. Mehr kann ich dir nicht geben.«

»Grit, es geht nicht um das Geld.«

»Sondern?«

Fiona holte tief Luft. »Grit, ich will meine Tochter holen. Ich will Milli zu mir nehmen. Ich will selber für sie sorgen.«

4

Milli schob ihr Fahrrad über die rot gesprenkelte Wiese zur Burg. Sie kam nicht die Straße herauf wie sonst. Das lag daran, dass sie gar nicht nach Hause kommen dürfte. Nicht um diese Zeit. Heute hatte sie zum ersten Mal die Schule geschwänzt. Ihr Herz hatte wie wild geklopft, als sie in der ersten Pause zum Fahrradständer gegangen war, ihr Rad aufgeschlossen hatte und vom Schulhof gefahren war, wobei sie sich krampfhaft bemüht hatte, so zu wirken, als sei es das Selbstverständlichste der Welt. Damit kein Lehrer auf die Idee kam, sie nach einer Entschuldigung zu fragen. Sie war mit Lawine bei McDonald's verabredet gewesen, weil man dort eine Weile sitzen konnte, ohne etwas zu bestellen. Aber Lawine war nicht gekommen. Milli hatte eine halbe Stunde gewartet und war dann, in der Hoffnung, dass ihre Mutter nicht da war, nach Hause geradelt. Deshalb kam sie nun über die Wiese herauf zur Burg, auf der Seite der halben Burgmauer, wo sie vom Haus aus nicht gesehen werden konnte. Oben lehnte sie das Rad an die Mauer und spähte vorsichtig auf den Hof. Der Wagen ihrer Mutter war nicht zu sehen, aber dafür stand dort ein anderes, äußerst seltsames Auto.

Vor allem war seltsam, was mit zwei blauen Gurten auf seinen Dachgepäckträger geschnallt war: ein Sarg. Ein Sarg, der über und über mit winzigen Totenköpfen,

Blumen und allerlei anderen bunten Mustern bemalt war. Dass es nicht einfach nur eine längliche Kiste war, erkannte Milli an den charakteristischen Schrägen, wie sie nur ein Sarg hat. Außerdem hatte er Griffe an jeder Seite. Als Milli zu dem Wagen hinüberging, fiel ihr auf, dass es ziemlich kleine Griffe waren, die aussahen, als seien sie von einer alten Kommode abmontiert worden.

Sie ging um das Auto herum und betrachtete den Sarg von allen Seiten. Es blieb ein Sarg. Das Auto war auch seltsam. Es war kein Leichenwagen oder so. Natürlich nicht, dann wäre der Sarg auch hinten drin und nicht oben drauf. Das Auto sah aus, als ob es einem Jäger oder Förster gehörte. Erst einmal wegen der Tarnfarbe, und dann war auf der Heckklappe ein alter, verwitterter Aufkleber: ein stilisierter Hirsch mit einem großen Geweih. In der Mitte des Geweihs schwebte ein Kreuz. Darunter die halb abgerissene Schrift: *St. Huber –*.

Milli schaute in den Wagen hinein. Sie legte die Hände um ihr Gesicht, um besser sehen zu können. Im Inneren lag eine Menge Kram herum. Auf dem Boden leere Kaffeebecher aus Pappe und Packungen von Fast Food, Keksen und Süßigkeiten. Auf dem Sitz lag eine Reisetasche, aus der jemand allerlei Klamotten herausgezogen hatte. Die Kleidungsstücke gehörten einer Frau. Sie waren bunt und gemustert, und Milli sah einen BH und mehrere ziemlich gewagte Unterhosen. Solche kannte sie von ihrer Mutter nicht. Nur aus dem Internet. Außerdem fiel ihr ein Geschenkpaket auf, das in rosa Papier mit roten Herzen eingeschlagen war.

Milli schaute zum Haus hinüber. Es war niemand zu sehen.

»Hallo?«, rief sie. »Jemand hier? – Mama?«

Niemand antwortete.

Sie wandte sich wieder dem Sarg zu. Streckte die Hand aus und berührte ihn. Mit den Fingerspitzen fuhr sie die Linien der Muster nach. Eine Blume, ein Schmetterling, ein Totenkopf. Sie strich aufmerksam mit der flachen Hand darüber und spürte die Maserung des Holzes. Es war warm von der Sonne. Milli hob ihre Hand, krümmte die Finger und klopfte gegen das Holz. Sie konnte nicht sagen, ob sie eine Antwort erwartet hatte, so etwas wie: *Ja, bitte? Wer ist da?* Ob sie erwartet hatte, dass der Deckel zur Seite geschoben wurde und sich jemand aufsetzte. Ein leichenblasser Toter oder ein grinsendes Skelett. Natürlich geschah nichts dergleichen. Das Geräusch ihres Klopfens klang hohl und ungedämpft. Zumindest wusste sie jetzt, dass der Sarg leer war. *Dass niemand darin lag.*

Plötzlich sagte jemand: »Ich würde den nicht anfassen.«

Milli fuhr erschrocken herum. Direkt hinter ihr stand Lawine. »Gott, hast du mich erschreckt!«, rief Milli.

»Wer einen Sarg berührt, liegt bald in einem«, sagte Lawine.

»Quatsch«, entgegnete Milli.

»Wirst schon sehen. Oder wirst nicht sehen, denn du siehst ja dann nichts mehr.«

»Und was ist mit dem Tischler, der ihn macht? Dem Bestattungstypen? Den Sargträgern?«

»Musst mir ja nicht glauben …« Lawine zuckte mit der Schulter. Dann fügte sie hinzu: »Die Sargträger haben weiße Handschuhe an. Schon mal darüber nachgedacht, warum?«

»Wo warst du?«, fragte Milli, ohne weiter darauf einzugehen. Sie wischte sich beiläufig die Hand an ihrer Hose ab. »Ich habe auf dich gewartet!«

»Ich hab auf *dich* gewartet!«

»Wo denn?«

»Na, bei Kentucky.«

»Aber wir waren bei McDonald's verabredet.«

»Nein, bei Kentucky.«

Milli wusste, dass es nicht stimmte, aber sie sagte nichts weiter dazu. »Hast du Hunger?«

Sie gingen hinein, und Milli holte ein paar Reste vom letzten Abend aus dem Kühlschrank. Sie beobachtete fasziniert, mit was für einem Appetit Lawine aß, dafür, dass sie dünn und hart war wie eine Birke. Später saßen sie im Ofenzimmer zusammen auf dem Sofa und spielten am iPad. Während Lawine in das Spiel vertieft war, betrachtete Milli ihre Unterarme.

Lawines Unterarme waren nicht muskulös, sondern sehr dünn. Aber wenn sie nach etwas griff oder sich aufstützte, dann konnte man schmale Muskelstränge durch die Haut sehen. Auf der Oberseite waren blonde Härchen, die man kaum wahrnahm, außer wenn die Sonne darauf schien. Dann leuchteten sie, als ob Licht aus ihren Armen herausstrahlte. Die Unterseite ihrer Arme war heller, die Haut war sogar ein bisschen durchsichtig, und Milli konnte die bläulich schimmernden Adern sehen. Sehr dünne Adern. Lawine hatte ein kleines Tattoo, das einen Elefanten darstellte und furchtbar schlecht gemacht war. Das konnte sogar Milli beurteilen, die weder von Tattoos noch vom Zeichnen und auch nicht von Elefanten viel Ahnung hatte. Aber dieser winzige Elefant war stümperhaft gekritzelt, und die Linien waren unregelmäßig gestochen. Milli dachte, dass sie sich niemals ein Tattoo machen lassen würde.

»Warum hast du dir einen Elefanten machen lassen?«
»War so eine Idee.«
»Ja, aber was für eine Idee?«
»Du fragst wieder viel.«
»Ist gar nicht viel. Nur eine einzige Frage.«
»Ja, bei dir ist es immer nur eine einzige Frage. Aber dann kommt die nächste. Eine nach der anderen.«
»Im Kopf habe ich ganz viele gleichzeitig.«
»Da kann man ja froh sein, dass du immer nur eine auf einmal aussprechen kannst.«

Lawine legte das iPad beiseite und nahm Millis Arm. Sie drehte ihre Handfläche nach oben und strich mit den Fingerspitzen über die Haut. »Wie weich die ist«, sagte sie dann. »So weich wie eine Katze, wenn man sie hinter dem Ohr streichelt.«

»Hinter dem Ohr?«
»Das ist die weichste Stelle von Katzen.«
»Hast du eine Katze?«
»Nein.«
»Ich hätte gern eine, aber Mama will nicht. Ich habe ihr gesagt, auf eine Burg gehört immer eine Katze, aber sie sagt, dann bräuchten wir eine halbe Katze.«

»Darf ich auch mal?«, fragte Milli, und Lawine hielt ihr den Arm hin. Die Haut auf der hellen Unterseite war wirklich sehr weich und glatt. Dort hatte Lawine auch die Narben. Milli strich darüber. Sie fühlten sich irgendwie spannend an. Auch ganz weich, aber eben mit lauter winzigen Bergen und Tälern. Winzige warme Berge und

Täler, und es war ein lustiges Gefühl, sie unter den Fingern zu spüren. »Fühlt sich toll an!«

Schließlich saßen sie beide auf dem Sofa im Wohnzimmer einander gegenüber, die Unterarme auf den Oberschenkeln liegend, die Handflächen nach oben, und streichelten einander abwechselnd die weiche Haut ihrer Arme.

Außer den Reihen der vielen kleinen Narben hatte Lawine auch zwei längere. Nah am Handgelenk. »Was sind das für welche? Warum sind die größer als die anderen?«

Lawine zog ihren Arm weg und schob den Ärmel ihres Pullovers herunter. »Das geht dich nichts an«, sagte sie barsch.

»Warum?«

»Weil du noch ein Kind bist.«

*

Über Millis Vater hatten sie nie gesprochen. Milli hatte nie nach ihm gefragt, und Grit hatte das Thema gemieden. Was hätte sie sagen sollen? Was hätte sie dem Kind über seinen Vater erzählen sollen, ohne ihm zugleich alles über seine Mutter zu eröffnen? Wenn Milli fragen würde: Warum habe ich keinen Vater? Wo ist mein Vater? Wer ist mein Vater? Dann hätte alles heraus gemusst. Die ganze Geschichte. Totaloperation.

Aber Milli hatte nie gefragt. Vielleicht war es zu selbstverständlich, weil so viele Kinder in ihrem Umfeld keinen Vater hatten oder einen Wochenendvater oder eine neue Mutter oder zwei Väter und zwei Mütter. Milli hatte sogar von einem Mädchen in ihrer Stufe erzählt, das zwei Väter hatte, seit seine Mutter gestorben war. Es war eben alles möglich.

In stillen Stunden machte sich Grit Sorgen, ob Milli vielleicht spürte, dass das Thema schwierig war. Dass unter der Vaterfrage viel mehr lag, und wenn man daran rührte, könnte der ganze Berg ihres Lebens ins Rutschen kommen. Milli war nicht nur ein kluges Kind, sondern auch ein sensibles. Wenn man nicht ehrlich ist, spüren es alle, sagte sie Milli immer. Und wenn sie auch in dem Zusammenhang nie gelogen hatte, so war sie ja durchaus nicht ehrlich. Vielleicht spürte Milli das. Vielleicht hatte sie Angst zu fragen.

Wenn Grit in ihren Gedanken so weit war, dann wurde ihr heiß und kalt. Sie suchte nach Anzeichen, ob Milli unglücklich war, sie horchte auf Andeutungen oder indirekte Fragen, aber da kam nichts. Im Allgemeinen spürte Grit immer sehr genau, wenn etwas nicht stimmte. Mit dem Bauch einer Mutter und dem Kopf einer studierten Sozialpädagogin (und als Alkoholikerkind sowieso) registrierte sie sehr feine Schwingungen. Als damals die Hänseleien wegen Millis Fuß aufgekommen waren, hatte sie ziemlich schnell gemerkt, dass Milli bedrückt war. Sie hatte Milli angesprochen, Milli hatte ihr offen davon erzählt, sie hatte Millis Klassenlehrerin darüber berichtet, und nach ein paar Gesprächen in der Klasse, die Verständnis und Mitgefühl geweckt hatten, war der Spuk vorbei gewesen.

Grits Freundin Cora war – abgesehen von Marek natürlich – die Einzige, die von Millis wahrer Herkunft wusste. Cora und Grit kannten sich schon so lange, dass sie sich manchmal fast wie Schwestern fühlten. Sie waren gemeinsam durch dick und dünn gegangen. Cora hatte in der schwierigen Zeit, als Grit neben den Jobs das Studium abschloss, oft auf Milli aufgepasst. Ohne Cora hätte Grit es nie geschafft, und sie würde ihrer Freundin ewig dankbar dafür sein. Cora war bisexuell, Grit hatte sie aber noch nie mit einem Mann erlebt. »Ich bin theoretisch bi, aber die Kerle taugen nichts«, kommentierte Cora das. Die Frauen schienen allerdings in Coras Augen kaum mehr zu taugen. Denn von allen Frauen, die Grit an Coras Seite erlebt hatte, war keine nennenswert lange geblieben. Einzig ihre Freundschaft blieb bestehen. »Das liegt daran«, hatte Cora einmal erklärt, »dass du komplett unattraktiv bist.« Und Grit hatte nur geantwortet: »Bei deinem Frauengeschmack nehme ich das als Kompliment.« Grit ihrerseits hatte dieselbe Begabung, nur auf Männer bezogen: Sie suchte sich immer die falschen aus. Entweder waren sie verheiratet, oder es stellte sich heraus, dass sie logen oder ein Alpha-Ding durchzogen oder klammerten oder sonst irgendeine Männermacke hatten. Einer hatte so notorisch an seiner Mutter gehangen, dass Grit schließlich entnervt gefordert hatte: sie oder ich. Er hatte natürlich seine Mutter gewählt. Warum, fragte sie sich, sieht man Männern nicht an, welche Abgründe in ihnen stecken? Grit kam sich vor wie der Kojote aus den alten Zeichentrickfilmen, der niemals begriff, dass er gleich wieder in die Tiefe stürzen würde.

»Du solltest es mit Frauen versuchen«, schlug Cora vor.

»Damit ich so funktionierende Beziehungen führe wie du?«, gab Grit zurück.

Sie waren schließlich übereingekommen, ihre potenziellen Partner einander zur Prüfung vorzustellen. Doch auch das funktionierte nicht. Je klarer sich Grit gegen eine Frau aussprach, umso eigensinniger bestand Cora darauf, dass diese die Richtige sei, und je begeisterter Grit war, umso sicherer ging das Ganze in die Hose. Cora hatte sich seinerzeit auch eindeutig gegen Marek ausgesprochen. »Der taugt nichts«, hatte sie gesagt. Aber Grit war sicher gewesen, dass er der Richtige sei. Das schien er auch zu sein – bis sie sich entschlossen hatte, Milli aufzunehmen. Sogar als er dann verschwunden war, hatte ein Teil von ihr ihn immer noch verteidigt. »Wenn er nun mal kein Kind will«, hatte sie gesagt. Und Cora hatte erwidert, er sei ein verantwortungsloser Egoist ohne Rückgrat.

»Wenn es sein eigenes Kind wäre, hätte er bestimmt die Verantwortung übernommen«, hatte Grit erklärt, »aber ein fremdes Kind anzunehmen, ist noch einmal etwas anderes. Das kann man von niemandem verlangen.« Cora hatte nur den Kopf geschüttelt und die weinende Grit in den Arm genommen. Immerhin hatte er ihr die Burg gelassen. Das musste Cora anerkennen, und dafür würde Grit ihm ewig dankbar sein.

So ging es mit Cora und Grit, seit sie sich gegen Ende ihrer Schulzeit angefreundet hatten. Aber so unterschiedlich ihre Meinungen in sonnigen Zeiten oft waren, in den Unwettern und Stürmen des Lebens standen sie rückhaltlos zueinander. So auch in ihrer Beurteilung Fionas. Cora hatte Fiona damals – bevor Milli kam und Fiona ein für alle Mal verschwand – oft erlebt und kannte aus Grits aufgewühlten Erzählungen jede Katastrophe. Cora war immer schon fassungslos über Fionas Chuzpe gewesen, über ihre Verantwortungslosigkeit, ihre Egozentrik und ihre Unart, anderen Menschen – vor allem Grit – wehzutun und dann auch noch Mitleid zu verlangen. Der Gipfel aber war für sie die unglaubliche Dreistigkeit, mit der sie Grit ihr Kind aufgenötigt hatte.

Grit hatte dem nur halbherzig widersprochen. »Aufgenötigt … Ich weiß nicht … Außerdem habe ich Milli von Anfang an geliebt.«

»Aber das hat doch damit nichts zu tun! Das weißt du ganz genau! Im Gegenteil: Sie hat deine Gefühle ausgenutzt. Sie wusste, dass du nicht Nein sagen konntest. Sie wollte ihre Tochter loswerden! Du bist viel zu gutmütig. Du lässt dir immer alles gefallen. Auch von deiner Mutter. Im Grunde hat Fiona es immer richtig gemacht. Sie hat ihr Ding durchgezogen. Schon als wir uns kennengelernt haben und ihr noch zu Hause gewohnt habt. Und nachdem sie ausgezogen ist, wurde es doch nur schlimmer! Wie oft hast du sie auf der Polizeiwache abgeholt? Wie oft hast du sie ins Krankenhaus gefahren? Wie oft hast du ihr Geld geliehen? Wie oft hat sie bei dir übernachtet, wenn sie sich von einem ihrer kranken Typen getrennt hat? Und am Ende hat sie dir das Kind aufgenötigt – und dir auch noch Schuldgefühle eingepflanzt! Ich meine – was ist das für eine Mutter, die ihr Kind freiwillig weggibt? Sie hat Milli einfach genauso fallen lassen wie der Kerl, mit dem sie geschlafen hat. Wahrscheinlich war er vom selben Schlag wie sie. Vögeln, schwängern und ab. Und, ich meine, wie blöd muss man sein: Als Zwanzigjährige schwanger werden, wenn man es nicht will. Ist sie zu doof, ein Kondom zu benutzen? Hat sie noch nie von der Pille gehört? Du bist diejenige, die Verantwortung übernommen hat!«

»Cora, so einfach ist das nicht. Fiona ist kein schlechter Mensch. Es ging ihr nicht gut.«

»Natürlich ging es ihr nicht gut. Aber das hatte sie sich selbst zuzuschreiben!«

Als gute Freundin war für Cora der Fall klar: Grit hatte alles richtig gemacht, Fiona war diejenige, der man Vorwürfe machen musste. Aber Grit hatte immer wieder gezweifelt: War es wirklich so einfach? Je rigoroser Cora Fiona Schuld und Verantwortungslosigkeit und Ichsucht vorwarf, desto mehr meldete sich in Grits Innerem eine Stimme, die ihre Schwester verteidigte.

Grit hatte sich oft gefragt, ob sie etwas anders hätte machen müssen. Aber was? Wie sie es auch drehte und wendete: Es hatte keine andere Lösung gegeben. Jedenfalls hatte sie damals keine gesehen. Und doch blieb ihr schlechtes Gewissen. Hätte sie Fiona stärker drängen müssen, sich Hilfe zu suchen? Alles zu tun, damit sie Milli behalten konnte? Aber sie hatte ja alles getan. Und es blieb dabei: Fiona war es gewesen, die den Unfall verursacht hatte, durch den Milli um ein Haar gestorben wäre. Und am Ende war Fiona schlicht und einfach verschwunden. Der Kampf mit dem Jugendamt, Milli überhaupt behalten zu dürfen und das offizielle Sorgerecht zu bekommen, war schwer genug gewesen.

Grit war damals einfach nur wütend gewesen. Sie hatte ihre Schwester gehasst. Das Prinzip war ja nicht neu gewesen: Immer wieder hatte Fiona ihre Umgebung unter Druck gesetzt. Immer wieder ihren Müll abgeladen und sich aus dem Staub gemacht. Immer wieder ihre Probleme zurückgelassen. Wie oft hatte Grit als Jugendliche hören müssen, was für eine coole Frau Fiona sei, wie liebenswert und wie besonders. Ja, natürlich war sie das. Ja! Herrgott, ja! Aber nicht, wenn man tagtäglich mit ihr klarkommen musste. Nicht, wenn sie wieder und wieder alles um sich herum in Scherben schlug. Sie war ein Elefant im Porzellanladen. Egal wie liebenswert der Elefant ist – irgendwann will man nur noch, dass er geht. Und, ja, als Fiona dann ging, tat sie es durch die Schaufensterscheibe. Hinterließ den größten Scherbenhaufen ihres Lebens. Ein verletztes Kind.

Vielleicht hätte Grit damals mehr für ihre Schwester tun können, aber das Einzige, was sie damals für Fiona empfand, war *Wut*. Sie hatte einfach nur gehofft, dass sie nie wiederkommt.

5

Grit saß im Auto und heulte. Es brach aus ihr heraus wie ein Sommergewitter aus einer überladenen Wolke. Sie konnte es nicht zurückhalten.

Auf dem Friedhof hatte Grit erst einmal überhaupt nichts sagen können. Sie hatte mit allem gerechnet, aber nicht damit. Nicht damit, dass Fiona ihr Milli wegnehmen wollte. Also sagte sie das Einzige, was sie mit Sicherheit dazu sagen konnte: »Nein.«

Alle anderen Sätze, die ihr durch den Kopf schossen, verbot sie sich. *Wie stellst du dir das vor?* Damit wäre sie schon in einer Diskussion über Details, die sie überhaupt nicht führen wollte. *Du kannst nicht einfach herkommen und das fordern.* Fordern konnte sie es natürlich, aber es war absurd! Sie starrte ihre Schwester mit einem Blick an, der zwischen Entsetzen und Vernichtungswillen alles bedeuten konnte.

»Du kannst nicht einfach Nein sagen«, erwiderte Fiona. »Sie ist meine Tochter!«

»Sie ist nicht deine Tochter. Schon lange nicht mehr.«

»Natürlich ist sie das!« Fiona drückte wütend ihre Finger in ihren Bauch. »Sie ist hier rausgekommen! Sie ist hier drin entstanden.«

»Aber ich habe mich all die Jahre um sie gekümmert«, entgegnete Grit. »Ich habe sie nächtelang herumgetragen, als sie gezahnt hat. Ich habe an ihrem Bett gesessen, als sie hohes Fieber hatte. Ich habe Hausaufgaben mit ihr gemacht. Ich habe ihr abends vorgelesen, ich habe sie getröstet, wenn sie geweint hat, und habe ihr Mut gemacht, wenn sie Angst hatte. Fiona, ich war elf Jahre lang für sie da. Tag für Tag. Ich war tausendmal mit ihr bei Ärzten und Orthopäden, um ihr Bein wieder hinzukriegen. Ich habe sie nie im Stich gelassen. Ich habe mich nie aus dem Staub gemacht. Also erzähl mir nicht, ich sei nicht ihre Mutter!«

Eine alte Frau, die Blumen auf einem Grab goss, schaute vorwurfsvoll herüber. Grit nahm nicht einmal mehr wahr, dass sie auf einem Friedhof standen. Die Worte schossen aus ihr heraus. Sie sah nur noch ihre Schwester und deren unglaubliche, unverfrorene Forderung.

»Wenn das alles so schlimm war, dann sei doch froh, dass diese Last endlich von deinen armen Schultern genommen wird.«

»Es ist keine Last. Es ist eine Freude. Ich liebe Milli.«

»Ich auch.«

»So? Und das fällt dir jetzt ein? Plötzlich?«

»Nein, nicht plötzlich. Das fiel mir schon vor Jahren ein. Ich habe es von Anfang an gewusst. Ich habe sie geboren!«

»Du hast sie weggegeben.«

»Grit! Du weißt genau, warum ich das gemacht habe!«

»Und daran hat sich nichts geändert.«

»Woher willst du das wissen?«

»Ich weiß es eben.«

»Sei nicht so selbstgerecht! Wegen dir ist doch überhaupt alles schiefgelaufen! Wir hätten unsere Leben in den Griff gekriegt! Wir alle! Aber du hast das verhindert!« Fionas Stimme zitterte. »Du bist schuld, dass er gestorben ist! Du hast ihn umgebracht!«

*

Rick saß in seiner Werkstatt und schraubte die Platine des Fender-Verstärkers heraus. Die Werkstatt war ein großer Raum voller Eisenregale, die vollgestopft waren mit Unmengen von Kabeln und Elektrogeräten. Mit *Equipment*, wie Rick sagte. Das meiste waren nämlich, wie er seinen Töchtern erklärt hatte, Gitarrenverstärker, Effektgeräte und alles Mögliche, das man für Bühnenauftritte brauchte. Obwohl das Fenster weit offen stand, war es stickig. Im Winter war es viel zu kalt, im Sommer viel zu heiß. Aber immerhin hatte er endlich einen Raum für sich, in dem er sich fühlte wie ein Profi und nicht nur wie der Bastler von nebenan, der für ein paar Scheine nächtelang an den Sachen herumfummelte, um die Kosten für Ersatzteile zu sparen. Jetzt mussten nur noch seine Kunden begreifen, dass sich etwas geändert hatte. Dass sie Kunden waren und nicht Kumpels. Der Streit vom letzten Abend klang noch in seinem Kopf nach. »Nicht *sie* müssen etwas begreifen, sondern *du*! *Du* musst dir endlich eingestehen, dass du mit deinen *Songs* in hundert Jahren kein Geld verdienen wirst!«

Geduldig löste Rick die winzigen Schräubchen und legte sie sorgfältig in die abgegriffene rote Plastikschale. Bis morgen musste der Verstärker funktionieren, denn dann würde Gomez kommen und ihn abholen. Die *Strikes*, wie seine Band hieß, würden morgen Abend einen Auftritt haben, und Gomez bestand darauf, mit seinem eigenen Verstärker zu spielen. Er war da eigen. Wie alle Musiker. Aber Rick war ja nicht der Musiker, sondern nur der Techniker. Also würde er es bis zum nächsten Tag hinbekommen. Rick zog mit der Spitze des Schraubenziehers an allen Lötverbindungen, um erst einmal mechanisch zu prüfen, ob sie in Ordnung waren. Dann schaltete er den Verstärker ein und nahm den Phasenprüfer. Als er den ersten Kontakt berührte, nahm er im Augenwinkel eine Bewegung wahr. Rick schaute sich um. Auf dem Fensterrahmen war eine Meise gelandet. Sie legte den Kopf schief, pickte etwas auf und flatterte wieder davon. Rick seufzte. Wollte er diesen herrlichen Tag wirklich hier in der Werkstatt verbringen? Nur weil Gomez das Leihgerät nicht nehmen wollte? Er schaltete den Strom aus, nahm seine Gitarre und ging zum Kühlschrank, um sich ein kaltes Bier zu holen.

Kurz darauf saß er im Garten und spielte ein Lied, an dem er seit ein paar Tagen arbeitete. Die Überleitung zum Refrain gefiel ihm noch nicht. Es war zu glatt und, wenn er ehrlich war, zu langweilig. Tausendmal gehört. Er probierte andere Akkorde aus. Wieder und wieder. Und bald hatte er, ohne es wirklich zu merken, den Zustand erreicht, in dem er die Welt um sich herum ausblendete und das Leben nur noch aus Akkorden bestand. Eine Melodie, gesungene Worte, Harmonien, richtige und falsche Klänge. Und vor allem *fast richtige* Klänge. Denn das war es, was aus ein paar Minuten an der Gitarre Stunden werden ließ. Es gab ein Meer aus *fast richtigen* Harmoniefolgen. Aber manchmal war da wie ein kleines Wunder die genau richtige. Die nämlich eigentlich ein bisschen falsch war. Genau das richtige Falsch. *The right kind of wrong.* Sie brachte in der Seele etwas zum Klingen. Sie erregte ganz tief im Inneren eine Aufmerksamkeit und setzte sich fest. Sie löste das Verlangen aus, sie wieder zu hören. Sie machte süchtig. Und vor allem machte es süchtig, diese Harmoniefolge zu suchen.

Rick saß im Schatten der großen Linde, Hummeln und Bienen summten um ihn herum, gelegentlich ein Schmetterling, doch die bemerkte er nicht. Er vergaß zu essen und zu trinken, er vergaß Gomez und die Strikes, er vergaß das Geld, das er für die Reparatur des Verstärkers bekommen würde, und er vergaß Grit.

Bis sie irgendwann vor ihm stand. »Hallo, Papa.«

Er schaute auf. In seinem Blick lag ein gewisses Erstaunen, als ob er vergessen hatte, dass es mehr auf der Welt gab als nur ihn und seine Gitarre.

»Hallo, Bienchen.« Er nahm Grit behutsam die Brille ab, begann sie mit seinem T-Shirt zu putzen und sah mehrmals hindurch, bis er zufrieden war. Dann schob er die Bügel vorsichtig wieder über Grits Ohren.

»Neues Lied?«, fragte Grit.

»Ja. Ist aber noch nicht fertig. Willst du es hören?« Niemals spielte Rick Lieder vor, die noch nicht fertig waren. Grit war die Einzige, die sie hören durfte. Sie sagte dann Dinge wie: »Diese Stelle da ist schön.« Oder: »Verstehe ich nicht.« Und wenn er sie auf eine Akkordfolge aufmerksam machte, die ihn noch nicht befriedigte, antwortete sie entweder: »Ja, du hast recht.« Oder: »Ich find's gut.« Je nachdem. Auf jeden Fall immer ehrlich. Und es war immer ein kleines Wunder. Sie war zwar erst sieben und hatte keinerlei Ahnung von Rockgeschichte, aber sie hatte ein erstaunliches Gehör.

Ganz anders als die kleine Fiona. Ihre Stärke war, dass sie sich für alles begeisterte. Wenn er ihr etwas vorspielte, dann tanzte sie und jubelte und himmelte ihn an. Wenn er Applaus und Begeisterung brauchte, dann spielte er der Kleinen vor. Seinem Schmetterling.

Er spielte das neue Lied, und Grit hörte aufmerksam zu. Während er sang, beobachtete er sie und versuchte, aus ihrem Gesicht eine Reaktion herauszulesen, doch sie stand nur reglos da und schaute auf seine Hand, die am Hals der Gitarre die Saiten aufs Griffbrett drückte. Nachdem er den Schlussakkord gespielt hatte, hielt er inne und lächelte sie an. Sie stand immer noch reglos.

»Und?«, fragte er schließlich.

Grit sah ihn an. »Wie kommt es, dass in der Musik Sachen, die falsch klingen, sich trotzdem richtig anhören?«

Rick zuckte mit den Schultern. »Vielleicht weil es wie im Leben ist?«

»Was heißt das?«

»Dass es nie wirklich stimmt. Und trotzdem manchmal gut ist.«

Grit dachte nach. Schließlich nickte sie.

»Außerdem«, fügte Rick hinzu, »sind Leute, die einen an der Waffel haben, nicht so langweilig wie die Perfekten.«

»So wie du?«

Er lächelte. »So wie ich.«

»Aber niemand ist perfekt.«

»Das stimmt. Und mein Lied? Unperfekt und wunderschön?«

»Ich fand's ein bisschen langweilig.«
»Scheiße.«
»Dass ich das sage?«
»Dass du recht hast.«

*

Zuerst hatte Grit geglaubt, sie würde es unter Kontrolle bekommen, sobald sie alleine wäre, aber das bekam sie nicht. Die Tränen liefen ihr herunter, und sie konnte nichts dagegen tun. Alles um sie herum drehte sich. Alles drehte sich um eine Mitte, in der etwas Dunkles hockte, das ihr Herz mit einer gewaltigen Faust gepackt hielt, sie im Kreis schleuderte und die Tränen aus ihren Augen herauspresste. Sie wurde herumgeschleudert und kam nicht zum Stillstand. Grit hatte Fiona am Friedhof stehen lassen, war zu ihrem Kombi gelaufen, gerannt, geflohen, hatte den Motor gestartet und war losgefahren. Noch hatte sie nicht geweint, sie war nur voller Wut gewesen. Doch sie hatte gespürt, wie etwas Unheimliches, Machtvolles und Beängstigendes in ihr wach wurde, von dem sie geglaubt hatte, es sei längst tot und vergessen.

Grit hatte es irgendwie geschafft, vom Parkplatz zu fahren, hatte sich in den Verkehr eingefädelt und war, als ihr klar wurde, dass sie nichts um sich herum wirklich wahrnahm, wieder von der Straße abgefahren. Als sie den Kombi schon fast zum Stehen gebracht hatte, streifte sie mit dem Außenspiegel einen Pfosten. Der Spiegel wurde abgerissen und polterte gegen die Beifahrertür. Das hässliche Geräusch der Zerstörung hatte in

Grit etwas zum Platzen gebracht, sie hatte geschrien und angefangen, haltlos zu weinen.

Grit hatte geglaubt, das Leben, das sie sich aufgebaut hatte, sei eine stabile Burg, die sie verlässlich gegen die barbarischen Angriffe ihrer Vergangenheit schützte. Aber das war es nicht. Ihr Job beim Jugendamt, ihr Kind, ihre Freundinnen, vor allem ihre beste Freundin Cora, ihr Auto, ihr Haus, ihre Bücher, ihre Kleider, ihr Schmuck – all das hatte sie wie eine Festung um ihre Seele aufgebaut, und nun fielen diese Mauern in sich zusammen.

Grit brauchte lange, bis sie sich beruhigt hatte. Das Weinen und Schluchzen erstarb langsam, das Zittern und Krampfen in ihrem Bauch und in ihren Armen ließen nach. Schließlich wischte sie sich die Tränen aus den Augen und atmete mehrmals tief durch. Sie schüttelte ungläubig den Kopf. Einen solchen Kontrollverlust hatte sie seit Jahren nicht mehr erlebt. *Milli!* Dieses Miststück war hergekommen, um Milli zu holen! Ihre Schwester glaubte allen Ernstes, dass sie Milli bekommen könnte!

Grit stieg aus und begutachtete den Schaden. Der rechte Seitenspiegel hing an ein paar Kabeln schlaff herunter, als ob er einen Genickschuss bekommen hätte. Grit überlegte, ob sie ihn ganz abreißen sollte, aber sie ließ ihn einfach hängen, wie er war, und stieg wieder ein. Sie würde sich später darum kümmern.

Als Grit zum Friedhof zurückkam, dachte sie zuerst, Fiona sei verschwunden, doch dann sah sie sie im Schatten des Pförtnerhäuschens am Eingang des Friedhofes. Grit hielt neben ihr, und Fiona öffnete die Beifahrertür.

»Dein Spiegel ist kaputt«, sagte sie.

»Ich weiß.«

Fiona nahm den Spiegel und riss ihn mit einem kräftigen Ruck ab. »Besser, du machst ihn ab. Sonst verlierst du ihn noch.«

Fiona stieg ein und legte den Spiegel in den Fußraum. »Gut, dass du zurückkommst. Du willst also darüber reden.«

»Nein, Fiona. Ich will nicht darüber reden. Ich bin nur gekommen, um dir zu sagen, dass du verschwinden musst. Ich weiß nicht, was du dir vorstellst. Aber vergiss es. Wenn du Hilfe brauchst, sag es jetzt. Willst du das Geld?«

»Ich brauche kein Geld.«

»Dann leb wohl. Es gibt nichts, über das wir reden müssten.«

»Mein Auto und mein Sarg stehen noch auf deinem Hof.«

6

Inzwischen war die Sonne so weit gewandert, dass der Sarg im grellen Licht stand. Er leuchtete noch bunter und absurder als zuvor. Grit und Fiona stiegen aus.

»Ich möchte mit Milli sprechen.«

»Nein, Fiona. Das tun wir Milli nicht an.«

»Vielleicht lässt du sie selbst entscheiden. Das wäre nur fair.«

»Fair? Das Kind unter Druck zu setzen, nennst du fair? Hier geht es nicht um dich. Es geht um Milli. Lass sie in Frieden. Bitte setz dich in dein Auto und fahr weg. Jetzt.«

Fiona sah Grit lange an. Ohne etwas zu antworten, ging sie zu ihrem Wagen. Aber sie öffnete nicht die Fahrertür, sondern eine der hinteren. Sie stieg auch nicht ein, sondern nahm ein Paket heraus, das in rosafarbenes Geschenkpapier eingepackt war.

»Ich habe Milli etwas zum Geburtstag mitgebracht…«

»Ihr Geburtstag war vor vier Monaten.«

»Das weiß ich, Grit.«

»Ich werde es ihr geben, wenn sie nachher kommt.«

»Grit, ich will sie sehen. Ich will mit ihr reden! Ich werde sie mitnehmen!«

»Nein, Fiona. Hast du mich nicht verstanden? Du kannst nicht einfach herkommen und – unser Leben in Stücke reißen! Nicht nach all dem, was du angerichtet hast!«

»Was alles nur eine Folge von dem ist, was *du* angerichtet hast.«

»Fiona, wie stellst du dir das vor? Dass ich ihr einen Koffer packe und einen Imbiss für die Reise, und dann fahrt ihr einfach weg? Sie hat ein Leben! Sie geht zur Schule! Sie hat Musikunterricht! Sport. Sie hat Freundinnen. Dies hier ist ihr Zuhause. Sie hat eine Mutter!«

Fiona schwieg. Schließlich sagte sie. »Das verstehe ich.«

»Das ist gut.«

»Dann machen wir einen Plan. Wir überlegen gemeinsam, wann ich sie mitnehme. Ich könnte auch hierherziehen. Also nicht hier zu euch natürlich. Hier in die Gegend. Dann kann sie weiter hier zur Schule gehen. Ihre Freundinnen behalten. Lass uns über all das reden.«

Grit antwortete nichts.

»Du hast selber immer gesagt, Hauptsache reden!«

»Fiona, tu ihr das nicht an. Bitte!«

Die beiden sahen sich lange in die Augen. Schließlich sagte Fiona nur: »Ich muss auf Toilette.«

Grit zögerte. »Fiona …«

»Grit! Sei nicht unmenschlich! Ich muss pinkeln.«

Grit blickte auf ihre Armbanduhr. Es war erst ein Uhr. Noch zwei Stunden, bis Milli nach Hause kommen würde.

»Gut. Aber in fünf Minuten bist du weg.«

»Grit, entspann dich!«

»Fünf Minuten!«

Milli saß am Küchentisch. Grit schloss entsetzt die Augen. Mit einem dumpfen Pochen stürzte das Blut aus ihrem Kopf – und schoss mit Hochdruck wieder zurück.

»Hallo, Mama«, sagte Milli verhalten.

Grit sah ihr das schlechte Gewissen sofort an. »Hallo, Milli«, sagte sie.

»Hallo, Milli …«, sagte auch Fiona.

»Was machst du hier!«, rief Grit ungewollt scharf aus. »Wieso bist du nicht in der Schule?«

Milli zuckte mit den Schultern und sah an ihrer Mutter vorbei auf die fremde Frau, die ein Geschenk in der Hand hielt und verlegen lächelte. »Ich bin heute früher nach Hause gekommen.«

»Früher? Warum? Geht's dir nicht gut?«

»Doch …«

Fiona verstand, was Milli meinte: »Manchmal gibt es Wichtigeres als Schule, nicht wahr? Ich habe früher auch oft geschwänzt.«

»Wovon redest du! Milli schwänzt nicht die Schule!«

»Doch, Mama. Ich wollt's mal ausprobieren.«

»*Ausprobieren?*«

»Sehr gut«, kommentierte Fiona. »Man muss alles ausprobieren.«

»Das war doch nicht deine Idee? Mit wem hast du geschwänzt?«

»Mama, ist doch jetzt egal …«

»Es ist nicht egal. Mit wem, Milli?«

Grit bemerkte einen kurzen Blick Millis hinter die Küchentür. Und als sie dahinter schaute, erwartete sie die nächste Überraschung. »Lavinia!«

»Hallo …«, lächelte Lawine.

»Was machst du hier?«

»Ich habe Sie gesucht. Wollte nur erzählen, dass im Moment alles gut läuft …«

Milli erinnerte sich nicht, ihre Mutter je sprachlos erlebt zu haben.

»Ich gehe dann mal«, fügte Lawine hinzu und drückte sich an Grit vorbei.

»Lavinia, hiergeblieben!« Doch das Mädchen verschwand schon aus der Haustür. Grit schaute Milli an. »Du treibst dich mit Lavinia herum? Das Mädchen hat vierzehn Strafanzeigen! Sogar eine wegen Körperverletzung!«

Milli schwieg.

Grit atmete tief durch. Sie beschloss, nicht weiter darauf einzugehen. Lavinia war im Moment ihr geringstes Problem.

»Scheint ein nettes Mädchen zu sein«, sagte Fiona beschwichtigend und lächelte Milli aufmunternd an.

»Ist das dein Sarg da draußen?«, fragte Milli.

»Ja.«

»Warum hast du einen Sarg? Ist jemand gestorben?«

»Nein.«

Grit befürchtete, dass Fiona dem Kind alles über die symbolische Beerdigung ihrer Vergangenheit erklären würde, aber das tat sie nicht. Sie sagte nichts weiter. Und weil das Schweigen andauerte, erklärte Grit: »Das ist meine Schwester. Fiona. Deine … Tante.«

Milli sah Fiona erstaunt an. Das also ist Mamas Schwester? Milli hatte ihre Mutter einmal gefragt, ob sie Geschwister habe, und sie hatte lange gezögert, bevor sie antwortete: »Ja. Ich hatte eine Schwester.«

»Hattest?«

»Habe.«
»Wieso hast du gesagt *hattest*? Ist sie gestorben?«
»Nein, Schatz, sie ist nicht gestorben.«
»Wo ist sie?«
»Das weiß ich nicht. Sie ist weggegangen.«
»Wohin?«
»Ich weiß es nicht.«
»Du weißt nicht, wo sie ist?«
»Nein.«
»Warum ist sie weggegangen?«

Darauf hatte ihre Mutter nicht geantwortet. Am nächsten Tag hatte sie Milli zu sich gerufen. Sie hatte sich aufs Sofa gesetzt und eine Schachtel geöffnet, in der alte Fotos lagen.

»Siehst du«, hatte Grit gesagt, »das bin ich mit meiner Schwester.«

»Wie alt wart ihr da?«
»Vielleicht sechs oder sieben.«

Auf den Fotos waren zwei Mädchen zu sehen. Das eine war etwas größer, seine Haare waren heller, und es hatte ein runderes Gesicht. »Das bin ich«, hatte Grit gesagt. Das kleinere Mädchen war schmal, hatte dunkle Haare und große Augen. »Das ist Fiona.« Sogar auf den Fotos war zu erkennen, dass Grit die Stillere der beiden gewesen war. Die kleine Fiona lachte und war auf mehreren Fotografien unscharf, weil sie nicht stillsaß. Auf einem Bild sprang sie gerade auf und griff lachend nach der Kamera.

Während sie die Fotos anschauten, erzählte Grit ein paar Geschichten über Fiona und sich. Wie sie zusammen gespielt hatten, wie Fiona einmal bei Gewitter in Grits Bett gekrochen war und sie aneinander gekuschelt eingeschlafen waren. Manchmal hatte Grit ihrer kleinen Schwester etwas zu essen gemacht, und einmal hatte Fiona ihrer Schwester etwas kochen wollen, und sie hatten sich für Rührei entschieden, weil das leicht ging. Fiona hatte ganze Eier in die Pfanne geworfen. »Mit Schale?«, fragte Milli. »Mit Schale«, bestätigte Grit lächelnd. »Sie hat sie einfach reingeworfen und umgerührt. Ich spüre heute noch das Knirschen zwischen den Zähnen, weil ich natürlich so tun wollte, als sei es ganz toll, was sie gemacht hat.«

Von der erwachsenen Fiona hatte Grit nie etwas erzählt. Nicht einmal von der Zeit, als sie Jugendliche waren. Nur, was sie als kleine Mädchen gemacht hatten.

»Warum habt ihr euch später nicht mehr verstanden?«
»Wir waren einfach zu unterschiedlich.«
»Und du weißt nicht, wo sie ist?«
»Nein.«

Milli hatte ihre Tante also nie gesehen und wusste nicht, wie sie inzwischen aussah. In ihrer Vorstellung war sie immer ein kleines Mädchen gewesen, weil sie nur die alten Fotos kannte. Deshalb war sie überrascht, eine erwachsene Frau zu sehen, die Fiona sein sollte. Es könnte stimmen, dachte sie. Das Gesicht war immer noch schmal, die Augen und die Haare dunkel. Nur schien sie nicht so quirlig zu sein wie das Mädchen Fiona. Sie sah erschöpft aus, als ob sie eine lange Reise hinter sich hätte. Milli bemerkte, dass Fiona sie mit einem merkwürdigen Blick ansah. Sie umarmte sie mit den Augen. Aber sie rührte sich nicht.

Grits Handy klingelte. Sie nahm es aus der Tasche und schaute aufs Display. Sie war sichtlich hin und her gerissen. Aber sie nahm das Gespräch nicht an. Es klingelte weiter.

»Willst du nicht drangehen?«, fragte Fiona.

Das Klingeln hörte auf. Doch gerade als Grit das Telefon wieder eingesteckt hatte, begann es von Neuem.

»Entschuldigt«, sagte Grit und nahm das Gespräch an. »Nur kurz.« Und ins Telefon: »Alicia, ich kann jetzt nicht sprechen. – Was? – Ja … Ich … Hör zu, ich kann nicht immer … Ich habe dir gesagt, ich kann dich aus der Familie nehmen. Aber nicht gegen deinen Willen. – Nein, Alicia, es ist nicht deine Aufgabe, auf deine Mutter aufzupassen. – Die Schwester deiner Mutter? – Was? – Vom Balkon geworfen? Die Schwester?! – Ach, den Grill.« Sie ging mit ihrem Handy vor die Tür.

»Manchmal muss sie telefonieren, auch wenn sie nicht will«, erklärte Milli.

»Job?«, fragte Fiona.

Milli zuckte mit der Schulter.

»Was macht sie?«

»Jugendamt. Sie kümmert sich um Familien.«

»Um Familien!«, sagte Fiona.

Milli war sich nicht sicher, ob das erstaunt klang oder bewundernd oder zweifelnd. Sie erklärte: »Ihr Ding sind die hoffnungslosen Fälle.«

»Aha …« Einen Moment lang herrschte eine ratlose Stille zwischen ihnen. Bis Fiona sich an das Päckchen unter ihrem Arm erinnerte. Sie schaute unsicher darauf. »Ich habe dir was mitgebracht.«

»Mir?«, fragte Milli.

»Ja. Ich wusste nicht, was dir gefällt, deshalb … Ich … Es ist sicher furchtbar unpassend.«

Sie ging zu Milli und gab ihr das Paket. Milli riss das Papier auf. Es war ein kleiner pinkfarbener Koffer. Ein Schminkkoffer für Kinder. Rosafarbener Puder, bunter Lidschatten, Nagellacke, verschiedene Lippenstifte, Make-up, Pinsel und sogar kleine künstliche Fingernägel zum Aufkleben.

»Krass«, sagte Milli.

»Gefällt es dir?«

»Ich habe mich noch nie geschminkt.«

»Ich kann es dir zeigen.«

»Ja?«

Als Fiona Milli mit dem Schminkkoffer sah, war ihr klar, dass er zu kindisch war. Komplett unpassend. »Ich kenne mich nicht so aus mit Mädchen in deinem Alter. Mit großen Mädchen … Aber ich möchte es gern lernen. Ich … hoffe, wir lernen uns besser kennen …«

In diesem Moment kam Grit wieder herein. Sie blieb in der Tür stehen, die beiden Schwestern sahen sich an.

»Bleibst du länger hier?«, fragte Milli.

Keine der beiden antwortete. Sogar Milli spürte die Anspannung, die in der Luft lag. Schon als die beiden Schwestern hereingekommen waren, hatte sie das Gefühl gehabt, ihre Tante komme nicht in Frieden. Und nun wieder. Dies war keiner dieser Verwandtenbesuche, bei denen man sich um den Hals fällt, weil man sich lange nicht gesehen hat, und sich gegenseitig mit Fragen überschüttet und alle gleichzeitig plappern, weil es so viel zu erzählen gibt. Ein Verwandtenbesuch, wie es ihn in Filmen und Serien gibt.

Schließlich brach Grit das Schweigen, indem sie auf den aufgeklappten Schminkkoffer wies. »Was ist das?«

Ihrem Ton nach hätte ein lebloses Rieseninsekt auf dem Tisch liegen können.

»Ein Schminkkoffer. Den hat mir Tante Fiona mitgebracht.«

»Mir wäre lieber, du sagst nicht Tante«, sagte Fiona.

»Sag ruhig Tante, wenn du möchtest«, sagte Grit.

Dann herrschte wieder Schweigen, bis Grit es beendete: »Milli, warum gehst du nicht ein bisschen raus an die frische Luft?«

»Erwachsenengespräche?«, fragte Milli.

»Na ja ... Ja, Erwachsenengespräche. Ich hoffe, sie werden halbwegs erwachsen sein. Ich rufe dich, wenn es Essen gibt.«

»Ist gut.«

Milli wollte noch fragen, ob Fiona zum Essen bleibt, aber sie sparte sich die Frage. Sie klappte ihren Schminkkoffer zu, nahm ihn und ging an Grit vorbei hinaus. In der Tür drehte sie sich noch einmal zu Fiona um. »Schön, dass du uns besuchen kommst.« Sie lächelten sich an.

Jetzt erst fiel Grit auf, dass Fiona überhaupt gar nicht auf der Toilette gewesen war. Kaum war Milli aus der Tür, fragte Fiona fassungslos: »Du hast es ihr nie gesagt? Du hast ihr nie gesagt, dass du gar nicht ihre Mutter bist?«

7

Grit begann Kaffee zu kochen. Es war nicht so, dass sie große Lust auf Kaffee hatte, aber sie brauchte etwas zu tun. Sie wollte auf den Wasserhahn schauen, auf den Kocher, auf die Kanne und auf das Kaffeepulver.

»Grit! Ich habe dich etwas gefragt!«

»Das geht dich nichts an.«

»Das geht mich nichts an? Sie ist meine Tochter, wann begreifst du das endlich!«

Grit wandte sich um. Jetzt wollte sie Fiona anschauen. Und zwar sehr ernst. »Ich warne dich: Wenn du es ihr sagst, bringe ich dich um. Ich schwör's dir: Ich bringe dich um!«

»Dann sag du es ihr.«

»Tue ich auch.«

»Jetzt!«

»Es ist verdammt noch mal meine Sache, wann ich es ihr sage.«

»Sie hat ein Recht darauf, die Wahrheit zu erfahren.«

»Das weiß ich, Fiona.« Grit wusste es nur allzu gut. Seit Jahren verging kaum ein Tag, an dem sie nicht daran dachte. Natürlich wusste sie, dass sie es Milli sagen musste. Aber sie wusste nicht, wann.

»Ich lasse mich vor allem nicht von dir unter Druck setzen. Du tauchst aus dem Nichts auf und willst hier alles über den Haufen schmeißen. So geht das nicht, Fiona!«

»Na, sicher! Es wäre viel besser gewesen, wenn ich angerufen hätte. Ich komme nächste Woche vorbei und hole Milli! Dann hättest du Gelegenheit gehabt, alles vorzubereiten, oder?«

Grit versuchte, innerlich Abstand zu bekommen. Das hatte sie doch gelernt. Brachte es sogar ihren Klienten bei. Nicht immer auf jeden Reiz sofort reagieren. Innerlich einen Schritt zurücktreten. Durchatmen. Sich klarmachen, worum es eigentlich geht. Natürlich, es ging hier nicht um sie und Fiona, es ging um Milli. Sonst nichts. Das war das Wichtigste.

Durchatmen.

Schritt zurück.

»Hast du überhaupt eine Wohnung?«, fragte sie.

»Wieso sollte ich keine haben?«

Grit fielen tausend Gründe ein. »Hast du eine?«

»So etwas wie das hier kann ich ihr natürlich nicht bieten.« Sie wies vage in die Runde.

»Was meinst du? Eine Küche? Man nennt das Küche, weißt du?«

»Ich meine so eine *Immobilie*!« Fiona setzte einen abfälligen Blick auf, um ihre Verachtung für alles, was mit Geld zusammenhing, auszudrücken.

»Diese *Immobilie* hat fast nichts gekostet.«

»Ach? Wen hast du denn da betrogen?«

»Niemanden. Ich habe mich verpflichtet, sie zu renovieren.«

»Deshalb stehst du an so einem herrlichen Tag mit Hammer und Sichel auf diesem Gerüst? Du hast dich für einen Euro zum Sklaven dieses Hauses gemacht?«

»Dafür gehört es mir.«

»Na, Glückwunsch. Ich werde eine Wohnung suchen, okay? Milli wird schon ein Dach über dem Kopf haben. Ich dachte, ich fahre erst einmal mit ihr zur Hütte.«

Grit sah ihre Schwester zweifelnd an. Sie brauchte nicht nachzufragen, welche Hütte Fiona meinte. »Das ist wohl eine ziemlich beschissene Idee.«

»Warum? Eigentlich war es schön da oben. Sogar wunderschön. Bist du jemals wieder da gewesen?«

»Natürlich nicht.«

»Ich auch nicht.« Fiona blickte durch das Fenster hinaus auf den Sarg. »Ich weiß nicht, ob die Idee so schlecht ist. Vielleicht muss man manchmal zurück.«

»Nein. Muss man nicht. Sag mir lieber, was du all die Jahre getrieben hast.«

»Frag nicht.«

»Ich frage aber.«

»Ich will nicht drüber sprechen, okay?«

»Nein, nicht okay. Wenn du einfach herkommst und mir Milli wegnehmen willst, dann habe ich ein Recht darauf zu wissen, wo du gewesen bist. Bevor wir über irgendetwas anderes reden. Ein Kind ist kein Meerschweinchen! *Hier, nimm mal, ich fahre zehn Jahre in den Urlaub und hol's dann irgendwann wieder ab.* So läuft das nicht.«

»Urlaub?«, wiederholte Fiona ungläubig.

»Dann sag mir doch, was du gemacht hast.«

»Was willst du hören? Ich habe mir eine schöne Zeit gemacht. Reisen, Partys, Männer – was Fiona eben so macht.«

Grit schüttelte wütend den Kopf. »Das war so klar ...«

»Ja? War es das?«

»Ja, das war es.«

»Tja, siehst du ... Da werden deine Erwartungen ja erfüllt. Grit! Das hier ist kein Bewerbungsgespräch! Du hast kein Recht, meinen Lebenslauf zu verlangen. Geschweige denn zu beurteilen. Leck mich am Arsch!«

»Leck du mich am Arsch! Ich habe eine Menge Dinge aufgegeben für Milli. Ich habe mein Studium abgebrochen, um Geld zu verdienen und für sie da zu sein. Und ich weiß nicht, ob du es begriffen hast: Marek wollte kein Kind. Er hat mich vor die Wahl gestellt: das Kind oder ich. Ich habe mich für Milli entschieden.«

»Was wahrscheinlich das Beste für dich war. Marek war eine Null.«

»Darum geht es nicht. Ich habe getan, was getan werden musste.«

»Das heißt, du wolltest Milli gar nicht? Dann kann ich sie ja haben.«

»Natürlich wollte ich sie! Jetzt dreh doch nicht alles um! Vor allen Dingen rücke ich sie jetzt um keinen Preis wieder raus!«

»Sie ist meine Tochter!«

»Sie ist *meine* Tochter!«

Die beiden standen sich gegenüber und starrten sich aufgewühlt und voll gegenseitigem Abscheu in die Augen. In ihrer Pubertät waren sie mehrmals übereinander hergefallen, hatten sich die Gesichter aufgekratzt und sich büschelweise Haare ausgerissen. Aber dafür war der Abgrund zwischen ihnen zu tief geworden.

»Ich gehe jetzt raus zu Milli«, sagte Grit nur. »Wenn ich zurückkomme, bist du weg. – Die Toilette ist da drüben.«

*

Milli hatte vier Geschwister, um die sie sich kümmern musste: Hans, Hedi, Lotte und Fritz. Milli war nicht die Älteste, Hans war älter als sie, aber als Mädchen trug sie trotzdem die Verantwortung. Man weiß ja, wie Jungen sind. Milli wunderte sich manchmal, dass ihre junge, wunderschöne Mutter und ihr ebenso junger, aufrechter Vater bereits fünf Kinder zur Welt gebracht hatten, bevor sie den heldenhaften Tod an der Front gestorben waren, aber so war es.

Es war wirklich eine Mühsal, fünf Trümmerkinder durchzubringen, und oft gab es nichts weiter als Löwenzahnsuppe und einen Kanten hartes Brot (den sie aus der Küche mitgebracht hatte). Sie waren wirklich sehr unglückliche Kinder, denn nachdem Vater und Mutter gefallen waren (Milli sah die beiden tatsächlich fallen, getroffen von unsichtbaren Kugeln, den Blick ein letztes Mal sehnsüchtig einander zugewandt, die Hände nach dem anderen reckend, aber sich nicht mehr erreichend), war auch noch das Haus, in dem sie lebten, ausgebombt worden und nichts war davon übrig geblieben als ein Trümmerhaufen, aus dem nun Gebüsch und kleine Birken wuchsen.

Hans war also der Älteste. Er trug eine Brille wie sie selbst und war Vater am ähnlichsten. Er war klug und belesen, oft leider altklug und dabei allzu vergesslich, und von den praktischen Dingen des Lebens wusste er nichts. Zum Glück war genau das Millis Stärke. Sie wusste genau, wie man aus Löwenzahn einen Salat zubereitete und aus Brennnesseln einen Tee aufbrühte. Sie konnte drüben im

Haus kalte Spaghetti stibitzen, ohne dass Grit es merkte, und eine Karaffe Saft herüber balancieren, ohne etwas zu verschütten. Wenn sie eine Tafel Schokolade schmuggelte, dann teilte sie sie gewissenhaft in fünf gleich große Teile, denn die Kleinen bekamen genauso viel wie die Großen. Schließlich mussten sie noch mehr wachsen. Die Kleinen, das waren dann ihre beiden Schwestern Hedi und Lotte, denen sie Kochen und Nähen und Lesen beibrachte, und der kleine Fritz, dem sie von den heldenhaften Taten ihrer Eltern erzählte, wenn er sich zwischen den Trümmern zum Mittagsschlaf hinlegte. Jedes Kind hatte in der winzigen Hütte einen eigenen Schlafplatz, sie hatten eine Kochecke und auf einem alten Teppich, den Milli auf einem halbwegs ebenen Plätzchen ausbreitete (und wieder zusammenrollte, damit er bei Regen nicht allzu nass wurde), einen Tisch aus einer alten Weinkiste, die Grit ihr geschenkt hatte, und als Stühle dienten vier umgedrehte Blumentöpfe und Millis altes Kinderstühlchen. Sie hatten fünf Tellerchen, fünf Tassen, Gabeln, Messer und Löffel und natürlich einen Topf, eine Pfanne und Küchengeräte wie Mixer, Kochlöffel und Pfannenwender. Alles nur in Kindergröße, aber das war in der winzigen Hütte ganz praktisch.

Natürlich wusste niemand von Millis Geschwistern und ihrem bedauerlichen Leben in den Trümmern ihres zerbombten Hauses. Sie hatte nicht einmal Lawine davon erzählt. Eigentlich vor allem nicht Lawine, denn die hätte sicher nicht verstanden, wie schön es ist, für Geschwister zu sorgen und bettelarm zu sein.

Im letzten Sommer waren der Schutthaufen und die Wiese dahinter noch eine Bergwelt gewesen und Milli eine Heidi, die dort mit ihrem Freund Peter frei und ungezwungen lebte. Aber im Winter hatte sie, als Grit nicht zu Hause war, auf Youtube ein Video über einen Krieg gesehen, das sie gebannt verfolgt hatte, weil dort eine ganze Stadt so aussah wie ihre abgerissene Scheune. Sie hatte Bilder von Flugzeugen und riesigen Feuern gesehen und von Menschen in dicken Mänteln, die inmitten der Trümmer hausten.

»Und du hast sie nie zuvor gesehen?«, fragte Hedi betroffen.

»Nein, nie.«

»Aber sie sind doch Schwestern!«, sagte Lotte. »Wie können Geschwister sich nicht verstehen!«

»Ich weiß nicht«, seufzte Milli.

»Das kommt oft vor«, warf Hans großtuerisch ein. »Kain hat seinen Bruder Abel sogar erschlagen.«

»Ja«, gab Hedi zu. »Aber das waren auch *Jungen*.«

Als Grit aus dem Haus kam, war da von Milli keine Spur. Auf dem Hof standen nur ihr Kombi mit dem abgebrochenen Rückspiegel und Fionas Was-auch-immer mit dem Sarg auf dem Dach. In seiner absurden Farbenpracht schien der Sarg über alles, was um ihn herum vor sich ging, zu spotten. Grit, höhnte er, versuchst du etwa immer noch, dein Leben im Griff zu behalten? Hast du immer noch nicht verstanden, dass das Schicksal ein Clown ist? Ein Clown, der am längeren Hebel sitzt? Bilde dir bloß nicht ein, du hast irgendetwas in der Hand!

Grit schämte sich zutiefst dafür, dass sie es all die Jahre nicht fertiggebracht hatte, Milli die Wahrheit zu sagen. Natürlich war ihr immer klar gewesen, dass sie es eines

Tages tun müsste – aber sie hatte es nicht getan. Sie hatte es vor sich hergeschoben. Tag um Tag um Tag. Jahrelang.

Sie war ja schon an der Frage gescheitert, was sie Milli überhaupt erzählen sollte. Deine Mutter hat dich sitzen lassen? Nachdem sie dich beinahe umgebracht hat? Wer dein Vater ist, weiß niemand? Irgendeiner von den Typen, mit denen deine Mutter ins Bett gegangen ist, wenn sie breit war?

Kann man einem Kind besser den Boden unter den Füßen wegziehen? Natürlich hätte sie Milli irgendeine andere Geschichte auftischen können. Aber was hätte es für einen Sinn ergeben, das Verschweigen durch eine Lüge zu ersetzen.

Grit hatte sich immer vorgenommen, es anders zu machen als ihre Eltern. Das Leben mit ihrer Familie besser und offener und freier zu führen. Keine Lügen, kein Schweigen, kein Druck. Und jahrelang hatte sie auch geglaubt, sie habe es geschafft. Mit Milli konnte sie über alles reden. Wenn Milli Probleme hatte oder Ängste, dann sprach sie mit ihr. Ihre Brille, ihr kürzeres Bein. Als es damals begann mit den Hänseleien wegen ihres orthopädischen Schuhs – Milli hatte immer offen mit ihr geredet. Und sie offen mit Milli. Genau dieses vertrauensvolle Verhältnis hatte Grit nicht aufs Spiel setzen wollen. Das war einer der Gründe gewesen, warum sie Milli nie von ihrer wahren Mutter erzählt hatte. Jedenfalls war es einer der Gründe, die sie sich selbst immer eingeredet hatte. Die Wahrheit war: Ihr Familienleben war genauso verlogen wie das ihrer Eltern. Sie hatte nichts besser gemacht. Sie war in die gleiche Falle geraten. Sie selbst war die Falle. Es ist eine Sache, etwas anders machen zu wollen, und eine ganz andere, aus seiner Haut zu kommen. Das Verschweigen und Lügen steckte in ihren Genen. Es steckte in ihr.

Oh Gott, Milli, was habe ich getan, dachte sie. Ich hätte es dir längst sagen müssen. Warum tut man Dinge nicht, die man tun will, und eines Tages ist es dann zu spät? Aber noch ist es nicht zu spät. Ich werde mit ihr reden. Jetzt. Sofort.

»Milli?«, rief sie. »Milli!« Sie ging zur alten Tür in der halben Mauer und schaute über die Wiese zum Wald, aber da war Milli nicht. Sie ging hinüber auf die andere Seite des Hofes, wo die Mauer abbrach, aber auch dort war Milli nirgendwo zu sehen. An der Mauer lehnte lediglich ihr Fahrrad. Scheinbar hatte sie es dort abgestellt, als sie viel zu früh aus der Schule gekommen war. Grit umrundete sogar den Trümmerhaufen der alten Scheune, die Marek damals hatte einreißen lassen. Zum ersten Mal seit Langem bemerkte sie den Haufen mit dem Wäldchen schlanker Birken wirklich wieder. Den hatte sie doch demnächst wegräumen lassen wollen. Liegt der jetzt wirklich seit elf Jahren hier? So schnell kann doch die Zeit nicht vergehen! Hinter dem Trümmerhaufen blieb sie stehen und schaute hinunter zu den Bäumen, hinter denen die Landstraße verlief. Auch hier war Milli nirgends zu sehen. Aber dann hörte sie etwas. In der Nachmittagsluft perlten leise murmelnd Kinderworte. Grit lauschte. Woher kam die Stimme? Sie wandte den Kopf zu dem lichten Wäldchen, das die jungen Birken auf dem Schutthaufen bildeten. Grit bückte sich unter dem Absperrband hindurch, das seit jeher den Schutt umspannte, und stieg vorsichtig über verkantete Steinbrocken und Balken hinweg. Und schon nach wenigen Schritten sah sie Milli: In einer Mulde zwischen dem Bauschutt stand eine wackelige kleine Hütte, nicht mehr als ein Unterstand mit einem Stück Wellblech als Dach. Auf einer umgedrehten Weinkiste standen eine Kaffeekanne und fünf Kindertellerchen mit Tässchen und kleinen Messerchen. Am Kopfende dieser Tafel hockte Milli auf ihrem alten Kinderstühlchen, vor sich den geöffneten Schminkkoffer, und sprach mit jemandem, der nicht zu sehen war.

»Nein, Fritz, du darfst die Schminksachen nicht benutzen, die sind nur für Mädchen.« Milli lauschte einen Moment in sich hinein, dann fuhr sie fort: »Ja, du hast recht. Es ist gemein, wenn man Jungen von etwas ausschließt, nur weil sie Jungen sind. Und eigentlich ist er ja auch für Kinder in deinem Alter gemacht. Am besten du schaust erst einmal zu, wenn deine Schwestern sich damit schminken. Wenn du willst, zeige ich dir dann, wie es geht. Hier, bitte, Hedi.« Sie legte den Lippenstift auf den Teller neben sich. »Du kannst mit dem Lippenstift anfangen. Und du, Lotte«, sie legte ein Set mit winzigen künstlichen Fingernägeln auf einen anderen Teller, »fängst mit den Fingernägeln an.« Wieder lauschte sie einen Moment und nickte dann. »Ja, es ist ein Jammer, dass unsere Mutter nicht mehr lebt, aber ich kann es euch genauso gut zeigen. Als Älteste kann ich das natürlich. Und was Papa dazu sagen würde, dass du dich schminken willst, Fritz, das weiß ich wirklich nicht.«

Grit stand starr vor Staunen. Milli hatte imaginäre Geschwister! Und ihre imaginären Eltern sind tot. Es ergriff Grit tief, dass Milli sich eine Welt geschaffen hatte, von der sie nichts wusste. Zugleich sorgte sie sich, ob das normal war, denn immerhin war sie schon elf … Am liebsten hätte sich Grit leise wieder zurückgezogen. Aber sie musste mit Milli sprechen.

»Hallo, Milli …«

Sie sah erschrocken auf. »Mama!«

»Du hast ja hier ein kleines Haus.«

»Ja.«

»Du darfst doch hier gar nicht spielen …« Im selben Moment, in dem sie das aussprach, ärgerte sie sich schon maßlos über sich selbst. Das ist doch jetzt vollkommen egal! Es ist doch jetzt der absolut falsche Moment, dem Kind Vorwürfe zu machen!

»Tut mir leid, Mama.«

»Schon gut. Ist in Ordnung. Ich wusste nicht, dass du dir hier ein so schönes Plätzchen eingerichtet hast.« *Und dass du imaginäre Geschwister hast. Und dass du mit einer jugendlichen Straftäterin die Schule schwänzt. Was wissen wir eigentlich noch alles nicht voneinander?*

Milli zuckte mit den Schultern.

»Bekomme ich auch einen Kaffee?«, fragte Grit.

»Es ist kein richtiger Kaffee …«

»Ich weiß, Schatz. Ich wollte nur …« Sie setzte sich auf einen niedrigen Mauerrest. »Erzählst du mir von deinen Geschwistern?«

Milli antwortete nicht. Stattdessen sammelte sie die Teller und Tassen ein, bückte sich unter das Dach ihrer Hütte und stellte das Geschirr in die Kochecke. Dann stellte sie ihrer Mutter eine einzelne Tasse hin, setzte sich wieder auf ihr zu kleines Stühlchen und tat so, als ob sie aus der leeren Kanne etwas einschenkte. Das machte sie sehr gewissenhaft, und Grit konnte sich des Eindrucks nicht erwehren, dass es etwas Ironisches oder sogar Sarkastisches hatte.

Nachdem sie die Kanne wieder weggestellt hatte, sagte Milli: »Ich dachte, Schwestern sind beste Freundinnen. Sie kennen sich von Geburt an und sind vollkommen miteinander vertraut.«

Grit nickte. »Das sind sie auch – als Kinder.«

»Als Erwachsene nicht mehr?«

Grit zuckte mit den Schultern. »Nicht immer.«

»Aber wie geht das? Wenn man sich einmal so gut kennt, kann man sich doch nicht mehr *entkennen*.«

Grit lächelte unwillkürlich über die Formulierung. »Aber man verändert sich. Was man aneinander immer schon kennt, nimmt andere Formen an. Stell dir vor … Ja, sie ist erst einmal ein hübscher grüner Spross. Man weiß noch nicht, was später daraus wächst: ein Apfelbaum – oder ein Dornengestrüpp, in dem man sich verfängt. Wenn du verstehst, was ich meine.«

Milli überlegte einen Moment lang. »Wenn ich eine Schwester hätte, würde ich mich immer mit ihr verstehen. Mein Leben lang.«

Grit lächelte wehmütig.

Und Milli fügte hinzu: »Ich wünschte, ich hätte eine Schwester.«

Grit sah sie lange an. Milli dachte schon, sie hätte etwas Falsches gesagt. Und das hatte sie vielleicht auch. Denn Grit antwortete nur: »Das wünschte ich auch.«

»Warum hat sie einen Sarg?«

»Na ja, sie sagt, sie begräbt ihre Vergangenheit darin. Symbolisch. Weißt du, was symbolisch bedeutet?«

»Wie Geld.«

»Ja. Wie Geld.«

Milli nahm Grits Kaffeetässchen und brachte es in ihre Küche zu dem anderen kleinen Geschirr. Sie stapelte alles sorgfältig aufeinander. »Wirst du mich eines Tages auch nicht mehr leiden können?«, fragte sie, ohne sich umzudrehen.

Grit starrte entsetzt auf ihren kleinen Rücken. »Wie bitte? Was meinst du? Ich werde dich immer lieben!«

»Wenn Schwestern einander nicht mehr lieben können, dann Mütter und Töchter doch sicher auch.«

»Aber nein, Milli! Ich werde dich immer, immer, *immer* lieben! Eine Mutter liebt ihre Tochter immer!« Im selben Moment, in dem sie das sagte, musste sie an ihre Mutter denken. Und ihr wurde klar, dass sie es wieder getan hatte: Sie hatte Milli wieder angelogen!

»Das musst du mir glauben«, fügte sie noch hinzu. Sie konnte doch Milli nicht sagen, dass es genauso gut anders kommen könnte. Dass es viel zu oft anders kam. Und es verließ sie der Mut, ihr zu sagen, dass sie noch nicht einmal ihre wahre Mutter war. Dass ihre Mutter sie bereits verlassen hatte, als sie ein Baby gewesen war. Nein! Und vor allem würde sie sich von Fiona nicht unter Druck setzen lassen. Sie würde mit Milli reden, wenn der Zeitpunkt richtig wäre. Und auf keinen Fall spontan, ohne sich Gedanken über die Folgen zu machen. Sie würde mit Milli reden, wenn Fiona weg war. Milli würde natürlich völlig verunsichert sein und eine Menge Fragen haben. Und Grit wollte auf keinen Fall, dass Fiona ihr irgendeinen wirren Mist erzählte. Sie wollte diese Fragen um jeden Preis selbst beantworten.

»Ihr müsst euch vertragen«, sagte Milli.
»Ich weiß.«
»Nein, im Ernst. Ihr müsst euch wirklich vertragen.«
Grit nickte und sagte lieber nichts, bevor gleich wieder die nächste Lüge herausstolperte.
»Kennst du die Geschichte von Kain und Abel, Mama?«
»Ja, natürlich.«
»So kann das ausgehen.«
»Aber das waren Brüder. Keine Schwestern.«
Der Trost von echten Leuten ist auch nicht anders als der von imaginären, dachte Milli.

*

Als Grit sich unter dem Absperrband hindurchbückte, war Fiona an ihrem Auto. Sie stand im BH an der offenen Tür und zog sich ein frisches T-Shirt über. Es ist geschafft, dachte Grit. Gleich ist sie weg. Gleich ist dieser furchtbare Albtraum vorbei. Sie ging zu ihrer Schwester.
»Es tut mir leid, Fiona. Wir … Lass uns telefonieren. Ich muss über all das nachdenken. Gib mir deine Telefonnummer. Ich rufe dich an.«
»Bitte rufen *Sie* uns nicht an …«, erwiderte Fiona sarkastisch.
»Das ist alles zu viel auf einmal. Unser Verhältnis …« Grit wies mit einer ungefähren Handbewegung auf Fiona und sich. »Euer Verhältnis …«
»Verhältnis? Wir sind Mutter und Tochter!«
»Jedenfalls nicht gerade Mutter und Tochter, wie sie im Handbuch stehen.«
»Und genau das ist es, was du eines Tages begreifen

musst, Grit: Es gibt kein Handbuch! Für nichts im Leben!«

»Erzähl mir nicht, was ich begreifen muss.«

»Weil du sowieso immer alles richtig machst?«

»Fiona, siehst du, es hat keinen Zweck. Fahr jetzt, bitte.«

Fiona sah sich um, schließlich nickte sie. »Gut. Vielleicht war ich zu schnell. Ich werde erst diesen Sarg da begraben. Dann reden wir weiter.«

Sie stieg ein. Grit legte ihre Hand auf die Fahrertür, um sie zuzumachen. Ob es eine versöhnliche Geste sein sollte oder ob sie sich auch körperlich versichern wollte, dass Fiona wirklich im Auto saß und wegfuhr, war ihr selbst nicht ganz klar. Doch als sie die Tür zudrücken wollte, schaute Fiona noch einmal zu ihr auf.

»Eins noch …«, sagte Fiona. Sie stieg wieder aus. »Ich weiß, früher habe ich alles kaputt gemacht. Mich, alle, die in meiner Nähe waren, alles, was um mich herum war. Aber diese Zeit liegt jetzt in dem Sarg. Ich will das alles begraben … Damit du siehst, dass ich es wirklich ernst meine … Wenn ich meine Vergangenheit wirklich begraben und neu anfangen will …«

Grit erstarrte. Was kam jetzt? Unwillkürlich trat sie einen Schritt zurück.

»Ich habe dir nie gesagt, wer Millis Vater ist.« Fiona sah sie aufrichtig an.

»Du brauchst es mir nicht zu sagen. Das geht mich nichts an.«

»Doch, Grit. Du musst es wissen. – Es ist Marek. Ich habe damals mit deinem Mann geschlafen. Es tut mir leid. Marek ist Millis Vater.«

Grit prallte zurück wie ein schwer getroffener Boxer. Sie hatte Mühe, unter diesem Schlag nicht zu Boden zu gehen. Ihr wurde schwindlig. Wie verdreht können Dinge sein? Marek hatte sie verlassen, als sie Milli aufgenommen hatte. Dabei war Milli seine eigene Tochter! Er hatte sie verlassen, als sie *seine* Tochter aufnahm! Deshalb hatte er sich so großzügig gezeigt, als er ging, und ihr die Burg überlassen. Er hatte sie in Wahrheit nicht ihr überlassen, sondern seinem Kind – das er zugleich sitzen ließ. Und es war alles andere als großzügig gewesen, denn er hatte niemals auch nur im Geringsten für seine Tochter gesorgt.

Die Welt, wie Grit sie kannte, wurde in unglaubliche Fernen katapultiert. Wie ein Universum, das explodiert. Der Urknall hallte noch in ihren Ohren nach. Ihr Universum expandierte unaufhaltsam. Und im Moment sah sie nicht die geringste Chance, es beieinanderzuhalten.

»Als ich dir Milli übergeben habe, dachte ich, dass sie wenigstens bei ihrem Vater bleibt. Ich habe sie also gar nicht wirklich alleine gelassen. Wie konnte ich denn ahnen, dass Marek dich sitzen lässt?«

Grit starrte Fiona an. Sie meinte das sogar ernst! Und tatsächlich fügte Fiona mit einem aufmunternden Lächeln hinzu: »Siehst du? So schlimm bin ich gar nicht.«

Von der anderen Seite des Autos ertönte ein Poltern. Durch den Sarg konnte Grit nicht sehen, was da gepoltert hatte. Doch das musste sie auch nicht. Sie wusste sofort, was es war. Glühend heiß durchfuhr es sie. Mit nahezu einem Sprung war sie um das Auto, und auf der anderen Seite stand sie: Milli. Neben ihr lag der rosafarbene Schminkkoffer. Er war aufgegangen, als er ihr aus der Hand gefallen war, und sein lächerlicher Inhalt hatte sich auf dem Boden verteilt. In der anderen Hand hielt Milli einen schmalen Strauß Mohnblumen, den sie zum Abschied für ihre Tante gepflückt hatte. Die glühend roten Blütenblätter zitterten.

»Milli …«, sagte Grit. Es klang so flehentlich, als würde sie das Schicksal erweichen wollen, die Zeit um ein paar Minuten zurückzudrehen.

Fiona tauchte neben Grit auf, und Milli sah von einer zur anderen. Man konnte förmlich spüren, wie ihr Herz bis zu ihnen herüberschlug. Aufgrund einer Spiegelung in Millis Brille schienen aus ihren Augen kleine Blitze zu zucken. Ihre Kinderfaust krallte sich um die Blumen. Alles schien erstarrt. Grit brauchte Milli nicht zu fragen, was sie gehört hatte. Ganz offensichtlich hatte sie *alles* gehört.

»Milli …« Als Grit die Arme ausbreitete und einen Schritt auf sie zumachte, fuhr Milli herum und rannte los. Mit ihren ungleichen Beinen rannte sie quer über den Burghof.

»Milli! Bleib stehen!«

Grit lief ihr nach, doch Milli verschwand durch die schiefe Tür in der halben Mauer. Als Grit die Tür erreichte und hinüber zum Wald sah, war Milli nirgends zu sehen.

Die Mohnblumen lagen verstreut auf der ausgetretenen Schwelle. Unter dem Abschlussstein mit dem eingemeißelten Totenkopf.

8

Fiona saß am Steuer. Es war nicht ihr Auto. Sie hatte es einfach genommen. Deshalb hatte es auch keinen Kindersitz. Sie waren beide betrunken gewesen, und es hatte Streit gegeben. Sie hatte ihn ungefähr einen Monat zuvor in einem Club kennengelernt und ihn den ganzen Abend lang mit falschem Namen angeredet. Die Musik war so laut gewesen, dass keiner von ihnen es bemerkt hatte. Erst als sie sich wiedersahen, stellte sich heraus, dass er nicht Paulo hieß, sondern Pablo – was sie umso reizvoller fand. Als sie ihm Milli vorstellte, hatte er beteuert, es mache ihm nichts aus, dass sie ein Baby habe. Aber das machte es natürlich doch. Er zog sich zunehmend zurück, wenn sie sich um Milli kümmerte. Sie hatte Angst, dass auch diese Beziehung keine Zukunft haben würde, aber noch hatte sie Hoffnung. Er wusste, was er wollte, und das gefiel ihr. Auch wenn sie seinetwegen bereits abgestillt hatte, um Milli nicht mit Alkohol zu belasten und mit den anderen Sachen, die sie schluckten, rauchten und sich reinzogen. Ihr war klar, dass all das nicht gut für ein Baby war. Ihr war im Grunde ebenso klar, dass all das auch für sie nicht gut war. Aber Pablo brauchte es als Inspiration für seine Auftritte, und sie brauchte Pablo. Wenn sie ausgingen, hatte sie Milli bereits mehrmals zu Grit gebracht, und insofern war es ja ein Glück, dass sie nicht mehr stillte.

Inzwischen zog Pablo immer öfter alleine los, so auch an diesem Tag. Fiona hatte weitergetrunken, und dann war ihr aufgefallen, dass sie nichts mehr für Millis Fläschchen hatte. Sein Auto hatte keinen Sitz für die Kleine, aber es war ja nur ein kurzer Weg. Sie hätte sogar laufen können, aber sie wollte nicht laufen. Seit seine Katze in den Kinderwagen gepinkelt hatte, musste Fiona Milli auf dem Arm tragen, und das traute sie sich in ihrem Zustand nicht zu. Also legte sie die Kleine auf den Rücksitz und wickelte den Sicherheitsgurt so gut wie möglich um ihre Beinchen und um ihren kleinen Körper. Nur ein paar Meter.

Als sie den Fahrradfahrer sah, reagierte sie blitzschnell. Sie hatte ihm die Vorfahrt genommen, aber sie konnte ausweichen – und krachte in den Gegenverkehr.

Sie war noch nicht einmal schnell gefahren. Weil sie getrunken hatte, hielt sie sich genau an die vorgeschriebenen 30 Stundenkilometer. Trotzdem platzte der Airbag auf, und Fiona prallte mit überraschender Wucht dagegen. Milli wurde nach vorne geschleudert, aber ihr Bein blieb im Sicherheitsgurt hängen. Im ersten Moment war Fiona erleichtert. Der Sicherheitsgurt hatte das Baby tatsächlich davor bewahrt, auf den Wagenboden oder durch die Windschutzscheibe zu fliegen. Erst später erkannte sie, was mit Millis Bein passiert war.

*

Sie suchten Milli überall. Natürlich an ihrem Geheimplatz im Schutthaufen, im Haus, hinter, vor und auf der halben Mauer, auf den Wiesen und im Wald. Grit lief sogar rufend bis zur Landstraße. Fiona half aufgelöst mit und nahm von Grit widerspruchslos Anweisungen entgegen. »Ich gehe hierum, du da!« oder »Geh du den oberen Weg in den Wald, ich den unteren.« Je länger sie suchten, desto sicherer war Grit, dass Milli tiefer in den Wald gelaufen war. Dort konnte sie perfekt abtauchen. Sie gingen kreuz und quer, die eine hier herum, die andere dort, sie riefen und schrien und lockten und redeten Milli gut zu. Aber sie fanden sie nicht. Grit heulte mehrmals vor Wut und mehrmals aus Verzweiflung. Schließlich standen die Schwestern ratlos im Burghof. Grit war wieder einmal den Tränen nahe. »Es hat sich nichts geändert! Verschwinde! Verschwinde aus meinem Leben! Leg dich selbst in deinen verfluchten Sarg!« Kain und Abel kamen ihr in den Sinn. Sie hätte nichts lieber getan, als einen großen Stein zu nehmen und Fiona zu erschlagen.

»Ich kann doch jetzt nicht fahren«, wandte Fiona ein. »Ich will helfen, Milli zu finden.«

»Verschwinde, Fiona. Hau einfach ab.«

Fiona wollte etwas erwidern, aber ihr fiel nichts ein. Für einen kurzen Moment, während sie dort in der blendenden Sonne standen, eine elender und unglücklicher aus den Augen schauend als die andere, spürte sie die furchtbare Ironie ihres Schwesternstreites: Beide fühlten sich schuldig. Beide fühlten sich minderwertig. Beide verachteten sich selbst im Grunde genauso sehr wie die andere. Deshalb hatte es wirklich nicht den geringsten Sinn. Und deshalb hatte es auch keinen Sinn, noch irgendetwas zu sagen. Fiona ging zu ihrem Auto, auf dem die bunten Farben des Sarges strahlten. Als sie einstieg, bemerkte sie nicht, dass die beiden Spanngurte, mit denen sie den Sarg festgeschnallt hatte, fehlten. Auch Grit war so aufgewühlt, dass sie nicht darauf achtete. Fiona ließ den Motor an, und als sie wendete, trafen sich die Blicke der Schwestern ein letztes Mal, bevor Fiona vom Hof rollte.

Grit sah dem Wagen hinterher, als er über die schmale Straße durch die Wiese hinabfuhr und um die Biegung verschwand. Zuletzt sah Grit nur noch den Sarg über der Kuppe der Wiese entlangschweben, dann verschwand auch er.

*

Milli spürte, wie das Auto anfuhr. Es fühlte sich seltsam an, im Liegen zu fahren. In einem Sarg liegend. Wie recht Lawine gehabt hatte: Sie hatte den Sarg berührt, und nun lag sie darin. Wenn auch anders als gedacht. Aber das hatte sie ja ohnehin schon aus Märchen und Sagen gelernt: Weissagungen werden immer auf ganz andere Weise wahr, als man gedacht hat.

Milli versuchte zu begreifen, was sie eben gehört hatte: Ihre Mutter war nicht wirklich ihre Mutter. Die andere Frau, Fiona, die Schwester ihrer Mutter, ihre Tante – sie war in Wirklichkeit ihre Mutter. Wie sollte das wahr sein? Die Mutter gehörte so selbstverständlich zu einem Menschen wie seine eigene Hand. Man kann sich vielleicht mit seiner Mutter streiten, man kann sogar den Kontakt zu ihr abbrechen (wie es Fiona wohl getan hatte), aber eine Mutter bleibt eine Mutter. Bis sie stirbt. Geschichten darüber, dass Menschen ihren Vater nicht kannten, dass sie ihren Vater irgendwann im Laufe ihres Lebens erst kennenlernten, dass sich ein Vater als falsch herausstellte und ein Kuckuckskind großzog, solche Geschichten gab es überall. Aber dass eine fremde Frau kommt und man erfährt, diese ist in Wahrheit deine Mutter, und die Mutter, die man ein Leben lang hatte, die man liebt und der man vertraut und die das ein und alles ist, hat einen angelogen und ist überhaupt nicht deine Mutter – ein Gebirgsbach rauschte durch ihren Kopf. Und vor lauter Rauschen konnte sie keinen klaren Gedanken fassen. Alles schäumte und sprudelte und wirbelte und spritzte. Fiona. Wer war diese Frau überhaupt? Milli dachte an eines der Fotos von den kleinen Mädchen. Ein blondes und ein dunkelhaariges. Das blonde Mädchen war etwas älter, und das dunkle sagte gerade irgendetwas zu demjenigen, der das Bild aufgenommen hatte, und lachte. Vielleicht irgendetwas Freches, über das sie dann alle lachten. Mehr wusste sie über Fiona nicht. Und das sollte ihre Mutter sein? Ein vorlautes kleines Mädchen?

Milli war nicht mehr sicher, ob es wirklich eine gute Idee war, in einem Sarg auf dem Dach eines fahrenden Autos zu liegen. Aber schließlich blieb ihr nichts anderes übrig. Auf gar keinen Fall würde sie Fiona alleine wegfahren lassen – und vielleicht niemals wiedersehen. Da war sie ganz sicher. Ebenso sicher war sie, dass Grit ihr niemals erlauben würde, mit Fiona zu fahren. Und ebenso sicher war sie, dass Fiona nicht bei ihnen bleiben könnte. Milli verstand nicht viel von Schwestern, sie hatte ja selbst keine (jedenfalls keine wirkliche), aber dass diese beiden sich über kurz oder lang gegenseitig umbringen würden, das stand außer Frage.

Milli spürte ein schlingerndes Gefühl im Magen. Rutschte der Sarg? Rutschte er in jeder Kurve ein wenig nach links und ein wenig nach rechts? Milli bekam Angst.

Sie hatte die Gurte, mit denen der Sarg auf dem Dachgepäckträger befestigt gewesen war, lösen müssen, sonst hätte sie den Deckel nicht hochheben und hineinklettern können. Milli hatte den Sarg wieder festbinden wollen, aber das ging natürlich nicht. Wie sollte sie ihn festbinden, wenn sie darin lag und der Deckel über ihr geschlossen war? Die Gurte lagen also bei ihr im Sarg. Immerhin war sie so klug gewesen, sie nicht draußen liegen zu lassen, damit nicht jeder sofort mit der Nase darauf gestoßen wurde, dass sie oben in dem Ding lag. Sie erinnerte sich an den Gedanken, dass es vielleicht keine gute Idee war, ohne die Spanngurte zu fahren. Es war ein kurzer Gedanke gewesen. Aber wo war der nur hingegangen? Wohin war der verschwunden? Und warum war er nicht wiedergekommen? Das passierte Milli ständig. Dass Grit fragen musste: Ja, hast du dir denn nicht klargemacht, was passieren würde? Immer wieder tat sie solche Dinge. Sie erinnerte sich an die offene Schale mit Grießbrei, die sie in ihren Ranzen gestellt hatte, um in der Pause davon zu essen. Natürlich war ihr beim Nachdenken klar geworden, dass das keine gute Idee gewesen war. Aber in dem Moment … Manchmal waren ihre Gedanken wie Spatzen. Sie kamen leicht, aber sie flatterten genauso leicht wieder davon. Jetzt begriff sie endlich, warum sie so war. Von wem sie das geerbt hatte. Und jetzt erst fragte sie sich wirklich, was passieren würde, wenn der Sarg mit ihr darin vom Dach rutschen würde.

Doch gerade als sie wirklich Angst bekam, spürte sie ein Holpern und hörte, wie die Räder auf Kies ausrollten. Sie hielten an, das Geräusch des Motors erstarb. Milli lauschte. Es passierte nichts weiter. Der Wagen stand still. Fiona stieg nicht aus, und auch sonst geschah nichts. Was tat Fiona? War sie am Handy? Stellte sie ihr Navi ein?

Sobald sie außer Sichtweite der Burg war – noch bevor sie auf die Landstraße fuhr – hielt Fiona am Rand der Zufahrtsstraße an. Sie stellte den Motor ab und blieb in der Stille sitzen. In ihrem Leben war schon vieles schiefgelaufen. Genau genommen war in ihrem Leben alles schiefgelaufen. Aber noch niemals etwas so scheußlich wie das hier. Warum war sie nicht in der Lage, Dinge zu Ende zu denken? Nun war es also wieder still, und sie war allein. Wie vorher. Zum Glück hatte sie es geschafft abzufahren, bevor sie in Tränen ausbrach. Doch nach den ersten Kurven schon hatte sie nicht weiterfahren können, weil es kein Halten mehr gab. Fiona saß im Auto und weinte haltlos. Sie schlug die Hände vor die Augen und zitterte am ganzen Körper. Was habe ich mir eingebildet? Wie konnte ich so dumm sein? Natürlich kannte sie die Antwort. Tief in ihrem Herzen wusste sie, dass genau das ihr Schicksal war: Letztlich ging es ja nur darum, sich selbst zu zerstören. Alles andere waren Begleitschäden. Und deshalb gab es auch nur eine Lösung. Das hatte sie schon einmal erkannt, aber irgendeine schwachsinnige und bockige und naive Person in ihr hatte sich dagegen aufgelehnt. Sie hatte sich eingeredet, Milli könne sie retten. Milli könne durch irgendein Wunder der Schutzengel ihres Lebens werden. Aber das war natürlich albern. Nichts konnte sie retten. Sie musste zu ihrem ursprünglichen Plan zurückkehren.

Als ihr das alles klar wurde, konnte sie langsam aufhören zu weinen. Die Lösung für all ihre Probleme lag so nah. Sie befand sich genau über ihr auf dem Dach des Autos. Sie würde den Sarg genau dafür verwenden, wofür sie ihn gebaut hatte: für sich. Das mit der begrabenen Vergangenheit war ja nur die Idee der schwachsinnigen und bockigen und naiven Person gewesen. Ihre Vergangenheit hing untrennbar an ihr. Grit hatte natürlich recht. Wenn sie ihre Vergangenheit begraben wollte, dann musste sie selbst begraben werden. Sie atmete tief durch und wischte sich die Tränen aus den Augen, als sie über sich ein leises Poltern hörte. Was war das? Sie lauschte. War da etwas von einem der Bäume gefallen? Ein Ast? Fiona beugte sich vor und versuchte, durch die Windschutzscheibe nach oben zu schauen. Und dann traute sie ihren Augen nicht: Am oberen Ende der Scheibe erschienen zwei Kinderschuhe. Einer davon mit einer etwas dickeren Sohle. Und dann rutschte ein Kinderpopo die Scheibe hinab.

Milli!

Auf der Kühlerhaube stand Milli auf und sah zu ihr herein. Die beiden sahen sich lange an: Milli mit ihrem ruhigen und klaren Milliblick, Fiona verheult und tränennass mit verquollenen roten Augen.

Fiona öffnete die Tür und stieg aus. Sie sah auf dem Dach des Wagens den Sarg mit dem aufgeschobenen Deckel. Es überlief sie heiß und kalt. Oh mein Gott! Milli war in dem Sarg gewesen! Sie hatte sich im Sarg versteckt! Wenn ich auf die Landstraße gefahren wäre und beschleunigt hätte, dann wäre sie jetzt tot! Ich hätte sie am Ende doch noch umgebracht!

Fiona sprang förmlich auf Milli zu und schlang ihre Arme um sie. Auch Milli umschlang Fiona. Fiona heulte auf, hob Milli von der Kühlerhaube, stellte sie auf die Straße und kniete sich vor ihr hin, wobei sie das Mädchen keinen Millimeter losließ. Sie presste Milli an sich, und so verharrten sie schluchzend und weinend und sich drückend, bis ein Kombi neben ihnen scharf bremste. Grit sprang heraus. Auch sie sah den Sarg mit dem geöffneten Deckel. Das Bild des verschwindenden Sarges war ihr nach Fionas Abfahrt nicht mehr aus dem Kopf gegangen. Bis sie plötzlich begriff, wo Milli sich versteckt hatte. Grit wollte ihre Schwester anbrüllen, aber sie brachte keinen Ton heraus. Sie zerrte Milli aus Fionas Armen, drückte sie an sich und trug sie zu ihrem Auto. Sie setzte Milli auf den Rücksitz und schnallte sie an.

Bevor sie einstieg, blieb sie hinter Fiona stehen. Fiona hatte sich nicht gerührt und kniete immer noch, als würde sie auf ihre Hinrichtung warten. Und dann kam der Genickschuss: »Du hast sie zum zweiten Mal beinahe umgebracht«, zischte Grit. »Komm nie wieder in ihre Nähe!«

Grit stieg ein, wendete und fuhr zurück nach Hause. Fiona kniete noch lange reglos am Straßenrand.

9

Er hatte immer Pläne. Er hatte Projekte, irgendeine Zusage stand im Raum, irgendein Engagement könnte bald etwas werden, irgendein Song lag irgendwo, irgendwer sollte bald dafür bezahlt werden, Auftritte zu organisieren. Jeden Mittwoch probte er mit dreien seiner Freunde, schon seit zehn Jahren. Der Name ihrer Band wechselte ab und zu, alles andere blieb gleich. Beinahe hätten sie Vorgruppe für eine angesagte Band werden können, fast hätten sie ein Engagement auf einem Festival bekommen, nahezu sicher würde ein Produzent professionelle Demos mit ihnen aufnehmen. Irgendwann fiel Grit auf, dass es immer dieselben Projekte waren. Dieselben Zusagen, auf die er wartete, dieselben Pläne, die fast verwirklicht waren. Ihr Vater lebte in einem beständigen *fast*. Sein Erfolg war immer zum Greifen nah. Sie hörte die spannenden Geschichten, die er anderen Menschen erzählte, wenn sie Instrumente oder Equipment zum Reparieren brachten. Aber es waren immer dieselben Geschichten. Es waren *Geschichten*.

Grit war klar geworden, dass ihr Vater vor allem *redete*. Sie konnte nicht beurteilen, ob die anderen Leute ihm glaubten. Vielleicht war er auch der Einzige, der seine Geschichten noch glaubte. Mama jedenfalls nicht mehr. Immer öfter stritten die beiden. Sie arbeitete für Geld, er arbeitete für seine Träume. Lange Zeit hielt er an ihnen fest und verteidigte sie bis aufs Blut. Wenn sie gestritten hatten, schloss er sich in seinem Proberaum ein und machte Musik. Komponierte.

Doch mehr und mehr erschien es Grit, dass er sich einschloss, um zu trinken. Er hielt noch an seinen Träumen fest, aber er tat nichts mehr dafür. Jedenfalls nicht ernsthaft. Was er tat, waren nur noch Rituale und Musikerfolklore. Es waren nichts weiter als Fluchten. Er schloss sich in Wahrheit nicht mehr ein, um irgendwohin zu kommen, sondern von irgendetwas weg. Von seiner Frau, seinen Töchtern, seiner ewigen Geldknappheit. Vor allem von der Verachtung seiner Frau.

Vielleicht war es diese Verachtung, die Grit am meisten erschreckte. Sie hatte oft miterlebt, wie ihre Eltern zusammen tranken. Sie erlebten fröhliche Abende mit Freunden, kreative Abende, an denen musiziert wurde, oder auch sinnliche Abende, die sie alleine miteinander verbrachten. Immer schon hatte Grit das beklemmende Gefühl gehabt, sie waren anders, wenn es im Haus nach Alkohol roch. Natürlich, das schien ja der Sinn am Trinken zu sein. Und solange sie fröhlich oder kreativ oder sinnlich waren, war ja auch alles in Ordnung. Nur je älter Grit wurde, desto fadenscheiniger erschien ihr das alles. Ihre Eltern wurden gespenstische Scheinwesen, die zu laut miteinander lachten und ohne ersichtlichen Grund in erbitterten Streit gerieten. Die sich immer offener verachteten. Auch wenn diese Momente des Hasses kurz waren und ihre Eltern sie schnell zu vergessen schienen, blieben sie in Grits Erinnerung lebendig. Sie waren da gewesen, und sie konnten zurückkehren. Und immer öfter taten sie das auch.

*

Das harte Sonnenlicht war abendlich milde geworden, und auch die schrille Tageshitze war einer ruhigen Wärme gewichen. Sanft umhüllte der Sommerabend Wiesen, Wald und Burg, als Grit und Milli auf dem Hof aus dem Auto stiegen und ins Haus gingen.

»Hast du Hunger, Milli?«, fragte Grit, als sie in die Küche kamen.

»Nein.«

»Es ist Zeit fürs Abendessen.«

»Ich möchte nichts.«

Grit briet ihr ein Spiegelei, das unberührt liegen blieb. Milli stand die ganze Zeit über am Fenster und schaute hinaus.

»Komm«, sagte Grit, setzte sich an den Tisch und schob Milli einen Stuhl zurecht. »Setz dich zu mir.«

Milli setzte sich zu ihr. Grit nahm Millis kleine Hände in ihre großen. »Milli … Es tut mir leid. Ich hätte längst mit dir sprechen sollen.« Grit konnte die Worte kaum herausbringen. Ihr Mund war trocken, die Zunge lag darin wie ein fremdes Ding. Ihre Brust fühlte sich an wie Stein. Sie konnte nicht atmen, ihr Herz mühte sich zu schlagen. Niemals in ihrem Leben hatte sie sich so schuldig gefühlt. Nie zuvor hatte sie sich so geschämt.

»Es ist wahr, Milli. Du bist Fionas Tochter. Fiona hat dich geboren. Ich habe es dir schon lange sagen wollen. Bitte entschuldige, dass ich es nicht längst getan habe. Verzeih mir. Es tut mir so schrecklich leid.«

Milli zog ihre Hände zurück. Grit sah ihr in die Augen. Doch in Millis Blick war nichts zu lesen. Nichts, was Grit half weiterzusprechen. Kein Verständnis und kein Entgegenkommen. Sie zog einfach nur ihre Hände weg.

»Es ging ihr damals nicht gut. Sie war durcheinander. Sie hat … sie hat Drogen genommen. Weißt du, was Drogen sind? Natürlich weißt du das. Sie hat komische Dinge gemacht. Gefährliche. Sie konnte sich nicht um dich kümmern. Ich habe dich zu mir genommen. Ich habe dich als mein Kind angenommen und dich aufgezogen. Milli, ich … Ich wollte es dir so oft sagen. Ich habe nie die Kraft dafür gefunden.« Obwohl sie sich fest vorgenommen hatte, nicht zu weinen, tropften zwei Tränen von ihren Augen auf den Boden.

»Ist gut, Mama …«

Wie falsch ist das, dachte Grit. Nun war sie es, die von Milli getröstet wurde!

»Nein, es ist nicht gut. Ich möchte, dass du es verstehst. Ich wollte doch vor allem, dass du es verstehst. Deshalb habe ich gezögert. Ich habe gedacht, wenn du etwas älter bist …«

»… dann bin ich nicht mehr zu dumm, um zu verstehen?«

»Es hat nichts mit Dummheit zu tun. Aber es ist so komplex. Es gehört so vieles dazu, von dem ein Kind keinen Begriff hat. Haben kann! Drogen sind ja nur eine Sache …«

Sie schweigen eine Weile.

»War sie das mit meinem Fuß?«

»Wir müssen nachsichtig mit ihr sein …«

»Du bist nicht nachsichtig mit ihr.«

Was hätte Grit darauf erwidern sollen?

Milli fuhr fort: »Du willst nicht schlecht über sie reden, weil sie meine Mutter ist. Du willst aber auch nicht, dass ich sie jemals wiedersehe.«

»Milli ...«

»Ihr Erwachsenen seid echt schräg.«

»Ja, da hast du wohl recht.«

»Kann ich jetzt ins Bett gehen? Morgen früh ist Schule.«

»Du brauchst morgen nicht zur Schule zu gehen. Ich schreibe dir eine Entschuldigung. Auch für heute.«

»Ich will aber in die Schule.«

»Milli, lass uns hierbleiben. Zusammen. Wir machen irgendetwas Schönes, und wir reden. Ich möchte dir so viel erklären. Ich möchte, dass du es verstehst.«

»Ich will in die Schule.«

»Milli ...«

»Ich lauf schon nicht weg oder so.«

Grit nickte. »Okay. Gut. Ich werde dich fahren. Wenn du doch nach Hause kommen möchtest, ruf mich an. Dann hole ich dich. Jederzeit.«

»Mama! Ich fahre jeden Tag alleine! Du musst mich nicht beschützen, weil ich zu klein für irgendetwas bin! Hör auf mich zu bemuttern!«

Hör auf, meine Mutter zu sein!

Milli stand auf. Doch bevor sie hinausging, zögerte sie und fragte: »Ist sie gekommen, weil sie wieder meine Mutter sein will?«

Grit nickte wortlos.

»Und du hast sie rausgeworfen?«

*

Es war immer noch nicht dunkel, obwohl es schon spät war. Milli hatte Lawine angerufen und ihr erzählt, was passiert war. »Ich komme«, hatte Lawine sofort gesagt, Milli hatte sich aus dem Haus geschlichen, und nun saßen sie zu zweit mit dem Rücken an der warmen Burgmauer und schauten hinunter auf die Wiesen. Lawine rauchte eine Zigarette.

»Du warst in dem Sarg? Wie cool ist das denn!«

»Cool? Ich weiß nicht.«

»Supercool! Wie hat es sich angefühlt? Erzähl.«

»Lawine! Es ist doch egal, wie sich das angefühlt hat! Darum geht es doch gar nicht! Vergiss den blöden Sarg! Es geht nicht um den Sarg.«

»Allerdings geht es um den Sarg.«

»Was meinst du?«

»Denk nach, Brillenschlange. Warum hat sie überhaupt einen Sarg dabei?«

»Was meinst du?«

»*Was meinst du?*«, äffte Lawine sie nach. »Du bist doch die Schlaue.«

»Ich weiß nicht, was du meinst!«

»Die bringt sich um!«

Milli starrte sie schockiert an. »Unsinn.«

»*Safe.*«

»Woher willst du das wissen?«

Lawine schaute auf ihren Unterarm, wo die vielen Narben in der Abendsonne winzige Schatten warfen. »Meine Mutter hat sich schon drei Mal umgebracht.«

»Drei Mal? Wie soll das denn gehen?«

»Die ist zu blöd. Aber deine Mutter ist nicht blöd. Du bist klug, und jetzt weiß ich auch, woher du das hast.«

»Meine andere Mutter ist auch klug.«

Lawine zuckte mit den Schultern.

Und Milli sagte: »Sie tut immer so, als wisse sie nichts, damit man glaubt, man sei selbst drauf gekommen. Ist ein Trick.«

Sie schwiegen eine Weile. Bis Milli sagte: »Meine andere Mutter, wie das klingt …«

Lawine zog ein letztes Mal an ihrer Zigarette und drückte sie auf einem Stein aus. Dann sagte sie: »Meine Mutter ist schizophren.«

»Krass«, antwortete Milli. Und dann fragte sie: »Was heißt schizophren?«

»Das heißt … Ich habe auch zwei Mütter. Mal ist sie die eine, mal die andere. Die eine lügt immer, die andere sagt immer knallhart die Wahrheit. Wie in dem Witz mit dem Indianer. Leider will keine von beiden was mit mir zu tun haben. Ich würde am liebsten alle beide loswerden.«

»Warum?«

Lawine zuckte mit den Schultern. »Weil ich nicht weiß, welche mehr wehtut: die Verlogene oder die Ehrliche.« Obwohl ihr Zigarettenstummel nicht mehr glühte, nahm sie ihn noch einmal auf und rieb ihn so lange auf dem Stein, bis auch der letzte Tabakkrümel herausgeraspelt war. »Im Moment ist sie ganz friedlich. Wenn du willst, kannst du eine Weile bei uns wohnen.«

»Das würde meine Mutter nie erlauben.«

»Sie ist ja gar nicht deine Mutter.«

Milli sah sie verzweifelt an. »Aber welche ist meine Mutter?«

»Schwierig … Die eine war für dich da, aber sie hat

dich angelogen. Die andere hat dich geboren, aber sie hat dich sitzen lassen … – Willst du auch eine Zigarette?«

»Nein, danke.«

Lawine ließ eine Zigarette und das Feuerzeug aus ihrer Schachtel rutschen und zündete die Zigarette an.

»Meinst du wirklich, sie bringt sich um?«, fragte Milli.

»*Safe.*«

*

Als Grit aufwachte, stand Milli vor ihrem Bett.

»Wir fahren ihr nach«, sagte Milli.

Grit setzte sich auf. »Hör zu, Milli …«, begann sie, doch Milli ließ sie gar nicht erst ausreden.

»Du kannst dich nicht weigern.«

»Ich weigere mich nicht. Ich …«

»Offenbar schon. Dann suche ich sie eben alleine.«

»Milli, bitte sei vernünftig. Geh nicht alleine weg. Das ist gefährlich. Du verläufst dich.«

»Dann gehe ich eben verloren. Ist doch jetzt auch egal.«

»Komm her, leg dich zu mir.« Grit hob ihre Bettdecke hoch, damit Milli darunter kriechen konnte. Das liebte sie immer. Doch Milli rührte sich nicht und blieb vor ihr stehen. Also ließ Grit die Decke wieder sinken. »Wie willst du sie überhaupt finden? Du weißt gar nicht, wo sie ist.«

»Das finde ich raus.«

»Wie?«

»Indem du es mir sagst.«

»Ich weiß nicht, wo … – Milli, bitte! Sei vernünftig. Lass uns in Ruhe darüber reden.«

»Wie lange willst du reden? Bis sie sich etwas angetan hat? Ich habe Angst um sie!«

»Milli, du brauchst keine Angst zu haben. Sie wird sich nichts antun.«

»Woher willst du das wissen?«

»Ich weiß es eben. Ich kenne Fiona.«

»Sie wirkte sehr aufgebracht.«

»Sie ist immer aufgebracht. Das ist ihr Problem.«

Milli schaute Grit vorwurfsvoll an.

»Entschuldige«, sagte Grit. »Ich sollte so nicht über meine Schwester reden.«

»Und über meine Mutter. Du hast sie weggeschickt. Wenn sie sich etwas antut, bist du schuld.«

»Sie wird sich nichts antun!«

»Du hast gesagt, ich muss nicht zur Schule, und wir machen etwas zusammen. War das auch gelogen? – Du weißt sehr wohl, wo sie ist, oder?«

Grit setzte sich auf. Sie bemühte sich um einen sachlichen Ton, als sie sagte: »Milli, ich kann jetzt nicht weg. Ich muss bis morgen ein Gutachten bei Gericht einreichen. Und ich muss dringend zum Liegenschaftsamt, weil …« Sie stockte. Auf keinen Fall würde sie Milli sagen, dass man ihnen ihr Zuhause wegnehmen wollte. »Ich *kann* nicht weg, Milli.«

»Klar. Andere Leute sind ja immer wichtiger als ich. Ich rede nicht mehr mit dir. Nie wieder.« Milli wandte sich ab und lief hinaus.

Grit saß in ihrem Bett und schüttelte fassungslos den Kopf. Wie hatte sie nur annehmen können, der Albtraum sei zu Ende? Warum hatte Fiona ausgerechnet jetzt auftauchen müssen? Als ob ihr nicht so schon das Wasser bis zum Hals stünde. Warum kam immer alles auf einmal? Warum kam in diesem verdammten Leben immer alles auf einmal! Vor allem wollte sie nicht zu der Hütte. Das Allerletzte, was sie wollte, war zurückzukehren zu der Hütte.

Milli konnte natürlich nicht weg, ohne sich zu verabschieden. Sie rief ihre Geschwister zusammen. Als alle am Tisch in ihrem Trümmerhaus saßen – Hans, Hedi, Lotte und Fritz – verkündete Milli ihnen geradeheraus: »Ich werde eine Weile weggehen. Ihr müsst für euch selber sorgen.«

»Aber das können wir nicht!«, rief Hans, obwohl er doch der Älteste war und eigentlich für alle die Verantwortung übernehmen müsste.

»Wie lange bist du weg?«, fragte Hedi.

»Wo willst du denn überhaupt hin?«, fragte Lotte.

Und der kleine Fritz rief: »Ich will mit!«

»Das geht nicht«, erklärte Milli. »Ich weiß nicht, wohin die Reise geht, und ich weiß auch nicht, wann ich zurück sein werde. Aber ich muss alleine fahren. Ohne euch. Ihr werdet eine Weile ohne mich auskommen müssen.«

Hans erklärte altklug: »Das ist Unsinn. Ohne dich gibt es uns überhaupt nicht.«

»Das stimmt«, erkannte Hedi bestürzt. »Was soll nur aus uns werden?«

»Also müssen wir mit!«, verkündete Fritz. »Es geht gar nicht anders.«

»Und in den Ferien sind wir schließlich auch dabei gewesen«, erinnerte sich Lotte. »Als wir am Meer waren.«

»Das war etwas anderes.«

»Warum?«

»Weil … Jetzt ist eben alles anders.«

»Aber wenn wir dabei wären, dann wärst du nicht allein.«

Bei dem Gedanken schossen Milli die Tränen in die Augen, aber sie musste jetzt hart bleiben. »Schluss damit!«, rief sie streng. »Ihr bleibt hier!«

10

Unzählige Mittelstreifen zogen an ihnen vorbei. Sie saßen seit vier Stunden im Auto. Milli hatte die gesamten vier Stunden geschwiegen. Grit hatte den Rückspiegel so eingestellt, dass sie Milli darin sehen konnte, aber als Milli das merkte, schnallte sie sich ab und rutschte hinter den Fahrersitz, wo sie für Grit nicht zu sehen war.

»Milli, wir fahren doch. Wie du es gewollt hast. Also rede bitte wieder mit mir«, sagte Grit zum wiederholten Male. Doch genau wie eine halbe Stunde zuvor – und eine halbe Stunde davor – bekam sie keine Antwort. Milli schwieg.

»Milli, die Dinge werden nicht besser durch Schweigen. Sie werden besser durch Reden.«

Auch ohne dass Milli darauf etwas erwiderte, merkte Grit, dass sie sich mit dieser Aussage nicht glaubwürdiger machte. »Es tut mir leid, Milli. Es tut mir so leid. Und das werde ich dir gerne wieder und wieder sagen. Es tut mir *wirklich* leid.«

Nachdem sie eine Weile weitergefahren war, fügte sie hinzu (genau wie eine halbe Stunde zuvor): »Hast du Hunger? Möchtest du etwas essen? Soll ich bei der nächsten Raststätte rausfahren? Musst du auf die Toilette?«

Doch Milli musste wieder nicht auf Toilette. Es war,

als ob sie sich vorgenommen hätte, gar nichts mehr von sich zu geben. Auch als Grit eine halbe Stunde später hielt, um zu tanken, kam von Milli keine Regung. Sie stieg nicht aus, und als Grit während des Tankens neben ihrem Seitenfenster stand, wandte Milli den Kopf in die andere Richtung. Grit hatte großen Hunger und kaufte, als sie das Benzin bezahlte, zwei belegte Käsebrötchen, aß dann aber doch nichts. Das Brötchen für Milli hatte sie auf den Rücksitz gelegt, damit Milli es nehmen konnte, ohne etwas zu sagen, doch Milli nahm es nicht. Deshalb wäre Grit sich schäbig vorgekommen, wenn sie ihres gegessen hätte. Also blieb es auf dem Beifahrersitz liegen, während weiterhin unzählige Mittelstreifen an ihnen vorbeizogen.

*

Bei Elternsprechtagen hörte Grit immer dasselbe: Milli war ein außerordentlich kluges Kind. Sie wusste alles, sie verstand alles. Die Lehrerinnen waren nur ratlos und frustriert, weil sie nicht auf Fragen antwortete.

»Sie sagt nichts?«, hatte Grit anfangs noch gefragt.

»Doch«, hatte ihr die Lehrerin erklärt. »Sie sagt sogar eine ganze Menge. Wenn sie einmal anfängt zu sprechen, dann hört sie nicht mehr auf. Nur – sie antwortet eben nicht auf die Frage.«

»Sondern?«

»Sie fragt ihrerseits. Meist Dinge, die weit über das Thema des Unterrichts hinausgehen. Und sie erzählt, worüber sie sich Gedanken macht. Sie hat faszinierende Gedanken.«

»Aber das ist doch wunderbar.«

»Ja, schon, aber die anderen können ihr nicht folgen.« Und nach einem Moment des Zögerns hatte die Lehrerin hinzugefügt: »Und ich manchmal auch nicht.«

*

»Wer von euch hat mir meinen Namen gegeben? Wer hat mich Emily genannt?« Nachdem Grit sich schon damit abgefunden hatte, dass die Autofahrt schweigend vorübergehen würde, hatte Milli mitten in das monotone Fahrgeräusch hinein diese Frage gestellt.

»Fiona«, antwortete Grit.

»Und sie hat auch schon ›Milli‹ gesagt?«

»Ja.«

»Das heißt, du hast mich fix und fertig übernommen? Mit Namen und allem?«

»Milli, bitte …« Jedes Wort von Milli tat weh. »Es bringt doch nichts, jetzt sarkastisch zu sein.«

»Wäre dir lieber, ich bin hysterisch? Apathisch? Cholerisch? Soll ich heulen? Soll ich rumschreien? Weglaufen? Dinge kaputt schlagen? Tut mir leid, wenn dir mein Sarkasmus wehtut.«

Grit holte tief Luft. »Entschuldige …«, sagte sie. »Hör zu, es tut mir unendlich leid. Ich weiß, ich hätte es dir sagen müssen. Und das wollte ich. Ich schwöre es dir. Ich wollte es …«

»Vielleicht hättest du besser.«

»Wie? Und wann? Anfangs wollte ich warten, bis du älter bist. Bis du es verstehst. Anfangs warst du ja wirklich zu klein. Und dann … Wenn man es einmal aufgeschoben hat, dann tut man es immer wieder. Es wurde nicht leichter, es wurde immer schwerer. Wann ist der richtige Zeitpunkt? Wie sagt man es? Ich habe so oft darüber nachgedacht. Ich habe so oft überlegt, wie ich es dir sage ... Aber allein der Gedanke daran, dich zu rufen und dir zu sagen: Setz dich, ich muss etwas mit dir besprechen, es gibt etwas, das ich dir sagen muss ... Du verstehst doch bestimmt, wie schwer das ist. Ich glaube, vor allem hatte ich Angst, dich zu verlieren.«

»Das heißt, du hast mir nicht vertraut?«

Schon wieder, dachte Grit. Mit jedem Wort wurde es nicht klarer, sondern verworrener!

»Vielleicht hätte ich es von Anfang an verstanden. Du hättest ganz selbstverständlich über meine Mutter reden können. Warum musst du überhaupt entscheiden, was richtig ist und was falsch?«

Grit traten die Tränen in die Augen.

»Wenn man herausfinden will, wer man ist, dann ist es hilfreich, wenn man weiß, wo man herkommt. Ich weiß nicht, ob du dich an deine eigene Kindheit erinnerst, aber man fühlt sich sowieso ständig, als ob mit einem was nicht stimmt.«

»Milli, mit dir stimmt alles.«

»Es fühlt sich aber nicht so an.«

»Aber wäre nicht alles noch viel schlimmer gewesen, wenn du gewusst hättest, dass du noch eine andere Mutter hast?«

Milli sah sie über den Rückspiegel lange an, bevor sie antwortete. Und dann sagte sie nur: »Nein.«

Nach der Autobahn kamen die Kurven. Tirol bestand vor allem aus Kurven und Tunneln. Runterschalten, hochschalten, runterschalten, hochschalten. Bergauf und bergab, über mehrere Pässe und dann immer höher bis zu dem einen langen Tunnel, für den sie Maut bezahlen mussten.

Wie lange war sie diese Straßen nicht mehr gefahren? Über weite Strecken erinnerte sie sich an nichts, doch immer wieder waren Dinge in ihrer Erinnerung verankert, und während sie vor ihren Augen an der Straße näher kamen, tauchten sie ebenso aus ihrer Erinnerung auf: Ein Gasthaus, bei dem sie einmal gehalten hatten, weil Fiona Durchfall gehabt hatte, das aber inzwischen geschlossen und heruntergekommen war. Ein dünner Wasserfall auf der anderen Seite des Tals, der so tief herabfiel, dass die silbrigen Wasserfäden im Wind zerstäubten. Auf einer Anhöhe eine Burg mit rot und weiß gestreiften Schlagläden an den kleinen Fenstern. Ob sie die im Sinn gehabt hatte, als sie es sich in den Kopf gesetzt hatte, ebenfalls auf einer Burg zu leben? Die Mautstelle natürlich, denn sie hatten es als Kinder aufregend gefunden, dass man anhalten und fürs Weiterfahren bezahlen musste.

Und irgendwann erklang wieder Millis Stimme: »Warum ist sie dort?«

Grit verstellte den Rückspiegel und sah einen Teil von Millis Gesicht. Für einen Moment trafen sich ihre Blicke, doch Milli sah weg.

»In der Hütte? – Tja ... schwer zu sagen ...«
»Woher weißt du, dass sie dort ist?«
»Ich weiß es eben.«

»Was ist dort?«

»Als Kinder haben wir da Urlaub gemacht. Wir haben die ganzen Sommerferien dort oben verbracht.«

»Ist es schön da?«

»Ja. Es ist wunderschön.«

»Warum sind wir dann nie zu der Hütte gefahren?«

»Ich bin eben lieber am Meer.«

»Aber wenn es dort so wunderschön ist …«

Diesmal war es Grit, die schwieg. Obwohl sie sich doch so fest vorgenommen hatte, über alles zu reden.

※

Nachdem sie durch noch mehr Täler gekurvt waren, nachdem sie Bäche überquert und Dörfer durchfahren hatten, vorbei an Bauernhöfen, Rafting Centern, Kirchen und Supermärkten auf grünen Wiesen, nachdem Grit einmal gewendet hatte, weil sie sich trotz des Navis verfahren hatte, bogen sie von der Landstraße ab auf eine schmale Straße, die einen lang gezogenen Hang hinauf zu einem alten Dorf führte. Rechts und links blühte auf gewellten Feldern strahlend rot der Mohn. Milli, als sie auf das Leuchten aufmerksam wurde und aus dem Fenster sah, glaubte einen Moment lang, sie seien wieder zu Hause.

»Sind wir da?«, fragte sie.

»Fast«, antwortete Grit.

Im Dorf ging es durch verwinkelte Gassen, die lange vor den Zeiten des Autoverkehrs angelegt worden waren, zwischen Bauernhäusern und Scheunen weiter bergauf. Makellos weiß getünchte Erdgeschosse, darüber nahezu schwarz gedunkeltes Holz und rote Geranien an Fenstersimsen und Balkonen, die beinahe so sehr strahlten wie der Mohn auf den Feldern. Auf einem dreieckigen Dorfplatz blieb Grit stehen und stieg aus. Milli beobachtete, wie sie sich umschaute. Da war ein kleiner Supermarkt, dessen Fenster mit Plakaten beklebt waren, davor ein leerer Fahrradständer, ein Mülleimer und eine große geschnitzte Holzfigur: ein klobiger Mann mit Hut, der eine Axt über der Schulter trug. Seine Hände waren ebenso grob wie sein grimmiges, bärtiges Gesicht, das im Schatten des hölzernen Hutes unheimlich lauerte. Die Schnitzerei war derb und roh ausgeführt, als ob der Axtmann voll Tatendrang losmarschiert war, bevor der Schnitzer seine Arbeit vollendet hatte. Auf der anderen Straßenseite standen ein paar Sonnenschirme auf der Terrasse eines Hotels, doch an den Tischen saß niemand. Die Haustür stand offen und sollte wohl einladend wirken, aber aufgrund des grellen Sonnenlichts war es nur ein schwarzes Loch.

Nach einer Weile stieg Grit wieder ein.

»Sind wir richtig?«, fragte Milli.

»Ja.«

»Warum hast du nicht gefragt?«

»Ich brauche nicht zu fragen. Ich wollte nur sichergehen.«

Grit startete den Motor, löste die Handbremse und fuhr weiter bergauf. Milli schaute noch einmal zu dem hölzernen Mann zurück, und bevor er hinter einer Hausecke verschwand, sah er für einen Augenblick aus, als ob er ihnen nachschreite. Oberhalb des Dorfes führte ein Asphaltweg mit Flecken aus getrocknetem und plattgefahrenem Kuhdung aufwärts durch Wiesen, auf denen hoch die Gräser und Kräuter und Wiesenblumen standen, bis zum Waldrand.

Dort endete der Asphalt. Es endete die sonnenbeschienene Welt der Wiesen und Bauernhöfe, der Autos und Menschen. Der Kombi holperte ächzend und knarrend über eine Kante, die Milli tief in ihren Sitz drückte und wieder emporhob, und es wurde dunkel. Sie fuhren in einen Tunnel aus Baumstämmen, Ästen und dichten Fichtennadel. Auf dem Boden wuchs nichts Grünes, außer an ein paar lichteren Stellen, die die Düsternis des restlichen Waldes nur umso deutlicher hervorhoben. Der Weg war voller Schlaglöcher, Wurzeln und Steine und bestand aus zwei Fahrrillen, zwischen denen sich ein Damm wölbte, auf dem karges Gras wuchs. Inmitten des Dämmerlichts herrschte eine Stimmung wie auf dem Grund eines Sees.

»Mama, ich habe Angst.«

»Du brauchst keine Angst zu haben. Es ist nur ein Wald.«

»Ein düsterer Wald.«

»Ja.«

Milli sah viele umgestürzte Bäume. Sie lagen auf dem steilen Waldboden zwischen ihren aufrecht stehenden Brüdern und Schwestern. Die Wurzeln ragten steil in die Luft, und an manchen Stellen konnte Milli in den Mulden, die sie im Waldboden hinterlassen hatten, große und kleine Steine erkennen. Deshalb dachte sie sich, dass wohl überall unter dem Waldboden Steine und Felsen verborgen waren. Einige der Fichten waren nicht ganz umgefallen, ihr Sturz war von anderen

Stämmen aufgehalten worden, an denen sie nun lehnten. Es war, als ob die fest stehenden Bäume nach einem verheerenden Gefecht ihre verwundeten Kameraden auf dem Rückzug stützten. Milli stellte sich einen Krieg zwischen Menschen und Bäumen vor, und hier sah es so aus, als ob die Menschen siegten. Sie musste an ihre Geschwister Hans, Hedi, Lotte und Fritz denken und an ihre heldenhaften Eltern, aber sie erschienen ihr alle unwirklich und fern, weil sie sich in einer Welt, in der man über Autobahnen und Landstraßen fuhr, nicht wohlfühlten. Erst nach einer Weile bemerkte Milli, dass es im Wald eigentlich gar nicht so dunkel war. Ihre Augen hatten sich nach dem grellen Sonnenlicht auf den Wiesen nur erst an das Dämmerlicht unter den hohen Bäumen gewöhnen müssen.

Mühsam und stetig kämpfte sich das Auto den Berg hinauf. Manchmal fuhren sie mitten durch einen der umgestürzten Bäume hindurch, der quer über den Weg gefallen und rechts und links der Fahrspur abgesägt worden war. Das herausgesägte Stück des Baumstammes war an den Rand geräumt worden, wo es den Hang hinabgerutscht war, bis es sich irgendwo verkantet hatte. Der amputierte Stumpf reckte sich ihnen flehend entgegen. Die Kurven waren so eng, dass Grit manchmal zurücksetzen musste, um herumzukommen. Mehrmals überquerten sie hölzerne Brücken aus zusammengefügten Baumstämmen, unter denen Bäche über Felsbrocken in die Tiefe rauschten. Wobei Milli nicht sagen konnte, ob es mehrere Bäche waren oder ein und derselbe, den sie im Zickzack immer wieder überquerten. Jedenfalls ging es stetig höher und höher. Gelegentlich konnte

Milli durch eine Lücke zwischen den Bäumen ins Tal schauen, wo tief unten winzige Häuser standen und auf einer winzigen Landstraße winzige Autos fuhren. Gegenüber ragte ein anderer Berg auf, mit ebenso dichtem Wald wie dieser. Dort sah Milli, dass der Wald weiter oben endete und hellgrüne Wiesen die Hänge bedeckten. Darüber erhoben sich graue Felsen. Deshalb dachte sie sich, dass auch auf ihrem Berg der Wald irgendwann aufhören würde und sonnenbeschienene Wiesen und felsige Berggipfel auf sie warteten. Sie wusste nur nicht, ob sie so hoch hinauffahren würden.

»Bist du sicher, dass wir hier richtig sind?«, fragte Milli irgendwann zweifelnd.

»Ja.«

»Wie kannst du dir sicher sein? Man sieht nur Bäume.«

»Ich bin sicher.«

Milli fiel auf, dass Grit angespannt war. Sie antwortete einsilbig, und ihre Hände krallten sich so fest ans Lenkrad, dass ihre Knöchel hell hervortraten. Vielleicht lag es nur an dem schlechten Weg. Aber vielleicht gab es auch einen Grund, dass sie seit ihrer Kindheit nicht mehr hierhergekommen war.

Auch Grit spürte natürlich, wie sie immer mehr verkrampfte. Sie hasste ihre Schwester, weil sie sie zwang zurückzukehren. Sie hatte geglaubt, nie wieder hier hinauffahren zu müssen und an nichts, was dort oben passiert war, je wieder rühren zu müssen. Sie spürte, wie tief in ihr etwas in Wallung geriet. Dinge regten sich, die vor Jahren auf den Grund ihrer Seele gesunken waren. Grit hatte geglaubt, die Dinge dort unten seien längst verrottet, leblos und tot. Aber das waren sie nicht. Sie lebten, und nun kamen sie in Bewegung. Grit fühlte sich, als ob sie im Dunkeln über die Oberfläche eines Sees schwamm, während unter ihr in der Tiefe etwas dräute, das auf der Oberfläche um sie herum heimtückische Strudel erzeugte.

11

Fiona hob den großen Stein mit beiden Händen hoch und schlug mehrmals hart zu, bis der Riegel endlich aus seiner Verankerung riss und an dem Vorhängeschloss baumelte, mit dem die Tür gesichert war. Es fiel ihr schwer, die Hütte zu betreten. Sie hatte die Nacht im Auto verbracht, ohne viel zu schlafen, und hatte sogar noch bei Tageslicht lange gezögert, sich der Hütte zu nähern. Der Geruch, der ihr aus dem Inneren entgegenkroch, war derselbe wie damals. Sie fragte sich, ob es wirklich eine gute Idee gewesen war, hierherzukommen. Schließlich überschritt sie die Schwelle. Es ist nichts als eine muffige alte Hütte wie tausend andere, sagte sie sich. Alles sah noch genauso aus wie damals. Der kleine Holztisch, die beiden Stühle mit den ausgesägten Herzen in der Lehne, die rot und weiß karierten Vorhänge, der alte Herd mit dem Ofenrohr, das Bett im niedrigen Teil der Hütte und die Leiter zur Empore darüber im Giebel. In der Ecke neben der Tür der Herrgottswinkel. Der Gekreuzigte mit dem leidvoll gekrümmten Körper war ihr damals schon unheimlich gewesen. Es steckte immer noch derselbe staubige Palmzweig hinter ihm. Sogar die alte Obstkiste für das Brennholz stand noch neben dem Herd. Nichts hatte sich hier drinnen geändert. Fiona wäre nicht überrascht gewesen, wenn ihr Kindergesicht und das von Grit oben neben der Leiter erschienen wären.

Sie warf ihre Tasche auf den Tisch und erschrak über das laute Geräusch. Sie erschrak so unsinnig, als ob es um sie herum stockdunkel wäre. Wenn es nur eine alte Hütte war wie tausend andere, warum war sie dann hier? Warum wollte sie es hier zu Ende bringen? Letztlich spielte es keine Rolle, wo sie es tat. Hauptsache, sie tat es endlich. Wie hatte sie so dumm sein können, zu glauben, dass sich irgendetwas geändert hatte? Dass sie sich geändert hatte oder ihr Leben oder die Art und Weise, wie sie anderer Leute Leben zerstörte? Was hatte sie sich vorgestellt? Sie hatte sich überhaupt nichts vorgestellt. Wie immer. Sie stolperte durch ihr Leben wie ein Zombie durch einen schlechten Film.

Fiona hatte während der Autofahrt in einem fort Millis Gesicht vor sich gesehen. Millis Gesicht in dem Moment, als sie es begriffen hatte. Als ihr gesamtes elfjähriges Leben in einen schwarzen Schacht stürzte und tief unten auf dem Boden der Wahrheit zerschellte.

Puff!

Was habe ich angerichtet, dachte Fiona in einem fort. Was habe ich angerichtet? Und wieder sah sie Millis Gesicht. Ihr Kindergesicht, das noch nichts verbergen konnte. Ihre Vorstellung von sich selbst – *Puff!* Der einzige Mensch, auf den sie sich immer verlassen hatte – *Puff!* Milli hatte wahrlich nicht viel Familie. Genau genommen hatte sie nur Grit – *Puff!*

Was wusste sie denn überhaupt über Milli? Nichts wusste sie. Überhaupt nichts. Sie war eine Fremde! Ging sie gern zur Schule? Hatte sie Lieblingsfächer? Mochte sie ihre Lehrer? Was tat sie gerne? Was konnte sie nicht leiden?

Fiona wurde bewusst, dass sie am Tag zuvor überhaupt nicht nach all dem gefragt hatte. Warum wusste sie von Milli kaum mehr als vorher? Interessierte sie sich überhaupt für Milli? Hatte Grit nicht recht, wenn sie behauptete, es ginge ihr nur um sich? Dass sie sich jetzt in der Mutterrolle gefiel? Dass sie nicht Milli etwas Gutes tun wollte, sondern sich selbst?

In Wahrheit war doch das Kind nur ein letzter Versuch, ihr Leben auf die Reihe zu kriegen. Sie hatte nie bedacht, was passieren würde, wenn auch dieser scheitern würde. Aber genau das war an nur einem Tag passiert. Sie hatte noch nicht einmal einen Tag gebraucht, um Millis Leben von Grund auf zu zerstören. Sie hatte dem Mädchen ihr bisheriges Leben genommen und war nicht in der Lage, ihr ein neues zu bieten. Sie hatte ihr eine Mutter weggenommen und ihr nichts weiter dafür angeboten als eine instabile Verliererin, die ihr Leben lang nichts anderes getan hatte als wegzulaufen und die nichts weiter besaß als einen Sarg.

Fiona begriff endgültig, dass sie sich nicht im Geringsten verändert hatte: Sie schlug alles um sich herum zu Scherben – und haute dann ab. Sie würde sich nie ändern. Es steckte in ihr wie der Kern in einer Frucht. Es war ihr Samen. Sie konnte ihn weitergeben – oder nicht. Vielleicht war es noch nicht zu spät, Milli zu verschonen. Wenn es ihr wirklich ernst damit war, endlich Verantwortung zu übernehmen, dann gab es nur eine einzige Option: Sie musste Milli in Frieden lassen.

Fiona ging hinaus zu ihrem Auto. Sie öffnete die Fahrertür, stellte sich auf die Schwelle und löste die Gurte, mit denen der Sarg auf dem Dach befestigt war.

Er war nicht schwer, da sie ihn aus dünnen Kiefernbrettern gezimmert hatte. Aber er war zu sperrig, um ihn alleine zu tragen. Also stellte sie sich hinter den Wagen und schob den Sarg nach vorne, bis er vom hinteren Holm des Dachgepäckträgers aufs Autodach fiel und so – mit dem vorderen Ende aufwärts in den Himmel ragend – liegen blieb. Dann stieg sie über die Motorhaube aufs Dach und schob den Sarg weiter nach vorne, wo er über den Kühler ins Gras rutschte. Dabei hinterließ er einige hässliche Kratzer im Lack, aber das spielte jetzt keine Rolle mehr.

*

Als sie aus dem Wald herausfuhren, war die Sonne schon untergegangen, und hoch oben am blassen Himmel wurden ein paar diffuse Wolken orange und pink angestrahlt. Die Farben erinnerten Milli an den Schminkkoffer, den Fiona ihr geschenkt hatte. Der Weg schlängelte sich jetzt etwas offener durch Baumgruppen und einzelne Bäume. Auf den Wiesen lagen Kuhfladen, und an manchen Stellen hatten die Klauen von Rindern ihre Spuren in den Boden gedrückt. Zum Tal hin öffnete sich der Blick weit, und Milli konnte wieder den gegenüberliegenden Berg sehen, mit seinen unzähligen Bäumen, Bergwiesen und felsigen Kuppen. In der Ferne ragten weitere Berge auf und dahinter im abendlichen Dunst geisterhaft immer blassere Gipfel. Der Weg umrundete eine weitere Baumgruppe, und dann sah Milli die Hütte. Sie war klein und robust, an jeder Seite nur ein Fenster mit einem massiven Laden. Eine Tür, ein schräges Dach, aus dem ein Ofenrohr herausragte. Die Hütte stand in einem kleinen umzäunten Bereich, in dem ein Tisch mit zwei Bänken aufgestellt war, grob aus halbierten Baumstämmen gesägt. Ein paar Schritte außerhalb des Zauns stand windschief und schwarz ein uralter Heuschober aus verwitterten und ausgebleichten Holzbalken. Neben dem Heuschober endete der Fahrweg, und dort stand Fionas forstgrüner Wagen. Fiona war dabei, ihren selbst gezimmerten Sarg durch das Gatter des Zauns zur Hütte zu schleifen. Inmitten der Bergwelt, in der es nur natürliche Farben gab – tausenderlei Grün, Braun, Grau, das bleiche Dämmerblau des Himmels – stach die rote und pinkfarbene Lackierung des Sarges umso krasser heraus. Als Grit den Sarg sah, stieg eiskalte Wut in ihr auf. Dieses *affige* Ding! Dieses *lächerliche, verlogene* Dramaqueen-Requisit! *Ich habe einen Sarg gezimmert, um meine Vergangenheit zu begraben!* Grit könnte kotzen, wenn sie ihn nur aus der Ferne sah.

Als sie sich der Hütte näherten, legte Fiona den Sarg ab und sah ihnen entgegen. Grit hielt hinter Fionas Wagen und stellte den Motor ab. Keine der drei Frauen rührte sich. Bis Milli verkündete: »Ich steige jetzt aus.«

»Natürlich«, sagte Grit. »Deswegen sind wir ja hier.«

Während Milli und Grit auf den Zaun zugingen, rührte sich Fiona nicht. Das Gatter war hinter Fiona wieder zugefallen. Ein einfacher Schließmechanismus war daran angebracht, den Grit beinahe ohne hinzusehen aufklappte und öffnete.

»Hallo …«, sagte Milli. Sie konnte sich nicht entscheiden, ob sie *Mama* sagen sollte oder *Fiona* oder *Tante Fiona*. Alles klang falsch. Deshalb sagte sie einfach nur *Hallo*.

»Hallo, Milli«, entgegnete Fiona.

Dann sagte zunächst niemand mehr etwas. Fiona überlief es heiß und kalt. Sie glaubte, Millis Blick auf ihrem Bauch zu spüren. Da drin, so schien das Mädchen zu denken, bin ich also entstanden.

Aber vielleicht dachte sie auch nichts dergleichen, sondern schaute Fiona nur aus Verlegenheit nicht in die Augen. Fionas Herz raste. Auch sie war nicht fähig, etwas zu sagen. Welche Worte wären in diesem Moment angemessen? Wie erbärmlich war sie, dass sie jetzt schon nichts zu sagen wusste!

Das einzige Geräusch war ein sanftes Plätschern vom Heuschober. Dort stand eine Tränke, ein ausgehöhlter Baumstamm, in die aus einem Schlauch, der oberhalb der Hütte aus dem Hang auftauchte, ein dünner Wasserstrahl rieselte. Über der Tränke waren ein kleines Ablagebrett und ein gesprungener Spiegel an der Wand angebracht.

»Das Badezimmer«, erklärte Fiona. »Da drin ist auch das Plumpsklo.«

»Das was, bitte?«, fragte Milli nach.

»Plumpsklo. Wasserspülung gibt es nicht.«

»Aha … Wem gehört die Hütte?«

Fiona zuckte mit den Schultern. »Jemandem aus dem Dorf.«

»Hast du sie gemietet?«

»Ja.« Fiona sah in die Ferne. »Na ja.«

»Der Türriegel ist verbogen.« Milli wies auf die Tür. Es war kein sonderlich stabiler Riegel. Offenbar hielt man es nicht für notwendig, eine abgelegene Berghütte besonders zu sichern.

»Ja … ja, sie … haben vergessen, mir den Schlüssel zu

geben. Ich wollte nicht den ganzen Weg wieder runterfahren.«

»Ja, das ist weit …«

Fiona schaute auf den abgerissenen Riegel. »Ich werde das … Die werden das schon wieder reparieren …«

Einen Moment lang herrschte Stille. Plötzlich lachte Fiona aufmunternd. »He, Milli! Möchtest du die Hütte anschauen?« Sie trat beiseite und wies auf die Tür. Milli sah Grit fragend an.

Grit sagte nur: »Wenn die Tür schon mal offen ist …«

Milli trat über die Schwelle und sah sich um. Es war das erste Mal, dass sie in einer Berghütte war, und es sah ziemlich so aus, wie sie es erwartet hätte. Alles war aus Holz – der Fußboden, die Wände, die Decke, Tisch, Stühle und eine eingebaute Eckbank. Vor den kleinen Fenstern hingen rot und weiß karierte Vorhänge wie in einem Puppenhaus. Es gab einen alten eisernen Herd, dessen Ofenrohr durch das Dach hinausführte. Neben dem Herd stand eine Obstkiste mit Brennholz. Der hintere Teil der Hütte bestand aus zwei Stockwerken: Unten war gerade genug Platz für ein Bett, auf dem sich Decken türmten, und zur oberen Plattform, einem zeltartigen Dreieck unter dem Giebel, führte eine Leiter hinauf. Das war alles. Sonst gab es nur noch ein Kreuz mit Jesus, ein paar Bilder in schlichten Rahmen, die ähnliche Berge zeigten wie die, die man durchs Fenster sah. Über dem Ofen hingen an langen Nägeln zwei Töpfe und eine Pfanne, und auf dem Fensterbrett stand eine Vase mit getrockneten Blumen, deren winzige, eingerollte Blätter teilweise abgefallen waren. Es roch muffig und staubig. Scheinbar war schon länger niemand hier gewesen.

»Darf ich?«, fragte Milli und wies auf die Leiter.

»Natürlich!«, antwortete Fiona. »Nur zu!«

Während Milli die Leiter hinaufstieg, sah Fiona zu Grit hinaus, die mit verschränkten Armen vor der Hütte wartete.

»Du darfst auch reinkommen, Schwesterchen.«

Grit antwortete nicht. Stattdessen wandte sie sich ab und ging zu den Bänken, von wo aus man über das ganze Tal schauen konnte.

»Hier oben sind noch mehr Matratzen!«, rief Milli. »Darf ich hier oben schlafen?«

»Natürlich. Da haben wir früher auch immer geschlafen.«

Milli krabbelte auf allen Vieren ans hintere Ende, wo ein winziges Fenster den Blick nach draußen freigab. Als Milli ihre Beine wieder auf die Sprossen der Leiter stellte, blieb sie einen Moment sitzen. Von oben auf etwas hinabzusehen, fühlte sich immer besonders an. Irgendwie frei und allmächtig. »Es sieht aus wie ein Puppenhaus.«

Fiona lächelte zu ihr herauf. »Hast du ein Puppenhaus?«

»Ja.«

»Spielst du gerne mit Puppen?«

»Nicht mehr.«

»Natürlich … Macht dir die Schule Spaß?«

Milli zuckte mit der Schulter.

»Du bist sicher sehr gut.«

»Könnte besser sein …«

Wie seltsam, dachte Milli. Ich sitze hier oben an einem Platz, an dem ich nie zuvor gewesen bin, und schaue auf meine Mutter, die ich nicht kenne. Das Plätschern der

Tränke klang herein und erinnerte Milli daran, dass ihre andere Mutter alleine draußen stand.

Ein Schmetterling erschien vor der Tür, er war weiß mit ein paar schwarzen Flecken, flatterte unentschlossen vor der Tür herum, und als er schon fast in der Hütte war, drehte er ab und flog seiner Wege.

»Kommt Mama nicht rein?«, fragte Milli. Während der Autofahrt hatte sie versucht, sich ihr Zusammensein mit Fiona vorzustellen und hatte darüber nachgedacht, was sie einander alles zu erzählen hätten. Aber nun wusste sie nicht, was sie sagen sollte. Es war ihr erster Moment alleine, und das Einzige, was ihr jetzt in den Sinn kam, war: *Die Mutter meiner Freundin ist schizophren.*

»Tja … Scheint so. Grit genießt die Aussicht … Ich werde mal zu ihr gehen.«

»Ich bleibe noch ein bisschen hier oben.«

»Gut.« Fiona nickte. »Ich glaube, das ist eine gute Idee. Mach es dir gemütlich.«

Milli schwang ihre Beine wieder hoch und krabbelte zu dem kleinen Fenster. Sie hätte gerne mehr Zeit mit Fiona gehabt, um ihr etwas näherzukommen. Aber Hauptsache, die beiden Schwestern redeten miteinander.

Grit schaute in die Ferne und stand mit dem Rücken zu Fiona.

»Warum seid ihr hergekommen?«, fragte Fiona.

»Milli wollte zu dir. Sie macht sich Sorgen um dich.«

»Um mich braucht sie sich keine Sorgen zu machen.«

»So sind sie, die lieben Kinder. Machen sich unnötig Stress. Zu dumm.« Grit drehte sich um und sah Fiona an. »Die ich rief, die Geister, werd' ich nun nicht los …«

»Tja, ich scheine ihr wohl irgendwie wichtig zu sein.«

»Mach dir keine Hoffnungen. Ich bin nur gekommen, weil sie komplett durcheinander ist. Ich habe jahrelang auf den richtigen Moment gewartet, um ihr alles zu erklären, aber du tauchst einfach auf, mit deinem lächerlichen Sarg, und …«

»Entschuldige, dass deine Verlogenheit aufgeflogen ist.«

Grit atmete tief durch. »Um es klar zu sagen: Ich bin nicht deinetwegen gekommen, sondern weil Milli das wollte. Ihr redet miteinander, sie überzeugt sich, dass es dir gut geht, ihr tauscht Mail-Adressen aus, und dann fahren wir wieder.« Grit sprach mit gedämpfter Stimme, damit Milli sie nicht hören konnte. Den folgenden Satz sprach sie noch leiser: »Und wenn du noch einmal versuchst, mein Leben oder das meines Kindes zu ruinieren – dann mache ich dich fertig, ist das klar?«

Heiße Wut wallte in Fiona auf. Wie hatte sie sich nur so ins Bockshorn jagen lassen können? Warum tappte sie immer wieder in dieselbe Falle, sobald sie mit Grit redete? Dass alles so schrecklich schieflief, war nicht ihre Schuld! Es war Grits Schuld! Weil sie Milli nie die Wahrheit gesagt hatte! Ich dachte doch, sie weiß es, sagte sich Fiona. Wenn sie es gewusst hätte, dann wäre alles ganz anders gelaufen!

Die beiden Schwestern sahen sich in die Augen. Es schien fast das alte Kinderspiel zu sein: Wer zuerst wegschaut, hat verloren. Schließlich sagte Fiona – und sie versuchte dabei so hart wie möglich zu klingen: »Ich lasse mir nicht mehr drohen. Wenn du mir Milli nicht gibst, dann nehme ich mir einen Anwalt.«

»Einen Anwalt? Hast du einen Knall? Vergiss den Scheißanwalt!«

»Das werden wir ja noch sehen. Vielleicht gibt es ja Umstände, die das Ganze in neuem Licht erscheinen lassen.«

»Was für *Umstände*?«

Fiona atmete ein und aus. »Umstände eben.«

»Fiona. Das kannst du Milli nicht antun. Das wird ganz schmutzig.«

»Muss es nicht. Von mir aus muss es das nicht.«

»Natürlich muss es das! Wenn du vor Gericht gehst, zwingst du mich, alles auf den Tisch zu legen. Bei den ganzen Drogengeschichten und dem ganzen Scheiß, den du in deinem Leben angestellt hast, bekommst du nicht das Sorgerecht, sondern gehst ins Gefängnis. Vielleicht lassen sie dich auf Bewährung laufen. Aber Milli werden sie dir niemals anvertrauen, glaub mir. Ich kümmere mich um einige Frauen wie dich. Ich weiß, wie das läuft.«

»Das ist nicht fair.«

»Du hast angefangen.«

Fiona starrte sie eine Weile wütend an, bis ihr Mund ruhig und entschlossen die Worte formte: »Und was ist mit dir? Ich kann ihnen auch ein paar spannende Dinge erzählen ...«

»Was willst du schon erzählen?«

»Ich bin deine Schwester. Ich weiß alles über dich.«

»Ach ja? Willst du petzen, dass wir heimlich geraucht haben?«

»Ich könnte ihnen petzen, dass du ein eigenes Drogenproblem hattest.«

»Mach dich nicht lächerlich! Ich habe als Jugendliche gekifft! Wie jeder!«

»Jedenfalls zeigt es, wie instabil du bist. Wie du mit Lebenskrisen umgehst.«

»Ich hatte keine Lebenskrise!«

»Ich bin Millis leibliche Mutter. Du hast mich unter Druck gesetzt, damit ich sie dir gebe. Das nennst du keine Lebenskrise? Und jetzt schwänzt sie die Schule und treibt sich mit straffälligen Jugendlichen herum, ohne dass du die geringste Ahnung davon hast!«

Grit starrte Fiona perplex an.

Und Fiona fügte hinzu: »*Du* hast angefangen.«

»Vergiss, was ich gesagt habe! Du wirst nicht mit ihr reden. Wir fahren. Jetzt sofort.«

»Im Dunkeln? Und du behauptest, ich wäre verantwortungslos?«

»Es ist nicht dunkel.«

»Aber bald.«

Grit überlegte. Fiona hatte natürlich recht. Im Dunkeln den Weg hinunterzufahren, war Irrsinn. Die steilen Hänge, die schmalen Brücken, die Baumstämme, die teilweise so weit auf die Fahrspur ragten, dass man bis nah an den Abhang ausweichen musste. »Warum musstest du hierherkommen?«, fragte sie. »Von allen Orten dieser verdammten Welt ausgerechnet hierher! Ich werde diese Hütte nicht betreten! Morgen früh bei Sonnenaufgang sind wir weg.«

Damit stapfte sie zum Gatter und riss es so wütend auf, dass es laut gegen den Zaun knallte. Milli kam aus der Hütte gelaufen. »Was ist los?«

»Ins Auto«, sagte Grit nur.

»Wir fahren?« Milli sah enttäuscht zu Fiona. »Aber …«
»Wir schlafen im Auto, und morgen früh fahren wir nach Hause.«

Sie ging zum Auto und hielt Milli die hintere Tür auf.
»Hast du mich verstanden?«

Milli schaute noch einmal zu Fiona, die mit verschränkten Armen vor dem dunkler werdenden Bergpanorama stand. Als Milli zum Auto ging, musste sie den Sarg umrunden, der mitten im Weg lag. Sie stieg ein, Grit holte aus dem Kofferraum Decken und Kissen, die sie Milli reichte, dann warf Grit die hintere Tür zu und stieg vorne ein. Sie verriegelte die Türen und drehte ihre Rückenlehne nach unten.

»Es tut mir leid, Milli«, sagte sie. »Wir fahren morgen früh zurück. Es ist sinnlos hierzubleiben. Es hat keinen Zweck. Es war ein Fehler herzukommen.«

Milli sah durch die Fenster Fiona neben der Hütte stehen. Sie stand noch genau da wie zuvor. Milli wollte etwas zu Grit sagen, aber sie wusste nicht, was. Schließlich sagte sie nur: »Gute Nacht, Mama.«

Grit antwortete nicht. Milli sah, dass sie zitterte. Es war nichts zu hören, aber Milli spürte, dass sie lautlos weinte. Milli kuschelte sich auf ihr Kissen und in ihre Decke. Für einen Autorücksitz war es eigentlich recht gemütlich. Nur schlafen konnte sie trotzdem nicht. Der Gebirgsbach rauschte wieder durch ihren Kopf. Sie hasste diesen Gebirgsbach. Wo kam der jetzt dauernd her? Das hatte sie doch früher nie! Nur weil man plötzlich zwei Mütter hat? War dieses Rauschen das Geräusch von Angst? Hörte sich so Angst an? Ein wildes Schäumen und Sprudeln, das einen wegreißen konnte und in dem man ertrank, wenn man zu nah heranging und reinrutschte? Was sollte sie nur tun? Denken! Nicht an die Angst denken. Daran denken, was man tun konnte. Aber es war so schwer zu denken, wenn alles Denken vom Rauschen übertönt und weggespült wurde. Als sie sich später noch einmal aufrichtete, um nach Fiona zu schauen, stand sie immer noch wie angewurzelt an derselben Stelle.

12

Sie waren seit drei Tagen auf der Hütte, als das erste Gewitter aufzog. Es war den ganzen Tag heiß gewesen. Die Luft war klar, und die Sonne blendete schmerzhaft. In der Frühe, als sie aufwachten, lag tief unter ihnen eine dichte Wolkendecke. Die Wolken schwebten durchs Tal und schlossen das Land darunter vollkommen ab, teilten die Welt in unter den Wolken und über den Wolken. Als Grit und Fiona aus der Hütte liefen, fühlten sie sich wie die einzigen Menschen auf der Welt. Die einzigen Menschen außer ihrem Vater natürlich, der tief und fest schlief. Sie hatten ihn die ganze Nacht über gehört, er hatte sich im knarrenden Bett herumgeworfen, war aufgesprungen, in der Hütte auf und ab getigert. Sie hatten ihn ächzen hören, murmeln und wütend Schimpfwörter zischen. Gelegentlich erschrak Grit, wenn ein dumpfer Stoß erklang, auf den ein unterdrücktes Stöhnen folgte.

Grit hatte beobachtet, dass sein Vorrat langsam zur Neige ging. Er hatte zehn Flaschen mit klarem, durchsichtigem Schnaps mitgebracht. Wodka, wie sie auf einer der Etiketten gelesen hatte. Klar und durchsichtig wie ein Gebirgsbach, aber Grit wusste, dass er scharf schmeckte und giftig war. Ihr Vater trank jeden Tag mindestens eine Flasche, und jeden Tag wanderte eine weitere mit einem scharfen und giftigen Klirren aus der Tüte mit den vollen Flaschen in die hölzerne Kiste neben dem

Ofen. Grit fragte sich immer ängstlicher, was passierte, wenn der Schnaps leer war. Was plante er? Wie lange wollte er bleiben? Gab es einen Grund, warum er genau zehn Flaschen mitgebracht hatte? Was passierte, wenn die zehnte Flasche leer war? Würde er ins Tal fahren und neue kaufen? Brauchte er für das, was danach passierte, keine neuen Flaschen? Sie hatte ihn gefragt, wie lange sie bleiben würden, aber er hatte nur Scherze gemacht. »Vielleicht für immer, Bienchen!«

»Für immer? Aber wir können doch nicht für immer hier oben bleiben.«

»Warum denn nicht? Natürlich können wir! Wir können alles! Was immer wir wollen!« Er hatte gelacht, aber es war kein schönes Lachen gewesen, bei dem man gerne mitlachte, sondern eines, wie vielleicht ein Fuchs einen Vogel anlächeln würde, bevor er ihn packte. Er wandte sich Fiona zu: »Würde es dir gefallen, für immer hier oben zu bleiben?«

»Jaaa!«, rief Fiona. »Für immer! Ich will für immer hierbleiben! Mit dir und mit Grit!«

»Siehst du?«, sagte er mit einem zufriedenen Nicken.

Grit war natürlich klar, dass es einen Unterschied gab zwischen dem, was ihre kleine Schwester wollte, und dem, was sie konnten. Doch bevor sie etwas einwandte, rief Fiona: »Und mit Mama! Wann kommt Mama?«

Wieder sein Fuchslächeln. Grit hatte Angst, dass er sein Maul aufreißen und zuschnappen würde. Es dauerte nur einen winzigen Moment. So winzig, dass Fiona es nicht bemerkt hatte.

»Seid ihr nicht glücklich mit mir?«
»Doch, aber Mama soll kommen!«

»Wenn Mama kommt, dann musst du früh ins Bett gehen. Dann passt sie auf, dass du Zähne putzt und dich jeden Morgen wäschst. Draußen mit eiskaltem Wasser!« So, wie er es sagte, konnte es ein lustiges Spiel sein.

»Oh, nein«, rief Fiona. Für sie war es ein Spiel. »Dann soll Mama nicht kommen!«

Grit fragte: »Weiß Mama überhaupt, wo wir sind?«

»Natürlich weiß sie das. Was denkst du denn?«

»Warum haben wir uns nicht von ihr verabschiedet?«

»Weil sie bald kommt.«

»Wann?«

»Möchtest du sie anrufen? Wir fragen sie.«

»Wie denn? Es gibt ja hier oben kein Telefon.«

»Ach ja … Stimmt.«

»Wie konntest du denn das vergessen?«, rief Fiona.

Und Grit dachte: Ja, wie konntest du das vergessen.

*

Als Milli aufwachte, dämmerte es bereits. Grit hatte ihren Sitz noch weiter nach hinten gestellt, ein Kissen auf die Nackenstütze gelegt und die Decke bis zum Hals hochgezogen. Milli betrachtete sie eine Weile. Im Schlaf und mit der bis ans Kinn hochgezogenen Decke sah sie aus wie ein kleines Kind. Milli dachte: Wir müssen hierbleiben. Darüber hinaus war sie zu keinem Gedanken fähig. Seit dem Aufwachen – schon aus dem Schlaf heraus – hatte sie nur den einen Gedanken: Keiner darf hier weg!

Milli war nicht lange in der Hütte alleine gewesen. Die beiden hatten also nur wenige Augenblicke gebraucht, um sich so sehr zu streiten, dass sie nicht einmal unter einem Dach übernachten wollten. Wenn sie jetzt auseinandergingen, würden sie nie wieder zusammenkommen. Milli musste also dafür sorgen, dass sie blieben. Aber wie sollte sie das anstellen? Sobald Grit wach wäre, würden sie nach Hause fahren. Milli hatte also nicht viel Zeit, eine Lösung zu finden.

Sie könnte natürlich die Autoreifen zerstechen, aber sie hatte keine Ahnung, wie stabil Reifen waren. Würde sie das überhaupt schaffen? Oder würde sie, wenn sie so fest zustach, wie sie nur konnte, abrutschen und sich böse schneiden? Allein der Gedanke ließ sie vor Entsetzen beinahe ohnmächtig werden. Vor einem tiefen Schnitt hatte Milli scheußliche Angst. Und wo sollte sie überhaupt ein Messer herbekommen? Ob in der Hütte eines war? In einem Film hatte sie einmal gesehen, wie jemand die Motorhaube öffnete und ein Kabel herausriss. War das nur im Film so oder auch in Wirklichkeit? Milli wusste, dass der Hebel zum Öffnen der Kühlerhaube bei den Pedalen war. Neben den Füßen ihrer schlafenden Mutter. Aber da sie keine Ahnung hatte, welches Kabel sie herausreißen sollte, und also wahrscheinlich nur die Scheibenwischer lahmlegen würde, hatte es ohnehin keinen Zweck.

Der Gebirgsbach begann wieder zu rauschen. Eine Möglichkeit wäre natürlich, sich zu verstecken. Ohne sie würde Grit nicht losfahren. Aber wie lange konnte sie sich verstecken? Und was für einen Sinn sollte das haben? Grit und Fiona würden sie suchen. Bei einer Suche trennt man sich. Sie würden also jede für sich durch die Landschaft irren, bis Milli gefunden wäre. Und dann würden sie trotzdem nach Hause fahren.

Die Autoschlüssel! Es war doch ganz einfach! Sie musste nur die Autoschlüssel verstecken! Und am besten auch die Handys. Sie richtete sich auf und sah, dass der Schlüssel im Zündschloss steckte. Grits Handy lag auf dem Beifahrersitz. Würde sie es schaffen, beides zu holen, ohne dass Grit aufwachte? So langsam sie konnte schlug Milli ihre Decke zurück, richtete sich auf und begann, sich mit den Bewegungen eines Faultieres zwischen den Sitzen hindurch nach vorne zu schieben. Sie streckte ihren Arm aus. Dabei kam sie nah am Gesicht ihrer Mutter vorbei. Viel zu nah! Schließlich erwischte sie den Schlüssel und begann, ihn so langsam wie möglich aus dem Zündschloss zu ziehen. Mit einem leisen Klicken rutschte er aus dem Schlitz. Jetzt bloß nicht klimpern! Grit hatte einen furchtbaren Schlüsselbund mit all den Schlüsseln der Burg. Milli und Cora hatten sich schon oft darüber lustig gemacht, weil Grit damit wirkte wie der lustige Kastellan in einer alten Geschichte. Milli schloss ihre Hand vorsichtig um den Schlüsselbund, um jegliches Klappern zu ersticken. Dann griff sie nach dem Smartphone, das war einfach. Schließlich öffnete sie – auch das dauerte Ewigkeiten – die hintere Tür auf der Beifahrerseite, fischte ihre Schuhe, in denen die Strümpfe steckten, vom Wagenboden und stieg aus. Die Autotür lehnte sie nur leise an. Da ihre Füße ohnehin mit der ersten Berührung des Grases nass waren, lief sie barfuß, die Schuhe in der Hand. Fiona war nicht zu sehen. Der Sarg lag noch im Gras, und Milli umrundete ihn in einem weiten Bogen. Sie reckte sich auf die Zehenspitzen und versuchte, durch das kleine Fenster in die Hütte zu schauen, aber sie kam nicht hoch genug. Auch als sie auf den Tisch kletterte, konnte sie Fiona nicht sehen. In der Hütte war es zu dunkel, die kleinen gevierltelten Scheiben spiegelten zu sehr. Dafür fiel Milli auf, dass sie, wenn sie auf dem Tisch stand, über den Hängen oberhalb der Hütte, über den Bäumen und Wiesen, den Gipfel ihres Berges sehen konnte. Dort oben erhob sich grau und ein bisschen unspektakulär eine Felskuppe. Ob sie weit entfernt und riesig oder eher nah und bescheiden war, konnte Milli im dämmrigen Einerlei des frühen Lichts nicht erkennen. Auf jeden Fall gab es dort oben keine steilen Felswände und keine spektakuläre Spitze. Es sah eher aus wie die Häufchen, die Milli am Strand aus ihrer Hand mit nassem Sand tropfen ließ. Nur eben in groß. Zumindest stand ganz oben ein Kreuz. Die Luft war so klar, dass Milli es gegen den heller werdenden Himmel erkennen konnte. Sie fragte sich, wie wohl die Aussicht von dort oben war. Bestimmt herrlich. Sie war noch nie auf einem Gipfel gewesen.

Milli setzte sich auf den Tisch, und während sie sich mit dem Ärmel ihrer Jacke die Füße abtrocknete, fiel ihr Blick immer wieder auf den Sarg. Ihr kam ein befremdender Gedanke: Ob Fiona darin lag? Wieso stand er da so, mitten im Weg? Milli war natürlich davon ausgegangen, dass Fiona in der Hütte schlief. Aber vielleicht tat sie das gar nicht.

Die bringt sich um.

Während Milli sich Strümpfe und Schuhe anzog, ließ sie den Sarg nicht aus den Augen. Schließlich stieg sie von der Bank und ging hinüber. Der Deckel war sorgfältig geschlossen, es gab keinen Schlitz, durch den sie hineinsehen konnte. Und anfassen wollte sie das Ding auf keinen Fall. In ihrer Vorstellung wurde Fionas Körper in der hölzernen Kiste immer greifbarer.

Milli schaute zur Hütte hinüber. Sie lief zur Tür und öffnete sie. Zum Glück knarrte sie kein bisschen. Der Hüttengeruch war noch intensiver als am Tag zuvor, als die Tür offen gestanden hatte. Als Milli hineinschlich, erschrak sie: Im Gegensatz zur Tür knarrte der Holzboden sehr wohl. Sie blieb auf der Stelle stehen, doch sie konnte ohnehin schon sehen, dass Fiona auf dem unteren Bett lag. Ihr dunkler Haarschopf lag auf dem Kissen wie ein seltsames Tier. Auf dem Tisch lag ein bunter Stoffbeutel, aus dem Fiona allerlei Sachen herausgekramt hatte: ein Notizbuch, Stifte, Cremes, Tabletten, Taschentücher, drei Tampons, eine halb volle Packung Gummibärchen – ihr Handy und ihr Autoschlüssel.

Von draußen erklang sanft das Plätschern des dünnen Wasserstrahls in die Tränke.

Milli hielt Fionas Handy über die Wasseroberfläche und zögerte einen Moment. Dann ließ sie es los. Langsam versank es, wobei kleine Luftbläschen aufstiegen, stand einen Moment auf einer Kante auf dem hölzernen Grund und legte sich schließlich langsam hin, als ob es eingeschlafen wäre. Und das war es wohl auch. Milli versenkte auch Grits Handy und die beiden elektrischen Autoschlüssel in der Tränke.

Als sie ihr eigenes Handy ebenfalls ins Wasser legen wollte, sah sie, dass Lawine eine Nachricht geschickt hatte: *Alles klar, Kleines?* Milli beschloss, Lawine anzurufen und um Rat zu fragen. Es dauerte ewig, bis Lawine den Anruf annahm.

»Du hast Glück, dass ich noch auf bin«, sagte Lawine zur Begrüßung. »Seit wann machst du die Nächte durch, Kleines?«

»Ich konnte nicht schlafen.«

»Erzähl.«

Milli erzählte Lawine alles, was sie noch nicht wusste. Die Fahrt, Grits Geständnisse, Fiona mit dem Sarg auf der Alm, der Streit wegen des Anwalts, den sie gehört hatte, obwohl die beiden versucht hatten, leise zu sprechen, was ihnen in ihrer Erregung schlecht gelungen war, die Nacht im Auto und die versenkten Handys und Autoschlüssel.

»Die Handys hättest du verstecken und mir geben sollen. Die hätten schön was gebracht.«

»Es geht nicht um die Handys.«

»Ich weiß. Ein Anwalt ist natürlich scheiße. Das wird ätzend, sage ich dir. Dann unterhalten sich irgendwelche Frauen mit dir, die freundlich tun, aber nur wollen, dass du Dinge sagst, die du gar nicht erzählen willst. Ich habe das schon zwei Mal mitgemacht. Mir ist das egal, aber für dich ist das nichts.«

»Aber ich weiß nicht, was ich tun soll!«

»Du könntest dich natürlich für eine der beiden entscheiden und die andere in den Wind schießen.«

»Lawine!«

»Ich weiß schon. Ist auch nichts für dich ...« Milli hörte, wie Lawine sich eine Zigarette anzündete und den Rauch ausblies. »Trotzdem musst du dich entscheiden. Bei irgendwem musst du ja bleiben. Und wenn sie nicht miteinander können ...«

»Ich kann mich nicht entscheiden! Ich will mich nicht

entscheiden!«, rief Milli verzweifelt. Zum Glück war sie während des Telefonierens zum Baumstammtisch hinüber gegangen, um Grit nicht zu wecken, wobei sie wieder den Sarg umrunden musste. In ihrer Erregung stieg sie über eine der Bänke auf den Tisch und ging dort oben hin und her.

»Reg dich nicht auf. Deine Idee ist gut. Die dürfen nicht weg. Die müssen miteinander reden.«

»Die reden nicht, die streiten nur.«

»Die müssen reden.«

»Aber wie soll ich das anstellen?«

»Sperr sie in die Hütte.«

»Das geht nicht. Der Riegel ist kaputt. Außerdem weigert sich Mama – also Grit –, die Hütte zu betreten.«

»Warum macht die eigentlich so ein Geschiss um diese Hütte?«

»Ich weiß nicht. Sie sagt ja nichts.«

»Mütter sind wie Kinder. Das Leben wird leichter, wenn du das begriffen hast. Du musst sie behandeln wie Kinder. Du musst klare Botschaften senden. Und manchmal musst du konsequent sein. Auch wenn es wehtut. Lass dir was einfallen. Die müssen miteinander reden.«

Millis Blick fiel auf den bunten Sarg. Und in diesem Moment leuchtete der Berggipfel oberhalb der Hütte, über den Bäumen und Wiesen, orange auf. Die aufgehende Sonne brachte den Felsen zum Strahlen. Das winzige Gipfelkreuz glühte auf, und während sich das Orange auf dem Felsen in Zeitlupe ausbreitete und nach unten wuchs, spiegelte das Kreuz einen blendenden Lichtpunkt direkt in Millis Augen.

*

Grit wachte vor Fiona auf. Auf einem Autositz lässt sich nicht lange schlafen. Sie stieg aus und kam näher. Durchs Gatter ging sie allerdings nicht. Offenbar hatte sie nicht vor, den umzäunten Bereich um die Hütte noch einmal zu betreten. Milli saß im Schneidersitz auf dem Baumstammtisch. Die Sonne war inzwischen so hoch gestiegen, dass Milli in ihren warmen Strahlen saß.

»Guten Morgen, Milli.«

»Guten Morgen, Grit.«

Grit zuckte zusammen, als Milli sie nicht mit *Mama* anredete. »Ich brauche wohl nicht zu fragen, ob du gut geschlafen hast?«

Milli hob nur kurz eine Schulter.

»Hör zu, es tut mir alles so leid.« Grit sah zur Hütte hinüber. »Wir reden zu Hause in Ruhe über alles. Komm, wir fahren. Unten gehen wir erst einmal frühstücken. – Du hast nicht zufällig mein Handy gesehen? Ich dachte, ich hätte es gestern Abend auf den Beifahrersitz gelegt.«

In diesem Moment öffnete sich die Tür der Hütte, und Fiona erschien. Sie mied jeden Blickkontakt mit ihrer Schwester, aber als sie Milli in der Morgensonne auf dem Tisch sitzen sah, lächelte sie beseelt. »Wie schön das aussieht! Warte, ich mache ein Foto von dir.«

Sie verschwand in der Hütte. Grit seufzte. »Komm jetzt, Milli.«

Doch Fiona tauchte schon wieder auf. »Ich finde mein Handy nicht. Egal. Such ich später.« Sie betrachtete Milli noch einmal. »Wäre schon ein tolles Foto …«

Grit wandte sich ab, ging hinüber zum alten Heuschober und öffnete die Tür zum Plumpsklo, als sie erstarrte. »Das glaube ich nicht!« Sie fuhr herum, blanke Wut in den Augen. »Du bist krank!«, schrie sie Fiona an. »Du bist vollkommen krank!«

»Was ist los? Ich habe überhaupt nichts gemacht.« Da die Ursache für Grits Wut offenbar in der Tränke lag, ging Fiona durch das Gatter hinüber und schaute hinein. Im kristallklaren Wasser lagen drei Handys, ein Schlüsselbund und ein einzelner Autoschlüssel.

»Autsch«, sagte Fiona.

»Was willst du damit erreichen? Du machst alles nur noch schlimmer!«

»Grit! Ich habe damit nichts zu tun! Ich habe geschlafen!«

»Das hier ist ein typischer, kurzsichtiger, durchgeknallter Fiona-Scheiß. Also lüg mich nicht an!«

»Ich war's nicht!«, schrie Fiona.

»Ach, nein? Wer war es denn sonst?«, schrie Grit zurück.

»Ich.« Die beiden Schwestern erstarrten und sahen zu Milli hinüber, die immer noch im Schneidersitz in der Morgensonne saß wie ein kleiner Guru und in aller Ruhe wiederholte: »Ich war das.«

»Milli ... Was soll das?«, fragte Grit fassungslos.

»Wir brauchen die Handys nicht. Und die Autoschlüssel auch nicht. Das Einzige, was wir jetzt brauchen, ist der Sarg.«

Alle drei schauten auf Fionas Sarg, der zwischen ihnen im taufeuchten Gras lag.

Milli stellte sich auf. Eine Weile stand sie einfach nur auf dem Tisch, hinter sich das herrliche Bergpanorama, und sah ihre beiden Mütter an. Schließlich wies sie mit einem Arm den Berg hinauf und sagte mit klarer Entschlossenheit: »Ihr beide werdet den Sarg da hoch schaffen. Diejenige, die länger durchhält, erkenne ich als meine Mutter an. Wer aufgibt, ist raus.«

13

Allein die Reaktion der beiden Schwestern war es wert, dachte Milli später. Die ungläubigen Blicke. Bei der einen wandelte sich das Erstaunen bald in Wut, bei der anderen in Belustigung.

»Ist *raus*? Milli, das ist Schwachsinn«, sagte Grit.

»Du musst nicht mitmachen«, erwiderte Milli. »Aber dann bist du raus. Ich ziehe zu Fiona. Deine Entscheidung.«

»Du kannst nicht zu Fiona ziehen. Du kannst das nicht entscheiden!«

»Wer soll das entscheiden, wenn nicht ich?«

»Milli, du bist noch ein Kind! So etwas entscheiden Erwachsene.«

»Nur ein Kind … Über das man bestimmen darf. Dem man die Wahrheit verschweigt. Um das man sich zankt wie um ein Ding. Ich gehöre nicht euch! Ich gehöre nur mir selbst! Ich bin elf. Ich kann jeden Moment meine erste Periode bekommen, und dann bin ich eine Frau, und dann könnt ihr mich alle beide mal!«

»Aufgeklärt bist du auch schon …«, sagte Fiona.

Milli biss sich wütend auf die Unterlippe. »Jedenfalls weiß ich, wie man nicht schwanger wird, wenn man es nicht will.«

Fiona starrte sie an, während Grit unwillkürlich lächeln musste.

»Glaubt nicht, dass ihr über mich bestimmen könnt.«

»Dann glaub du nicht, dass du über uns bestimmen kannst!«, erwiderte Grit.

Und Fiona sagte: »Milli, ich habe diesen Sarg da nicht gebaut, um ihn einen Berg hoch zu schleppen!«

Milli zuckte nur mit den Schultern. »Vielleicht doch. Du hast es nur noch nicht gewusst.«

»Weißt du überhaupt, wie weit das ist?«, fragte Grit.

»Ein Tagesmarsch. Hin und zurück. Heute Abend wären wir wieder unten«, sagte Fiona.

»Fiona, ich weiß, wie weit das ist. Das war eine rhetorische Frage! Außerdem sind wir nicht heute Abend wieder unten. Nicht mit diesem albernen Sarg! Weißt du, was für eine verfluchte Schlepperei das wird?«

»Ich glaube, das ist die Idee«, sagte Fiona.

Und Milli bestätigte: »Ihr tragt ihn hoch auf den Gipfel. So könnt ihr beweisen, wie viel es euch wert ist, meine Mutter zu sein.«

»Muttersein ist doch keine Frage der Beinmuskulatur!«, hielt Grit weiter dagegen.

»Wenn man etwas erreichen will, dann kommt es nicht auf die Kraft an. Das hast du mir selbst immer wieder gesagt, Grit. Es kommt auf den Willen an. Ich habe ein Recht darauf zu wissen, ob ihr es wirklich *wollt*.«

Eine Weile herrschte Schweigen. Grit ging ein paar Schritte weg und dachte nach. Schließlich wandte sie sich mit einem Kopfschütteln um. »Das ist albern! So etwas Idiotisches habe ich noch nie gehört! Lass uns in Ruhe über alles reden.«

»Dazu habt ihr ja dann genug Gelegenheit.«

»Ich will nicht mit Fiona reden! Ich will mit dir reden!«

Milli verschränkte die Arme vor der Brust und erwiderte nichts.

»Nein«, sagte Grit entschlossen und verschränkte ebenfalls die Arme vor der Brust. »Niemals.«

Fiona lächelte. Die Idee schien ihr langsam zu gefallen. Sie wandte sich Grit zu: »Du kannst ja kneifen.«

»Kneifen? Ich? Das soll wohl ein Witz sein. Wer ist denn sein Leben lang weggelaufen? Wer hat denn immer schon gekniffen?«

»Umso besser für dich. Dann hältst du ja länger durch.«

»Ich fange gar nicht erst an!«

»Siehst du? Du verweigerst dich. Immer schon. Und dann bin ich der Buhmann!«

»Fiona, ich werde nichts mit dir zusammen machen! Niemals mehr!«

»Wir machen es nicht zusammen. Wir machen es gegeneinander.«

*

Grit überlegte fieberhaft, ob sie die restlichen Flaschen ausleeren sollte. Sie hasste es, wenn er betrunken war. Es war beängstigend. Er war nicht mehr derselbe. Er bemühte sich immer, wach und aufgeweckt zu wirken, aufgeschlossen und freundlich. Aber er sprach zu laut. Er lachte zu hart. Seine Worte klangen, als ob er jedes einzelne bewältigen musste. Seine Zunge weigerte sich, das Schauspiel mitzuspielen. Sie verriet ihn. Und auch seine Augen verrieten ihn. Wenn er die Mädchen anstrahlte, dann drehten sie sich unwillkürlich weg. Irgendwohin nach oben. Er hatte immer gedacht, sie würden nicht merken, wenn er unsicher ging und sich am Türrahmen festhalten musste. Er dachte, sie würden seinen scharfen Atem nicht riechen. Er dachte, wenn sie nichts sagten, würden sie nichts merken. Aber was sollten sie sagen? Bei einem Straßentheater hatte Grit einmal gesehen, wie schwarz gekleidete Puppenspieler mit langen Stangen eine große Puppe bewegt hatten. Mit einem starren Gesicht, in dem nur ein absurder Unterkiefer auf und ab klappte und groteske Augäpfel rundherum rollten. Die Puppe hatte Grit Angst gemacht. Sie hatte ihre Eltern versucht wegzuziehen, doch ihr Vater hatte sich gegen sie gestemmt. »Was denn? Ist doch lustig!«, hatte er gesagt. »Sieht das nicht toll aus? Schau mal genau hin, wie sie das machen!« Doch Grit hatte nicht hinschauen wollen. Die rollenden Augen machten ihr Angst. Als die Puppenspieler auf ihre Familie aufmerksam wurden, kamen sie sogar zu ihnen herüber. Der schreckliche Stockriese streckte seine Hand nach Grit aus, doch sie sah nicht hin. Erst als die kleine Fiona auf Papas Arm zu weinen anfing, hatte er Gnade. An diesen unheimlichen Stockmann musste Grit denken, wenn ihm die Augen wegrollten. Die Stangen und die schwarzen Puppenspieler waren nicht zu sehen, aber sie waren da. Sie waren aus Glas und ihr Inhalt war giftig.

Anfangs war Grit arglos gewesen. Sie glaubte tatsächlich, er wollte einen schönen Urlaub mit ihnen verbringen. Er brachte sogar seine Gitarre mit. Allein dadurch ließ sie sich täuschen. Der Anblick des Instruments gaukelte ihr schöne Abende am Lagerfeuer vor. Fiona und sie halb schlafend unter einer Decke, während er seine alten Lieder spielte. Doch er spielte nicht einen Ton. Hier oben, in der Berghütte, versuchte er nicht einmal mehr, seine Trunkenheit zu verbergen. Natürlich bemühte er sich, so normal wie möglich zu wirken, aber es dämmerte ihm wohl, dass es sinnlos war.

Grit wusste, dass er sie anlog. Mama könnte überhaupt nicht zu ihnen kommen, weil sie ja nur ein Auto hatten. Und das stand hier oben bei ihnen.

»Ich will nach Hause«, sagte sie.

Er blickte lange in die Ferne. Dann sagte er, ohne sie anzusehen: »Na schön, ich will dir die Wahrheit sagen. Wir können hier nicht weg. Da ist eine durchsichtige Wand um diesen Berg.«

»Eine durchsichtige Wand? Wo?«, fragte Fiona aufgeregt.

»Du kannst sie nicht sehen.«

»Dürfen wir sie anfassen? Ich will sie anfassen!«

»Nein, Fiona. Erstens ist es zu weit, und zweitens weiß ich nicht, ob es gefährlich ist.«

»Hast du sie gesehen?«, rief Fiona.

»Man kann sie nicht sehen.«

»Natürlich, wie dumm von mir!«

Grit sagte nichts weiter, obwohl sie ihm nicht glaubte. Was für eine Wand sollte das sein?

»Ich bin dagegen gelaufen. Hier, seht ihr?« Er präsentierte seinen Töchtern die blaue Beule, die er seit dem vorigen Morgen hatte. Grit hatte in der Nacht wieder dumpfe Stöße gehört. Sie wusste inzwischen, dass er seine Fäuste und – wie ihr nun klar wurde – seine Stirn gegen die Wand schlug.

»Ich habe mir böse den Kopf daran gestoßen, als ich

spazieren war. Und ich habe Tiere gesehen, die dagegen gelaufen sind. Ein Reh. Und einen Fuchs.«

»Ich will dahin!«, rief die kleine Fiona begeistert.

»Es ist zu weit für dich, Schmetterling.«

»Dann fahren wir mit dem Auto!«

»Das dürfen wir auf keinen Fall! Stell dir vor, wir fahren dagegen! Dann verletzen wir uns! Und wir können doch keine Hilfe holen.«

Fiona redete immer wieder von der durchsichtigen Wand. Es beschäftigte sie in einem fort. Sie glaubte fest daran. Sie glaubte alles, was er sagte.

*

Milli hatte Angst gehabt, dass es nicht funktioniert. Dass sie sich weigern würden. Aber das taten sie nicht. Sie hatten schließlich beide zugestimmt. Fiona hatte die Handys aus dem Trog gefischt. »Die brauchen wir wohl nicht mitzunehmen«, sagte sie, während das Wasser herabtropfte. »Schade um meine Kontakte.«

»Du wolltest deine Vergangenheit doch ohnehin begraben.«

Fiona funkelte ihre Schwester an. »Ich habe mir nur kein Seebegräbnis vorgestellt …«

»Wir sollten genug zu trinken mitnehmen. Es wird heute ganz schön heiß.«

»Du gibst doch sowieso in einer halben Stunde auf«, sagte Fiona.

Grit ging nicht darauf ein. »Außerdem sollten wir etwas zu essen dabeihaben.« Grit holte ihren Autoschlüssel aus dem Wasser und ging zu ihrem Wagen.

»Das kannst du vergessen«, sagte Fiona.

Anstatt den Kombi per Knopfdruck elektronisch zu entriegeln, klappte Grit den Schlüssel aus, steckte ihn ins Schlüsselloch und schloss auf.

»Hups!«, sagte Milli. »Darauf bin ich nicht gekommen.«

»Tja, da sind wir ja mal gespannt, was du bei deiner tollen Idee noch alles nicht bedacht hast …«

Sie legten auf den Tisch, was sie in den beiden Autos fanden: eine halbe Packung Kekse, Kaubonbons, die beiden Käsebrötchen von der Autobahnraststätte, eine angeschmolzene und wieder hart gewordene Tafel Schokolade, Fionas Gummibärchen, eine Tüte Nachos sowie drei Äpfel, ein halbes Bio-Brot und ein Stück Gouda, die Grit von zu Hause mitgebracht hatte.

Auf dem Boden von Fionas Auto fanden sich außerdem sieben leere Colaflaschen aus Plastik zu je einem halben Liter, die sie im Trog auswuschen und mit frischem Wasser füllten. Grit packte alles in eine Umhängetasche, in der sie ihre und Millis Übernachtungssachen mitgebracht hatte.

»Leider haben wir keine Sonnencreme.«

Fiona erwiderte: »In einer halben Stunde wirst du kaum …«

»*Fiona!*«, fiel ihr Grit ins Wort. »Spar dir deinen Scheißspruch! Ich werde nicht aufgeben!«

»Ist ja gut. Kein Grund, nervös zu werden.«

»Ich trage die Tasche«, sagte Milli.

»Nein, tust du nicht«, sagte Grit. »Du bleibst hier.«

»Ich komme mit!«

»Milli, das kannst du nicht!«

»Warum sollte ich das nicht können?«

»Weil ... Das weißt du ganz genau.«

»Wegen meinem Fuß? Glaubst du auch, dass ich damit nichts hinkriege? Wie alle in der Schule? Das kriege ich nämlich sehr wohl!«

»Milli, ich weiß ...«

»Nein, das weißt du offenbar nicht! Offenbar sagst du das immer nur! Aber ich werd's dir zeigen!«

»Ich meine doch nur ... Sonst läufst du keine hundert Schritte, wenn ich mal mit dir spazieren gehen will. Am Strand oder so.«

»Der verfluchte Strand ist auch sterbenslangweilig.«

»Aber es wird anstrengend. Es geht die ganze Zeit bergauf.«

»Mach dir um mich keine Sorgen«, sagte Milli. »Ich schaffe das. Ich fahre jeden Tag vierzehn Kilometer mit dem Rad.«

»Aber ...« Grit saß in der Zwickmühle. Sie konnte die Worte *verkürztes Bein*, *Fehlstellung der Hüfte* oder *orthopädische Schuhe* natürlich nicht aussprechen.

Milli zuckte nur mit den Schultern. »Ich will mit. Außerdem traue ich euch nicht.«

»Warum traust du *mir* nicht?«, fragte Fiona.

»*Ich* werde entscheiden, wer aufgegeben hat und wer meine wahre Mutter ist.«

Grit schüttelte den Kopf. »Ich glaube das alles nicht ...«

»Wer geht voraus, und wer geht hinten?«, fragte Fiona.

»Hinten ist anstrengender.«

»Warum sollte hinten anstrengender sein?«

»Schwerkraft? Schon mal gehört?«, fragte Grit spöttisch. »Wenn wir den Sarg schräg bergauf tragen, ist er hinten schwerer.«

»Du könntest mit deinen kurzen Beinchen vorausgehen«, spottete Fiona. »Dann wäre der Sarg gerade.«

»Sehr witzig.«

»Außerdem ist er schlechter zu greifen, wenn man vorausgeht. Dann muss man die Hände so nach hinten auf den Rücken tun. Das ist blöd.«

»Am besten ist, wir wechseln ab.«

»Wann genau wechseln wir ab?«

»Alle zehn Minuten?«

»Blödsinn, dann müssen wir ihn ja dauernd abstellen.«

»Also alle halbe Stunde.«

»Milli schaut auf die Uhr.«

»Am besten stellt sie einen Timer.«

»Welche Uhr?«, fragte Milli und sah auf die Handys, die in der Sonne trockneten.

»Also schätzen wir«, sagte Fiona. »Wir werden uns schon einig werden.«

»Okay.«

Sie reden, dachte Milli glücklich. Sie haben sogar eine Einigung erzielt. Es funktionierte jetzt schon!

*

Als sie vor dem Sarg standen, jede an einem Ende, zögerte Grit, sich zu bücken und ihn hochzuheben. Gestern hätte sie schon kotzen können, als sie ihn nur aus der Ferne sah. Und jetzt würde sie ihn nicht nur sehen, sondern anfassen. Schleppen. In einem fort vor der Nase haben. *Was tue ich hier?!*

Wie lang würde das gehen, fragte sie sich. Wirklich nur eine halbe Stunde? Zumindest hatte sie bessere Schuhe als Fiona. Während die nur ihre modischen Sneakers trug, mit denen sie bei der erstbesten Gelegenheit ausrutschen würde, hatte Grit in der Burg ihre eingestaubten Arbeitsschuhe in den Kofferraum geworfen. Robust und mit einem ordentlichen Profil.

»Dann mal los«, sagte Fiona.

»Seit wann gibst du hier die Befehle?«, fragte Grit gereizt. Und sagte ihrerseits: »Also los.«

Sie bückten sich, hoben den Sarg hoch, den Grit überraschend leicht fand. Sie hatte erwartet, er sei schwerer. »Besonders solide ist er nicht gebaut.«

»Jetzt beschwer dich noch!« Fiona drehte sich, griff um und hielt ihr Ende hinter dem Rücken.

»Geht's?«, fragte Grit.

»Nicht wirklich. Aber ich freue mich schon, wenn du vorne bist.«

Und dann marschierten sie los.

14

Gleich nach der bewachsenen Böschung oberhalb der Hütte hatten sie einen herrlichen Blick über die Almwiesen. Ein weiter Hang führte im Sonnenlicht direkt hinauf in den strahlend blauen Himmel. Das Grün floss in weichen Kaskaden darüber. Zu beiden Seiten standen dicht an dicht unzählige Kiefern, als ob sich im Wald herumgesprochen hätte, dass zwei verrückte Frauen eine Holzkiste schleppten und alle Bäume zusammengeströmt waren, um aus sicherem Abstand einen neugierigen Blick zu riskieren. »Hier sieht es aus wie auf der Milchpackung«, sagte Milli.

Zu Beginn lief es prima. Sie marschierten wacker los. Für Grit, die hinten ging, war es lediglich ein Problem, dass sie ihre Füße nicht sehen konnte. Sie kamen also schnell darauf, dass sie die Trampelpfade, die das Vieh hinterlassen hatte, nicht gehen konnten. Die Klauen hatten tiefe Löcher in den Boden getreten, die nun getrocknet und hart und damit perfekte Stolperfallen waren. Also wichen sie auf das Gras aus. Dort lief es sich anstrengender, weil es weich war, aber dafür halbwegs stolperfrei.

Milli lief voraus. Sie hatte sich die Tasche mit den Vorräten und dem Wasser um die Schultern gehängt. Grit hatte sie ermahnt, dass sie Bescheid sagen sollte, wenn ihr die Tasche zu schwer würde.

»Ich schaffe das schon, Mama.«

»Sie schafft das schon«, bekräftigte Fiona.

»Sag einfach Bescheid.«

So wanderten sie also den Berg hinauf: vorneweg Milli und hinter ihr die beiden Frauen mit dem rot und pink und bunt lackierten Sarg. Die Sonne schien trotz der frühen Stunde schon recht warm, über ihnen wölbte sich ein unendlicher, vollkommen wolkenloser, blauer Himmel, und vor ihnen lag die Wiese mit struppigen Inseln von Alpenrosen, denen sie ausweichen mussten. Weit voraus konnten sie nicht sehen, sondern nur bis zur nächsten Wölbung des Geländes. Darüber sahen sie nur – hoch oben – die schroffe und schartige Kuppe des Gipfels.

»Wie heißt der Berg eigentlich?«, fragte Milli und wies nach oben.

»Gamsköpfel«, antwortete Grit.

»Woher weißt du das?«

»Wir waren sogar schon da oben. Unterwegs gibt es einen kleinen See, da sind wir manchmal geschwommen.«

»Gamsköpfel … Klingt niedlich«, kommentierte Milli.

Grit nickte. Ihr wurde mulmig zumute, als sie hinaufschaute. Doch der Gipfel war weit entfernt, und eigentlich wirkte er an diesem herrlichen Tag wirklich niedlich und keineswegs so bedrohlich, wie sie ihn in Erinnerung hatte. Vor allem, weil keine von ihnen damit rechnete, überhaupt dort oben anzukommen. Beide Frauen vertrauten vollkommen auf die Unfähigkeit der Schwester.

Grit atmete tief durch. »Ich hatte ganz vergessen, wie gut es hier riecht.«

»In einem Katastrophenfilm würden die Zuschauer

jetzt denken: Wie können die Weiber so dämlich sein und einfach in ihr Unglück rennen«, scherzte Fiona.

»Was für eine Katastrophe? Es gibt keine Katastrophe.«

»Genau *das* denken die Leute in den Katastrophenfilmen auch immer.«

Nachdem sie den ersten Hang gemeistert hatten, waren sie recht guter Dinge. Doch bald stellte sich heraus, dass ihre Hände vom Greifen schmerzten und verkrampften. Die Schwachstelle waren nicht die Beine, nicht die Arme, nicht der Rücken, es waren die Finger. Vor allem war sehr lästig, dass der Sarg jedes Mal, wenn Grit stolperte, aus Fionas Händen rutschte und ihr beim Hinfallen gegen die Beine schlug. Und wenn der Sarg beim Fallen zur Seite kippte, fiel der Deckel ab.

Als der Sarg wieder einmal im Gras lag, schlug Grit vor: »Vielleicht können wir ihn ziehen. Wir machen Seile dran und ziehen ihn hinter uns her.« Und an Milli gewandt: »Falls unser Schiedsrichter das zulässt!«

»Was für Seile?«, fragte Fiona. »Wir haben keine Seile.«

»Vielleicht Schals? Oder Kleidungsstücke?« Grit überlegte, ob sie nicht irgendetwas Brauchbares in ihrem Kofferraum hatte. »Die Abschleppseile!«, rief sie. »Wir befestigen sie an den Griffen und –«

»Das halten die Griffe nicht aus«, erwiderte Fiona. »Die sind nur Deko.«

Grit klappte einen der Griffe hoch und runter und nickte. »Tja, da hättest du wohl ein bisschen solider arbeiten sollen.«

»Mir war nicht klar, dass ich das Ding mal einen Berg hochschleppen muss!«

»Also tragen wir ihn weiter.«

»Jetzt gehst du vorne«, forderte Fiona.

»Warum nicht. Wenn du schon schlapp machst.«

Beide unterdrückten ein Stöhnen und nahmen den Sarg wieder auf. Plötzlich rief Fiona: »Die Gurte!«, und ließ den Sarg fallen, wobei er Grit aus den Fingern rutschte und gegen die Beine schlug.

»Au! Pass doch auf!«

»Die Gurte!«, wiederholte Fiona. »Mit denen ich ihn auf dem Autodach festgebunden habe. Die benutzen wir wie diese Umzugstypen! Binden sie uns um die Schultern und hängen den Sarg rein!«

Grit nickte. Sie musste zugeben, dass Fionas Idee gut war. »Schlaues Mädchen. Wer holt sie?«

»Du natürlich! Ich hatte die Idee!«

»Es ist dein Sarg, du hast uns das Ganze hier eingebrockt.«

»Was ist los mit dir? Kannst du etwa jetzt schon nicht mehr?«

Sie bemerkten, dass Milli sie schweigend ansah. Grit holte tief Luft. »Natürlich kann ich noch. Kein Problem. Von mir aus gehe ich.«

»Nein, schon gut, ich gehe«, erwiderte Fiona.

»Lass nur, ich mache das gerne.«

»Geht doch zusammen«, schlug Milli vor.

Die Schwestern seufzten. »Gut. Gehen wir zusammen. Du wartest hier, Milli. Du rührst dich nicht von der Stelle.«

»Warum? Was soll hier schon passieren?«

»Rühr dich einfach nicht von der Stelle. Es sei denn, eine Kuh trampelt über dich drüber. Vor allem, klettere nirgendwo herum.« Sie wies auf einen mannshohen

Felsen, der ein Stückchen oberhalb aus der Wiese ragte. »Hast du verstanden?«

»Verstanden.«

»Gehen wir«, sagte Grit und begann, den Hang hinab zu stapfen.

Fiona raunte Milli zu: »Findest du es schön, wenn sie so streng ist? Das ist nicht schön, oder? Ich habe das immer gehasst.«

»Fiona, komm einfach, okay?«

Fiona eilte ihrer Schwester hinterher. Als sie Grit fast erreicht hatte, sagte sie: »Wenn du mich fragst, blufft sie nur.«

»Sei dir da mal nicht so sicher. Du kennst sie nicht.«

»Kann ich nichts sagen, ohne dass du sofort mit einem versteckten Vorwurf um die Ecke kommst?«

»Wenn du es so verstehst …«

Grit blickte sich noch einmal um und sah, dass Milli auf dem Sarg saß. Auf dem roten Sarg, inmitten der Bergwiese mit den Alpenrosen, und den unzähligen bunten Tupfen der Kräuterblüten vor dem Gipfel des Gamsköpfels und unter dem wundervollen blauen Himmel. Als sie ihr zuwinkte, winkte Milli zurück.

Eine Weile liefen sie schweigend bergab. Sie gingen nicht nebeneinander. Grit ging voraus, und Fiona folgte ihr in mehreren Schritten Abstand.

»Milli hat mir erzählt, du arbeitest als Sozialarbeiterin«, sagte Fiona zu Grits Rücken. Der Ton hätte unter normalen Umständen als freundlich gelten können, aber Grit hörte sehr wohl den sarkastischen Unterton heraus.

»Ich dachte, wir reden nicht über unsere Vergangenheit.«

»Ist ja gar nicht deine Vergangenheit. Ist deine Gegenwart.«

Darauf erwiderte Grit nichts.

»Jugendamt …«, begann Fiona von Neuem.

Grit schwieg.

»Die schweren Fälle … Ausgerechnet?«

»Ausgerechnet. Und stell dir vor, ich bin richtig gut darin.«

»Richtig gut in komplizierten Familiengeschichten?«

»Fiona, halt einfach die Klappe.«

»Wem willst du damit etwas beweisen?«

»Ich freue mich schon auf den Anblick, wenn du zusammenbrichst und nicht mehr aufstehst. Ich bin mir noch nicht sicher, ob ich mich dann um dich kümmere, oder ob ich dich einfach liegen lasse.«

»Wie du es schon mit *ihm* gemacht hast …«

Grit fuhr herum und funkelte ihre Schwester böse an. »Ich warne dich. Halt einfach deinen verfluchten Mund!«

Da Grit weiterging, redete Fiona wieder zu ihrem Rücken. »Seht her, ich komme mit den schwierigsten Fällen zurecht! Ich bin ja so rational und psychologisch. Ich komme mit *allen* zurecht. Nur mit einer nicht: mit meiner kleinen Schwester. Also ist es ihre Schuld, dass alles verkorkst ist. Mit der kann niemand zurechtkommen. Meine Schwester, der menschliche Tornado! Dreht sich nur um sich selbst und hinterlässt eine Schneise der Verwüstung, wo immer sie durchrauscht.«

Als sie bei der Hütte ankamen, hob Grit die beiden blauen Gurte auf, die immer noch da lagen, wo Fiona sie beim Abladen des Sarges fallen gelassen hatte.

»Gehst du bei der Arbeit auch so willkürlich vor wie in deinem eigenen Leben?«, setzte Fiona ihre Unterhaltung fort. »Schiebst die Schuld zu, wie es dir passt?«

Hör auf! « Für einen Moment sah es so aus, als würde Grit Fiona ohrfeigen. Ob sie schon ausgeholt hatte oder nur wild gestikulierte, wusste sie selbst nicht genau. Allein schon ihr Finger, mit dem sie Fiona dann aufzuspießen drohte, wirkte lebensgefährlich. »*Deinetwegen* ist es so weit gekommen! Nur deinetwegen! Ich wollte weglaufen. Ich wollte mit dir den Berg runter. Ins Dorf. Zu einem Telefon. Mama anrufen. Hilfe rufen. Aber du musstest uns ja verraten.«

»Du hättest alleine gehen können.«

»Und dich zurücklassen?«

»Rede dir nichts ein, Grit. Du bist nicht meinetwegen geblieben. Du hattest einfach nicht den Mumm wegzulaufen. Du hattest Schiss. Nur deshalb ist es so weit gekommen. Weil du Angst hattest. Du bist ein Angstbeißer. Erst hast du ihm die Kehle durchgebissen und dann mir.«

»Die Kehle durchgebissen? Merkst du eigentlich, was für einen Scheiß du da faselst?«

»Du hättest ihm helfen können, und du hättest mir helfen können. Aber du hast es nicht getan.«

»Und ich werde es auch jetzt nicht tun. Es geht nicht um dich. Und auch nicht um mich. Es geht um Milli.«

»Mir geht es auch um Milli! Du jagst mich nicht noch einmal davon. Ich will meine Tochter.«

»Fiona, du bist krank! Ich schwore dir, ich werde sie beschützen. Vor dir!«

Den Rückweg bergauf gingen sie schweigend.

Nachdem ihre Mütter am unteren Ende der Wiese zwischen den hoch aufragenden Nadelbäumen verschwunden waren, sah Milli sich um. Wie still es hier ist, dachte sie. Man hört nichts. Sie drehte sich um und schaute zu den Felsen hinauf. Als Milli sie so rau und grau vor dem klaren blauen Himmel sah, fiel ihr erst auf, wie bunt die Almwiese strahlte. So viele Kräuter und Blumen! So viele Farben! Je genauer sie hinsah, desto mehr Blüten entdeckte sie. Milli beschloss, Fiona und Grit Kränze zu flechten. Grit hatte nicht gesagt, dass sie keine Blumen pflücken durfte. Und so legte sie ihre Umhängetasche auf den Sarg, kniete sich ins Gras und begann, geeignete Blumen zu pflücken und zu einem Kranz zusammenzuflechten. Grit hatte ihr das beigebracht, als sie noch klein gewesen war. Es dauerte nur wenige Augenblicke, bis die Welt um sie herum verschwand. Es gab nichts anderes mehr als den kleinen Flecken Wiese, auf dem ihre Augen die passenden Blüten suchten und ihre Fingerspitzen die Stängel ineinander verflochten. Der Kranz in ihren Händen wuchs und wuchs. Das kleine Wunder, dass die feinen geflochtenen Pflänzchen stabil genug waren, um zusammenzuhalten, befriedigte Milli zutiefst. Bald schon konnte sie die etwas knifflrigere Aufgabe angehen, die beiden Enden des ersten Kranzes miteinander zu verbinden.

Als Milli den fertigen Kranz behutsam ins Gras legte, fiel plötzlich ein kühler Schatten über sie.

»Hallo, Milli«, brummte eine tiefe Stimme.

Milli drehte sich um. Da stand ein Mann hinter ihr, ganz nah, und schaute auf sie herab. Sie konnte sein Gesicht nicht gut sehen, weil er direkt vor der Sonne stand und ihre Strahlen Millis Augen blendeten. Auf dem Kopf trug er einen Hut und in der rechten Hand bedrohlich eine Axt. Er wirkte grob und roh – wie aus Holz gehauen. Und dann sah Milli, dass er das auch tatsächlich war. Es war der geschnitzte Axtmann aus dem Ort. Er war ihr doch gefolgt.

»Hallo …«, sagte Milli und bemühte sich, ihn ihre Angst nicht spüren zu lassen.

»Du hast aber einen schönen Kranz.« Sein dunkler Arm hob sich, und auch von ihm gingen blendende Strahlen aus. Er wies mit der Axt auf den Kranz. »Hast du den selber gemacht?« Seine Stimme war so tief, wie Milli noch nie eine gehört hatte.

»Ja«, antwortete Milli.

»Das kannst du aber gut. Für wen ist der?«

»Für meine Mutter.«

»Kommst du mit? Ich will dir etwas zeigen.«

»Was willst du mir zeigen?«

»Ich zeige dir, wie man klettert. Da drüben auf dem Felsen.«

»Ich habe keine Zeit. Ich will noch einen Kranz machen. Für meine andere Mutter.«

»Du hast zwei Mütter?«

»Ja.«

Er richtete sich auf und sah sich um. »Wo sind sie denn?«

»Unten bei der Hütte. Sie holen etwas.«

Sein anderer Arm hob sich und wies strahlend auf den Sarg. »Einen Sarg hast du auch. Das ist gut …«

»Wer bist du?«, fragte Milli.

»Für wen ist denn der? Für dich?«

»Nein.«

»Stell dir vor«, brummte er. »Ich habe zwei Töchter.«

»Wo sind die?«

»Ich suche sie. Lange schon.«

Milli versuchte noch einmal, sein Gesicht zu erkennen, aber die Strahlen blendeten zu sehr. Auch wenn sie ihre Hand über die Augen legte.

»Wenn du dich in den Sarg legst, trage ich dich. Ich bin stark.«

»Nein«, sagte sie bestimmt. »Ich will jetzt den anderen Kranz flechten.« Milli griff nach einem Blütenstängel und zupfte ihn ab. Sie hatte Angst, dass er hinter ihr stand und seine scheußliche Axt emporhob. Aber sie hatte noch mehr Angst, sich noch einmal nach ihm umzudrehen und ihn anzuschauen. Also konzentrierte sie sich so sehr sie konnte auf ihre Arbeit, bis sie endlich Fiona und Grit keuchen hörte. Auch ohne Sarg waren sie völlig außer Atem. Grit warf die beiden blauen Gurte ins Gras. Als Milli nun endlich wagte, sich nach dem Holzmann umzuschauen, war er nicht mehr da. Er war nirgendwo zu sehen.

»Schaut, was ich für euch gemacht habe«, sagte Milli. Es war schwer zu sagen, wer sich mehr freute. Als Milli ihnen die Blumenkränze auf den Kopf setzte, strahlten alle beide mit der Sonne um die Wette.

»Für uns?«, fragte Grit. Fiona brachte kein Wort heraus. Ihre Tochter hatte einen Blumenkranz für sie geflochten! Wenn es nur das war, das dieser Tag brachte, dann war es ein guter Tag.

Milli sah von einer zur anderen, wie sie vor ihr im Gras knieten: die etwas kleinere Grit mit den helleren Haaren und die dünnere Fiona mit den dunklen Locken, die man gerne mit den Händen durchwühlen würde. Bevor Milli den Kranz darauf setzte, strich sie wirklich mehrmals mit den Händen hindurch, und in ihrem Inneren verschmolz das schöne Gefühl mit dem harzigen Duft der Kiefern und den süßen Aromen der blühenden Kräuterwiese.

*

Während Grit wach unter dem engen Dachgiebel auf der alten Matratze lag, hörte sie ihn unten schluchzen. Er weinte. Kurz darauf krachte seine Faust gegen die Wand, und er unterdrückte ein Stöhnen.

Noch beängstigender war, als sie eine Weile lang nichts mehr hörte. Nichts. Lautlos schlug Grit die Decke zurück und arbeitete sich zur Kante des Giebelbodens vor. So langsam wie möglich, um nicht das geringste Knarren auszulösen. Sie spähte über den Rand in die Tiefe. Und dort unten sah sie ihn: Wie ein Tier bewegte er sich auf allen Vieren. Er wiegte vor und zurück. Sogar auf Händen und Knien schwankte er. Nein, nicht wie ein Tier, denn kein Tier bewegte sich je so stumpf, so gelähmt und so unkoordiniert. Höchstens ein Tier, das starb. Ein sterbendes Tier.

Grit hatte Angst. Es war nur noch eine einzige Wodkaflasche da, und so schlimm war es nie zuvor gewesen. Später schlief er reglos und schwer. Am Morgen kletterte Grit die Leiter hinunter und schlich zu ihm. Sie sah, dass die Knöchel seiner Hände blutig waren. Die Haut war aufgeplatzt.

»Sollen wir Papa wecken?«, flüsterte Fiona. Ihr Kopf

hing zwischen den obersten Sprossen der Leiter herunter, und ihre dunklen Haare baumelten in zerzausten Locken.

»Nein, wir lassen ihn noch schlafen. Komm raus.«

Draußen war es überraschend kühl. Das Gras war nass, obwohl es nicht geregnet hatte, doch trotz der Kälte fühlte es sich an den nackten Füßen schön an.

»Schau, die Wolken!«, rief Fiona. Sie stiegen über eine der Holzbänke, die aus halben Baumstämmen bestanden, auf den knorrigen, schweren Tisch. Gerade ging über den Bergen die Sonne auf, und sie spürten augenblicklich ihre Wärme. Das Wolkenmeer unter ihnen lag noch im diffusen Morgenlicht. Sie standen noch nicht lange auf dem Tisch, als die ersten Rundungen im Auf und Ab der Wolken aufglühten und warm zu strahlen begannen.

»Wie schön!«, rief Fiona. Und: »Mir ist kalt.«

Grit legte die Arme um ihre Schwester und drückte sie sanft an sich.

»Wollen wir wieder reingehen?«, fragte Fiona.

»Nein«, erwiderte Grit. »Hier draußen ist es schöner.«

In der Nacht hatte sie noch etwas gehört: das Klirren der leeren Flasche, die zu den anderen in die Kiste gelegt wurde. Und das leise Knacken, als der Verschluss einer neuen Flasche aufgedreht wurde.

Was würde passieren, wenn er die letzte Flasche getrunken hatte?

*

Es funktionierte prächtig. Fionas Idee mit den Gurten war ein Segen. Es hatte eine Weile gedauert, bis sie die

Gurte auf eine ideale Länge eingestellt hatten, aber nun waren ihre Hände halbwegs entlastet. Sie konnten sogar gelegentlich eine Hand vom Sarg nehmen, um sich Haare aus dem Gesicht zu streichen oder Schweiß abzuwischen. Denn inzwischen schwitzten sie. Es war mühsam. Alle drei merkten, dass sie das Bergaufgehen nicht gewohnt waren.

»Da drüben sind Kühe!«, rief Milli. Sie waren weiß und braun gefleckt. Zwei von ihnen sahen herüber und grasten dann weiter. Erstaunlich, dachte Grit, solche Kühe sehen ja wahrlich nicht viel vom Leben, aber sogar den Anblick dreier Frauen, die einen bunten Sarg schleppen, finden sie nicht weiter ungewöhnlich. Wahrscheinlich sind sie einfach nur froh, dass keiner von uns redet und sie ihre Ruhe haben.

Die Leichtigkeit, die sie beim Losgehen empfunden hatten, schmolz unter der Sonne weg. Es wurde heißer, es wurde mühsamer, es wurde schmerzhafter. Sie schwitzten, ihre Schultern schmerzten von den Riemen, die Beine taten ihnen weh. Sowohl die Muskeln als auch die Knöchel. Denn es ging zwar sehr viel besser mit den Gurten, aber der Sarg schlug trotzdem immer irgendwo an. Hüfte, Becken, Knie – das werden alles blaue Flecken, dachte Grit.

Für Milli, dachte sie. Für Milli.

Als sie ein nahezu ausgetrocknetes Bachbett durchquerten – ein schmales Rinnsal klaren Wassers inmitten einer breiten Mulde großer und kleiner Steine, in der Herbstregen und Schmelzwasser alle Erde und alles Gras davongerissen hatten – blieb Grit an einem der vielen herumliegenden Äste hängen und verdrehte sich schmerzhaft den Knöchel.

Sie humpelte weiter, bis sie aus dem Bachbett heraus waren, und ließ sich ins Gras fallen. Auch Fiona legte sich erschöpft auf die Wiese. Zwischen den Schwestern stand der Sarg, aber in den Abstand zwischen ihnen hätte eine ganze Batterie von Särgen gepasst. Milli musste also ein paar Schritte gehen, als sie den beiden Wasserflaschen brachte.

»Geht's?«, fragte sie Grit.

»Nein. Aber um dir zu zeigen, dass ich *alles* für dich tun würde, mache ich weiter.« Sie trank gierig. »Nur eine kleine Pause.«

Milli ging zu Fiona und reichte ihr auch ein Wasser. Fiona trank die halbe Flasche aus, dann schüttete sie sich den Rest über den Kopf.

»Das würde ich nicht machen«, sagte Milli. »Wir haben nicht allzu viel davon …«

»Füll sie einfach im Bach wieder auf.«

»Kann man das Wasser denn trinken?«

»Klar, warum nicht?«

»Weil hier alles voller Kühe ist«, rief Grit herüber.

»Blödsinn. Ihr könnt ja verdursten. Ich trinke das.«

Milli hockte sich zu Fiona ins Gras und sah sie eine Weile an. »Fiona …«

»Ja?«

»Warum hast du dich nicht um mich gekümmert?«

Milli hatte erwartet, dass Fiona erst nachdenken würde, bevor sie antwortete. Dass sie zumindest eine gewisse Zeit zögern würde, um zu zeigen, dass ihr die Bedeutung der Frage bewusst war. Aber das tat sie nicht. Sie antwortete nahezu prompt: »Ich konnte nicht, mein Engel. Ich war krank. Ich war …« Sie blickte auf den Sarg.

»Es ging mir nicht gut. Aber das ist Vergangenheit. Und meine Vergangenheit ist jetzt in dem Sarg. Ich werde sie begraben, und dann werde ich für dich da sein.«

Von der anderen Seite des Sarges ertönte Grits Stimme: »Man kann seine Vergangenheit nicht begraben. Sie lebt weiter. Sie bleibt bei dir, sie ist ein Teil von dir. Du musst zu ihr stehen.«

»Da sagt mein Therapeut aber etwas anderes.«

»Was für ein Therapeut?«

»Alle meine Therapeuten.«

»Therapeuten? Ich denke, du hast dir eine schöne Zeit gemacht …«

Diesmal brauchte Fiona einen Moment, bis sie antwortete. Dann sagte sie schnippisch: »Habe ich auch. Das mit den Therapeuten war nur ein Scherz, Grit!«

Sie waren noch nicht lange weitergegangen, als Milli bemerkte: »Da kommen Leute.« Tatsächlich kam ihnen eine Gruppe Wanderer entgegen. Als sie näher waren, erkannten sie, dass es drei Männer, zwei Frauen und zwei Jungen waren. Alle trugen hochwertige Funktionskleidung: atmungsaktive Windstopper in modischen Farben, Hosen zum Abzippen mit nordischen Markennamen, hochwertige Wanderschuhe aus Tex-Material. Jeder von ihnen trug einen Wanderrucksack mit Belüftungssystem am Rücken und mit Seitentaschen, aus denen Aluminium-Trinkflaschen ragten. Die Erwachsenen gingen mit Teleskop-Wanderstöcken. Scheinbar waren es zwei Kleinfamilien. Der dritte Mann war älter als die anderen. Von seinem Gesicht war zwischen einem struppigen grauen Bart und einer alten Schirmkappe nicht viel zu sehen. Er war braun gebrannt und so faltig, als hätte man ihn in einen Rucksack gestopft und über den Winter darin vergessen. Seine Kleidung war abgetragen, und seine Lederschuhe hatten schon einiges Auf und Ab mitgemacht. Er war offenbar der Führer der Gruppe.

»Liegt da einer drin?«, fragte einer der Väter und wies mit dem Wanderstock auf den Sarg.

»Meine Vergangenheit«, antwortete Fiona.

»Dann kann er ja nicht sehr schwer sein, junge Frau«, scherzte der andere Mann und lachte.

»Es ist noch genug Platz für einen, der schlappe Witze macht.«

Der Familienvater schien das nicht lustig zu finden, doch bevor er etwas erwidern konnte, fragte seine Frau besorgt: »Wo wollen Sie denn damit hin?« Sie schaute den Hang hinauf, als ob sie dort oben irgendetwas sehen könnte, das die Anwesenheit eines Sarges rechtfertigte.

»Da hoch«, antwortete Grit.

Milli und die beiden Jungen sahen sich interessiert an, sprachen aber nicht miteinander.

»Falls Sie vorhaben, den einzugraben, dann vergessen Sie es. Da oben gibt es nichts als blanken Fels«, erklärte der Familienvater.

»Nein, der muss nur da hoch.«

»Warum?«

»Einen schönen Tag noch, wir müssen weiter«, sagte Fiona anstatt zu antworten und ging wieder los. Grit musste ihr folgen und stapfte ebenfalls weiter. Auch Milli beeilte sich, bei ihnen zu bleiben.

»Wenn ich Ihnen einen Rat geben darf …«, rief der Familienvater. »Nehmen Sie das Ding und gehen Sie wieder runter. Das ist kein Spaziergang da oben. Sie haben ja nicht einmal Sicherungen dabei. Gurte. Seile. Helme.«

Doch er bekam keine Antwort.

Während die Familien bereits weitergingen und über einen Scherz lachten, der offensichtlich den schrägen Weibern mit ihrem Sarg galt, blieb der Bergführer mit dem grauen Bart stehen und sah den drei Frauen in Gedanken nach. Er hatte kein Wort gesprochen, sondern die Schwestern nur aufmerksam aus dem Schatten seiner Kappe heraus beobachtet.

Da sind sie also, dachte er. Mit einem Sarg … Er hatte die beiden verängstigten Mädchen damals nur kurz gesehen, als sie vom Berg heruntergebracht wurden und im Ort in eine Ambulanz stiegen, um zur Sicherheit im Spital untersucht zu werden. Da waren sie also wieder. Nach all den Jahren. Er hatte gewusst, dass sie eines Tages wiederkommen würden.

15

Als sie über die nächste Kuppe kamen, sahen sie am Waldrand eine Alm. In einem großen eingezäunten Bereich standen eine Hütte – deutlich größer als ihre – und ein Stall oder Schuppen. Hühner liefen um einen geländegängigen Wagen, und am Zaun lehnten vier Motocross-Motorräder. Die Hütte war eine schlichte eingeschossige Holzkonstruktion, die offenbar nicht zur Bewirtung diente, sondern als Unterkunft für einen Almhirten. Da sie von unten kamen, konnten sie es nicht genau sehen, aber an einem Tisch standen mehrere junge Männer, zwei von ihnen saßen auf der Lehne einer Bank, die Füße auf der Sitzfläche.

»Oh«, sagte Grit irritiert. Sie sah sich um. »Wenn wir uns da rechts halten, sehen die uns vielleicht gar nicht.«

»Warum sollen die uns nicht sehen?«, fragte Fiona.

»Weil wir einen Sarg tragen?«

»Wie kommen die hier rauf?«, fragte Milli.

»Auf der anderen Seite des Hanges scheint ein Weg heraufzuführen«, erklärte Grit.

»Und was machen die hier oben?«

»Hirten.«

»Hirten? Wie im Krippenspiel?«

»So ungefähr.«

»Sie schauen hier oben nach den Rindern«, erklärte Grit. »Ob alles in Ordnung ist. Ob eine Kuh Hilfe braucht.«

»Eigentlich macht den Job immer nur einer. Die anderen scheinen Kumpels zu sein, die zum Biertrinken hochgekommen sind.«

»Und zum Motorradfahren.«

»Kommt, weiter.« Grit, die gerade hinten ging, wollte Fiona zur rechten Seite des Hanges hinüberschieben, doch Fiona stemmte sich gegen den Sarg. Sie schaute zum Gipfel hinauf und zur Hütte hinüber. Schließlich lächelte sie und sagte zu Milli: »Pass auf, Kleines, jetzt kannst du was lernen.« Und dann ging sie zielstrebig auf die Hütte zu. Auf Grits Proteste hörte sie nicht. Grit musste ihr wohl oder übel folgen. Während Fiona ihre Schwester zur Alm hinüberzog, sagte sie nur: »Ihr wolltet doch Wasser. Da gibt es Wasser.«

Bald wurden sie bemerkt. Als sie näher kamen, stellten sich die jungen Männer an den Zaun, der aus schlanken Fichtenstämmen gebaut war. Einer von ihnen stieg auf die unterste Querstrebe. Er war kleiner als die anderen, machte einen zähen Eindruck, und aus seinen Augen blitzte etwas Freches. Sie waren zu fünft. Junge Burschen, vielleicht gerade volljährig. Einer war etwas älter, braun gebrannt, mit einer winzigen Nase. Er bewegte sich bedächtig und trug einen formlosen Hut auf dem Kopf. Das musste der Hirte sein. Zwei der Jungen – einer mit wirr abstehenden Haaren und ein anderer mit einem bulligen Nacken und breitem Hals – tauschten eine Bemerkung und lachten. Jeder von ihnen hielt eine Bierflasche in der Hand.

»Hallo, Jungs«, rief Fiona ihnen zu, als sie zum Zaun kamen.

»Wos hobs denn do?«, fragte der mit den frechen Augen und wies auf den Sarg. Milli fiel auf, dass seine Arme übersät waren mit kleinen und größeren Narben. Aber nicht in sorgfältigen Reihen wie bei Lawine, sondern zufällig und durcheinander. Wahrscheinlich vom Arbeiten, dachte sie.

»Einen Sarg«, antwortete Fiona, als sei es ganz selbstverständlich.

»Wohin wollts des domit?«, fragte der mit dem Stiernacken.

»Da hoch«, antwortete Fiona und wies mit dem Kinn zum Bergstock hinauf. Unwillkürlich folgten die Jungen ihrem Blick.

»Do aufn? Bis obm?«, rief der Junge erstaunt.

Fiona zuckte mit den Schultern.

Während Fiona mit ihnen sprach, beobachtete Grit bei den Jungen eine Anspannung. Das kannte sie noch von früher. Ein unauffälliges Bauch-Einziehen und In-die-Brust-Werfen. Um Fiona herum war immer schon eine gewisse Wuschigkeit. Wie macht sie das, dachte Grit. Macht sie überhaupt etwas, oder kommt es ganz von alleine? Es hatte sich nichts geändert. Auch nach all den Jahren nicht.

»Liegt do ando drin?«, fragte der mit den wirren Haaren.

Fiona fixierte ihn. »Willst du mal reinschauen?«

Er zögerte. Trank einen Schluck aus seiner Flasche.

»Es liegt natürlich niemand drin«, sagte Grit von hinten.

»Warum wollts donn domit do aufn?«

Die Jungen redeten eine weiche Sprache, wie sie Milli noch nie gehört hatte. In Filmen hatte sie schon öfter gehört, wie Leute in Bayern sprechen, und im ersten Moment hatte sie gedacht, so sprächen sie auch hier, aber dann hörte es sich doch ganz anders an. Sie mochte den runden Klang und fühlte sich hingezogen zu den Worten, die zugleich holzig und flaumig klangen. Eine Sprache wie ein Nest, in das man sich hineinlegen möchte.

»So eine Art Wette.«

»A Wette?«

»Habt ihr was zu trinken für uns?«, fragte Fiona.

»A Bier?«

»Warum nicht?« Fiona lächelte.

»Wasser, danke.« Grit schob den Sarg vorwurfsvoll in Fionas Rücken.

»Wasser, danke«, wiederholte Fiona brav.

Ein Huhn kam um die Ecke des Zauns gelaufen, blieb abrupt stehen und blickte erstaunt auf den Sarg. Dann machte es kehrt und eilte mit einem leisen Gackern zurück.

»Kemmts inna.« Er wies auf das Gatter im Zaun. Und auf den Sarg weisend: »Den kennts a do herausn lassn.«

»Wir würden ihn gern mit reinnehmen.«

»Den klaut hier kaner.«

»Und die Kühe?«

»Die klauen den a net!«, scherzte der Freche, und die anderen lachten.

»Ich meinte eher, ob sie ihn umstoßen«, erklärte Fiona, ungerührt von dem Gelächter. »Oder vollsabbern.«

»Die san eh drübn.« Er wies mit der Flasche auf die andere Seite des Hanges.

Fiona sah ihn herausfordernd an. »Du hast doch wohl keine Angst vor einem Sarg?«

»I? Na!«

Aber der Hirte, der bisher noch gar nicht gesprochen hatte, nahm seinen Hut ab, wischte sich mit dem Unterarm den Schweiß von der Stirn und sagte: »Besser isch besser. A Sarg im Haus bringt Unglück, des waß doch a jeder.«

Also legten sie den Sarg ins Gras, ließen die Tragegurte darauf fallen und gingen zum Gatter, das ihnen der mit den wirren Haaren einladend aufhielt.

Milli sah, dass auch hier ein Trog aus einem ausgehöhlten Baumstamm stand. Aus einer gebogenen Wurzel, die zu einem Wasserhahn geschnitzt war, rieselte ein dünner Wasserstrahl. Im kalten Wasser standen zwei Kästen Bier, einer halb leer.

»Darf ich die Hühner ansehen?«, fragte Milli.

»Ich gehe mit«, sagte Grit.

Obwohl die Tiere frei herumliefen, bewegten die meisten sich doch in einem Bereich hinter der Hütte, wo ihr Stall und ein Schuppen für Holzarbeiten standen. Bretter, Balken und ein Stoß geschälter Fichtenstämme lagen in der Sonne. Neben einem Hauklotz, in dem eine Axt steckte, lag ein Berg gespaltener Holzscheite.

»Warum laufen die Hühner nicht weg?«, fragte Milli.

»Wohin sollten sie laufen?«

»Irgendwohin, wo sie frei sind.«

»Ich glaube nicht, dass sie da draußen genug zu fressen finden. Hier bekommen sie ihr Futter.«

»Hm …«

»Außerdem wären sie dann ganz alleine.«

»Hm …« Milli betrachtete den Zaun, unter dem sie einfach hindurchliefen.

»Und im Grunde sind sie ja frei. Sie könnten weglaufen, wenn sie wollten.«

»Hm …« Sie sah ihre Mutter nachdenklich an. »Da hast du recht.«

Als sie zurückkamen, war Fiona umringt von den Jungs und ließ sich die Motorräder zeigen. Alle lachten über einen Scherz, den sie gemacht hatte. Da Grit nicht weiter beachtet wurde, setzte sie sich an den Tisch. Milli hielt ein Glas unter den eiskalten Wasserstrahl des Wurzelhahns, trank es aus und füllte es mehrmals nach. Sie war überrascht, wie köstlich das Wasser schmeckte.

Der Hirte brachte eine Pfanne mit Eiern und Speck und dazu Brot. Während Milli und Grit mit Heißhunger aßen, lehnte Fiona dankend ab.

»Ich bin Vegetarierin«, erklärte sie lächelnd, und es fand sich ein Glas Marillenmarmelade, die sie aufs Brot strich.

Milli hatte nicht gehört, wer die Idee aufgebracht hatte, aber plötzlich wurde die Möglichkeit diskutiert, den Sarg mit dem Geländewagen ein Stück weit den Hang hinaufzufahren.

»Bis zum Sattel könnts gehen«, meinte der mit den wirren Haaren.

»Ja, scho«, bestätigte ein anderer.

»I was net …«, zweifelte der Hirte und legte seine gebräunte Stirn in Falten.

»Es isch alles trocken, da bleibst net stecken.«

Fiona lächelte ihn herausfordernd an.

Grit zog Fiona beiseite und protestierte: »Fiona! Das ist nicht der Plan!«

»Wir müssen ihn lediglich da rauf bringen. Dass wir

keine Hilfe annehmen dürfen, hat niemand gesagt. Ich schaffe ihn eben durch meinen Charme rauf.«

Die Idee gefiel den Jungen, und es stellte sich heraus, dass der Sarg beinahe ganz ins Auto passte, wenn man einen Teil der Rücksitze umklappte. Der Kofferraum ließ sich nicht mehr schließen, aber mit Hilfe der Spanngurte wurde das Problem gelöst. Grit beobachtete, dass die Jungen sorgfältig und planvoll arbeiteten. Sie dachten sogar daran, eine alte Decke als Polster zwischen Sarg und Heckklappe zu klemmen, damit er keinen Schaden nahm. Und als sie fertig waren, wackelte und klapperte nichts.

Der Hirte setzte sich ans Steuer, Fiona stieg vorne ein, Grit und Milli quetschten sich auf den verbliebenen Teil der Rückbank, die voller Holzspäne und Tierhaare war. Dann startete der Motor, und sie holperten die Wiese hinauf. Begleitet wurden sie von den vier Motorrädern. Die Jungen hatten ihre Helme aufgesetzt und jagten wie ein Bienenschwarm mit höllischem Summen um sie herum. Sie ließen sich zurückfallen, um halsbrecherisch überholen zu können, flogen den seitlichen Hang hinauf und kamen wieder heruntergeschossen. Milli sah, dass ihre Motorräder gar keine richtigen Sitze hatten und die Jungen eher im Stehen fuhren. Immer wieder sprangen sie sogar über Buckel in der Wiese – die sie gezielt zu suchen schienen. Es war nicht auszumachen, ob sie selbstvergessen und übermütig herumjagten, oder ob sie den Frauen imponieren wollten.

Der Wagen kämpfte sich beharrlich bergauf. Der Hirte hatte die beste Strecke vor Augen und hielt das Steuer fest in Händen. Von unten hatte es nicht so steil ausgesehen, und Milli überkam mehr und mehr die Angst, dass sie sich gleich rückwärts überschlagen würden.

Irgendwann ging es nicht mehr weiter. Sie blieben mehrmals hängen, rutschen zurück, kamen wieder in Fahrt – und dann war Schluss. Der Hirte blieb stehen und zog die Handbremse an. Sie steigen aus, die Motorräder knatterten heran, und die Motoren wurden ausgestellt. Es war wieder still.

»Ihr seid Helden!«, rief Fiona begeistert, während sie ihre Helme abnahmen und an die Lenker hängten.

Die Jungen stellten den Sarg auf die Wiese. Die beiden Schwestern legten sich die Gurte um und nahmen ihn auf – Fiona vorne, Grit hinten.

Fiona wandte sich den jungen Männern zu. »Vielen Dank, Jungs. Das war echt nett von euch. Kommt uns doch mal besuchen. Wir wohnen in der Hütte am Ende vom Forstweg.«

»In der Jagdhütte?«, fragte der mit dem Stiernacken.

Grit erstarrte. Sie dachte an den zerschmetterten Riegel. Konnte Fiona nicht einfach ihre Klappe halten!

Doch Fiona sagte nur unbedarft: »Ja.«

»Vermietet denn der Haushofer iberhaupt no? I denk, der mog nimmer.«

»Doch«, versicherte Fiona eilig. »Weil wir früher schon oft hier waren. Als Kinder. Mit unseren Eltern …«

»A, so. Und hetz seids ihr mitm Sarg wiederkemma?«

Fiona zuckte mit den Schultern. »Ist doch logisch, oder?«

Der Junge nickte. »Jo. Logisch …«

Der mit den wirren Haaren sah Fiona prüfend an. »Do war amol a Gschicht in der Hütte … Isch ando obm im Fels gstorbm. Wor mit zwa klanen Madln allan do …«

Fiona nickte. »Ja. Das waren wir.«

Grit bemerkte, dass Milli aufmerksam lauschte. Sie war so auf das konzentriert, was sie hörte und auf das sie sich keinen Reim machen konnte, dass sie Grits besorgten Blick gar nicht wahrnahm.

Der Junge nickte nachdenklich. Er verstand nicht wirklich, was es mit dem Sarg auf sich hatte und warum er auf den Gipfel musste, aber was er nun wusste, schien ihm zu reichen. Hier musste eine Rechnung beglichen werden. Wie auch immer.

»Wie long seids denn noch herobm?«

Fiona drehte sich zu Grit um und sah ihre Schwester an.

»Tja …«, sagte sie zögernd. »Ich weiß nicht genau …«

Grit holte tief Luft, sagte aber nichts. »Geh endlich. Wir wollen heute noch ankommen.«

»Hait no? Und wieder runter?«, rief der Junge aus. »Mitm Sorg? Niemols! Des schoffts net!«

»Vielleicht dechto«, meinte der mit den frechen Augen.

»Nia.« Der erste schaute auf Fionas und Grits Beine.

»Stimmt was mit unseren Beinen nicht?«, fragte Fiona.

»Woll, woll …«

»Wenn wir hier stehen und quatschen, schaffen wir's sicher nicht.« Grit stieß von hinten gegen den Sarg, sodass Fiona voranstolperte.

»Wortet«, sagte der Junge. »Bis do obm trogn mir ihn enk. Im Fels obm gibts an Plotz, wo es guat ibanochtn kennts. Mir zagn enk den Steig.«

Sie nahmen Grit und Fiona den Sarg ab, hängten sich

die Gurte um und stapften wacker die Wiese hinauf. Die anderen gleich hinterher. Nur der Hirte blieb zurück und zündete sich eine Zigarette an. Sie bedankten sich bei ihm fürs Fahren und eilten den Jungen und ihrem Sarg hinterher. Auch ohne Sarg hatten die Frauen Schwierigkeiten, mit ihnen Schritt zu halten, wollten sich aber keine Blöße geben, und so kamen sie alle völlig außer Atem auf der Höhe an, wo der Wald endete. Auf dem letzten Stück hatten nur noch vereinzelte Bäume gestanden, zähe Kerlchen, die sich hier oben tapfer Kälte und Schnee widersetzten, aber selbst für diese Kämpfer war hier Schluss. Von unten hatte es sehr nah ausgesehen, aber sie hatten doch mindestens eine halbe Stunde gebraucht. Weit unter ihnen standen der Geländewagen und die Motorräder. Winzig sahen sie aus inmitten der überwältigenden Landschaft.

Der kleine Freche wies mit seinem braun gebrannten und zernarbten Arm nach oben. »Do geht der Weg rauf. Sechts des?«

Auf der Geröllhalde unterhalb der Felsen – weit über ihnen – sah man einen hellen Strich in die Höhe führen.

»Aber weiter oben im Fels sieht man von dem Weg nichts mehr.«

»Wenn ihr mal drin seids, könnt ihr gar nicht mehr falsch gehen. Da sind Zeichen gemalt.«

»Wie weit ist es denn noch?«

Der Junge zuckte mit den Schultern. »Zwei Stunden. Ohne Sarg. Gleich kommt erst noch a klane Hochebene. Do isch a See, an dem gehts ihr vorbei. Do stoßt ihr auf an markierten Weg, der von der andern Seite aufakimmt. Donn wird's steil und felsig. Oben bei der Scharte isch a überhängender Fels. Do hobm mir a schon übernochten.«

»Dank euch für alles.«

»Viel Glück.«

Die Jungen winkten noch einmal, als sie die Wiese wieder hinabliefen. »Nette Kerle«, kommentierte Fiona. Und an Milli gewandt: »Du musst dein Leben nicht so verbissen leben wie deine Tante Grit. Es geht auch anders.«

16

Sie schulterten die Gurte und gingen weiter. Als das Dröhnen der Motorräder zu ihnen heraufklang, waren sie schon über die Kuppe und konnten sie nicht mehr sehen.

»Jetzt hast du gelernt, wie man andere Leute ausnutzt«, sagte Grit.

»Ausgenutzt? Wir hatten *alle* unseren Spaß, oder? Die Jungs haben sich da unten mit ihren Bierflaschen gelangweilt! Die werden in Jahren noch davon reden, wie sie den verrückten Weibern den Sarg den Berg hoch geschafft haben!«

»Es hätte ja auch irgendwas passieren können. Wie die gerast sind. Und dann wäre es nicht mehr so spaßig gewesen.«

»Die wissen genau, was sie tun.«

»Das waren noch halbe Kinder. Du hast sie dazu angestachelt, betrunken herumzurasen.«

»Ach, richtig, du bist ja diejenige, die Kindern nichts zutraut.«

Der Stich saß.

»Außerdem: Was denkst du denn, wozu die mit ihren Motorrädern hier oben sind. Um sie zu putzen?«

»Lass einfach andere Leute in Frieden.«

»Es hat noch nie geschadet, nette Jungs kennenzulernen, oder, Milli? Welchen fandest du niedlich?«

»Ich weiß nicht …«

»Fiona, Milli interessiert sich noch nicht für Jungen«, sagte Grit.

»Ist das wahr?«, fragte Fiona Milli.

Die zuckte mit den Schultern.

»Es gibt doch bestimmt einen, den du nett findest, oder?«

Milli antwortete nichts.

»In der Schule?«

»Na ja …«

»Siehst du, ich hab's gewusst! Wie heißt er?«

»Jonas.«

»Und lass mich raten: Er ist zwei Klassen über dir.«

»Woher weißt du das?«, fragte Milli erstaunt.

Fiona lächelte. »Vielleicht kenne ich dich doch besser, als du denkst …«

Was läuft hier eigentlich, dachte Grit. Sie merkte, wie sie gerade in eine Rolle geriet, in die sie überhaupt nicht hinein wollte. Ihr Leben war alles andere als konventionell und spießig und langweilig. Sie war nicht sarkastisch, keine Nein-Sagerin, keine Runterzieherin. Doch kaum war sie mit ihrer Schwester zusammen, mutierte sie zur vernünftigen Bremserin und Mahnerin. Was machte Fiona mit ihr? Es war wie ein böser Zauber, den die Fee Fiona über sie ausspracht. Sie verwandelte sie von dem liebenswerten und respektablen Menschen, der sie sonst war, in jemand Bedrückenden. In jemanden, den sie selbst nicht mochte. Sie hasste Fiona dafür. Es war ein Familienfluch. Und es gab im Grunde nur eine Möglichkeit, ihm zu entkommen: aus dem Bannkreis der Familie hinauszutreten.

Und vor allem war Grit eifersüchtig. Sie war all die Jahre für Milli da gewesen und hatte Opfer gebracht. Sie hatte sich Gedanken gemacht, hatte sich bemüht, an sich gezweifelt, durchgehalten, hatte sich geirrt, hatte sich gebessert und es immer wieder geschafft, Millis Leben zu bereichern. Und nun stolperte Fiona durchs Bild und wusste von Jonas. Wer war Jonas?

Fiona schwärmte: »Kannst du dir vorstellen, den ganzen Sommer hier oben zu leben? Ich fände das herrlich!«

Grit wollte eine Bemerkung machen, aber sie schluckte sie hinunter.

»Ich würde mich ein bisschen um die Kühe kümmern und hätte den ganzen Tag Zeit zu malen oder auch nur faul auf der Wiese zu liegen. Einen Grashalm zwischen den Lippen und das Leben genießen.«

»Aber wenn es regnet?«, wandte Milli ein.

»Umso herrlicher! Stell dir vor, wie gemütlich es in der Hütte ist! Der Ofen brennt, und es ist behaglich warm. Du ziehst nur kurz den Regenmantel an, um die Hühner zu füttern und Holz hereinzuholen, dann setzt du dich sofort wieder an den warmen Ofen, liest ein Buch oder schaust aus dem Fenster. Am schönsten wäre, wenn wir zwei zusammen hier oben leben könnten. Ich würde dich unterrichten – natürlich nur ein bisschen, nicht zu viel. Wir könnten wandern, picknicken, Kühe hüten …«

»Das wäre schön!«, rief Milli.

»Wenn wir Hunger haben, melken wir uns Milch. Hast du schon mal eine Kuh gemolken?«

»Nein.«

»Das ist wie ein Wunder. Du ziehst an ihrem Euter

ein bisschen herum, und schon hast du die herrlichste warme Milch. Ein Traum!«

»Hast du schon mal eine Kuh gemolken?«

»Natürlich! Ich habe schon einmal auf einem Berg gelebt! Das war traumhaft!«

»Du? Ehrlich? Wo?«

»In Südamerika. Ganz hoch oben in den Bergen. Da haben wir meditiert und hatten Kühe und Hühner. Genau wie hier.«

Grit konnte nicht mehr an sich halten: »Glaub ihr nicht. Die Hälfte ihrer Geschichten sind erfunden.«

»Dann wäre immer noch die Hälfte wahr, und ich hätte mehr aufregende Dinge erlebt als du.«

»Natürlich. Ich habe ja auch ein Kind aufgezogen.«

»Das hat damit nichts zu tun. Andere Leute erleben auch mit Kindern viel.«

»Welche Leute?«

»Irgendwelche Leute«, lachte Fiona. Und zu Milli sagte sie: »Wir können ein paar coole Dinge tun, wenn du bei mir bist. Du kommst jetzt in ein spannendes Alter.«

»Ja«, kommentierte Grit. »Das beste Alter, um sich auf die Schule zu konzentrieren.«

»Siehst du, das meine ich. Willst du dir sowas die nächsten sieben Jahre anhören, bis du volljährig bist? Du hast etwas Besseres verdient!«

»Zum Beispiel alleine zu Hause rumzusitzen, weil deine Mutter dich vergessen hat.«

»Bei dir sitze ich auch alleine zu Hause rum, weil du mich vergessen hast«, sagte Milli.

»Nicht weil ich dich vergessen habe! Weil ich arbeite!«

Fiona drehte sich zu Milli um, wobei der Sarg bedrohlich schwankte. »Ich verspreche dir zum Beispiel, nicht arbeiten zu gehen. Man sieht ja, wohin einen das bringt. Man wird die Sklavin eines Hauses.«

»Das ist nicht meine Schuld!«

»Nein, es ist ja nie deine Schuld. Wahrscheinlich ist es meine, oder?«

»Wenn du so schlau bist, dann sag doch mal, wie du für dich und ein Kind sorgen willst.«

»Das lass mal meine Sorge sein.«

»Nein, Fiona, es wird nie deine Sorge sein, weil du in die Situation niemals kommen wirst.«

»So, wie du schwitzt, dauert es nicht mehr lange.«

»Vergiss es. Schwitzen ist gesund. Aber wir müssen uns ja noch eine Weile die Zeit vertreiben. Deine Ideen sind zumindest immer unterhaltsam. Wie wirst du ohne Arbeit Geld verdienen?«

»Vielleicht habe ich eine Geschäftsidee.«

»Respekt! Was für eine Geschäftsidee?«

»Vielleicht könnte ich Särge produzieren. Künstlerisch gestaltete Särge. Unikate.«

»Vielleicht ist das Schwachsinn, Fiona!«

»Das ist wieder typisch für dich. Entmutigen, niedermachen, kleinmachen. Du bist genau wie Mama!«

»Ich bin *nicht* wie Mama!«

Milli überlegte, nach welcher ihrer Mütter sie wohl kommen würde. Sie war klein wie Grit, aber mit elf wächst man noch. Trotzdem hatte sie eher Grits Haarfarbe als die von Fiona. Sie dachte an ihr Gespräch mit Lawine über ihre Brüste. Vor ihrem inneren Auge hatte sie sich als Frau immer so ähnlich gesehen wie Grit. Aber jetzt würde sie vermutlich doch eher wie Fiona. Sie betrachtete die beiden. Grit rundlicher, Fiona flacher. Dann fiel ihr auf, dass die beiden ja dieselbe Mutter hatten. Das Ganze war also sowieso Quatsch. Niemand muss werden wie seine Mutter.

»Und du«, fuhr Grit fort, »solltest nicht ständig krampfhaft versuchen, anders zu sein als sie!«

»Doch. Anders ist gut. Es müssen ja nicht unbedingt Särge sein. Ist sowieso Quatsch. Jeder Mensch braucht nur einen einzigen einmal in seinem Leben. Wie will man damit reich werden?«

»Dafür braucht *jeder* einen«, mischte sich Milli ein. »Oder natürlich eine Urne.«

»Weißt du was, vergiss die Särge, Milli. Wenn ich das hier hinter mir habe, will ich nie wieder einen Sarg sehen.«

»Das war's also mit deiner Geschäftsidee?«, fragte Grit.

»Nein, das war's noch lange nicht. Es gibt genug andere Dinge, die man künstlerisch gestalten kann. Der Punkt ist, dass ich malen kann.«

»Das stimmt«, sagte Milli. »Der Sarg sieht wirklich cool aus. Hast du noch mehr Sachen bemalt?«

»Ich habe eine Menge Bilder gemalt. Die kann ich verkaufen.«

Grit schluckte eine Antwort herunter.

»Du brauchst gar nicht so demonstrativ zu schweigen!«, rief Fiona nach hinten.

»Ich schweige nicht *demonstrativ*.«

»Weißt du, Milli, man braucht nicht viel zum Leben. Die meisten Leute stecken ihr sauer verdientes Geld ohnehin in irgendeinen Quatsch. Teure Autos zum Beispiel. Möbel …« Und mit einem Schulterblick auf Grit: »Burgen!«

»Wenn es einen glücklich macht.«

»Das soll einen glücklich machen? Wenn man ein altes Gemäuer verputzt und jeden Cent, den man hat, in Badezimmerkacheln und indirekte Außenbeleuchtung steckt?«

»Jedenfalls, wenn man dann fertig ist, ja.«

»Mach die Augen auf! Mit so was wird man nie fertig! Diese Burg, wenn du sie unbedingt so nennen willst, steht seit tausend Jahren! Und ist da irgendetwas fertig?«

»Seit vierhundert Jahren.«

»Und ich wette, in diesen vierhundert Jahren hat das Gemäuer mehr unglückliche Menschen gesehen als glückliche.«

Grit wusste nicht, was sie darauf sagen sollte. Hatte Fiona recht? War sie *glücklich*?

»Wir werden jedenfalls glücklich sein. Wir können jedes Wochenende irgendwohin fahren. Wir besuchen Festivals, wir schauen uns Städte an, wir besuchen Freunde – und wenn wir irgendwo länger bleiben wollen, dann bleiben wir eben! Ich schreibe dir eine Entschuldigung für die Schule! Wir müssen natürlich ans Meer fahren!«

»Milli und ich *waren* oft am Meer.«

»Wahrscheinlich an der Nordsee.«

»Ja«, antwortete Milli.

»Ich rede von richtigen Stränden. An denen es heiß ist. An denen Kokosnüsse verkauft werden. Wo es Bars gibt, in denen man bis spät abends im Bikini sitzen kann. An denen die kalten Bierflaschen beschlagen.«

»Ich trinke kein Bier«, wandte Milli ein.

»Noch nicht«, bemerkte Grit sarkastisch. »Und kiffen

tust du auch noch nicht. Und Halluzinogene schluckst du auch noch nicht.«

»Und an Wochenenden gehen wir ins Kino und ins Theater. Wir können selbst Theater spielen! Hast du schon mal Theater gespielt?«

»Ja, im Krippenspiel zu Weihnachten.«

»Oh Gott …« Fiona schüttelte den Kopf.

»Was wird das hier eigentlich?«, fragte Grit. »Eine Werbeveranstaltung? Vielleicht willst du einen Prospekt drucken lassen, Fiona. Vierfarbig! Hochglanz! Am besten legst du noch einen Geschenkgutschein dazu. 500 Euro für Designerklamotten! Würdest du jetzt bitte weitergehen? Du schindest doch nur Zeit!«

Und damit stieß sie Fiona den Sarg in den Rücken und schob sie weiter.

*

»Sieht aus wie ein Stück Himmel, das heruntergefallen ist«, sagte Milli. Das Blau spiegelte sich vollkommen. Es war kein großer See. Da er oberhalb der Baumgrenze lag, war er nur von Wiesen und vereinzelten Felsen umgeben. Das Wasser war glasklar, er war nicht tief, und sein Grund war schlammig braun. Grit und Fiona legten den Sarg ab.

»Gott, ist das heiß«, stöhnte Fiona. Sie zog ihr nassgeschwitztes T-Shirt von ihrem Oberkörper ab, um Luft darunter zu lassen. »Schwimmst du gern?«, fragte sie Milli.

Grit sah auf den See. »Was hast du vor?«

»Lasst uns ein bisschen abkürzen!« Fiona wies quer

über den See. »Dann sparen wir uns ein Stück Schlepperei.«

»Das geht auch nicht schneller, als wenn wir ihn tragen.«

»Aber es ist schöner.«

Grit blickte den Hang hinauf. Der Gedanke an eine Abkühlung erschien auch ihr verlockend. »Okay«, sagte sie. »Schwimmen wir.«

»Und ich?«, fragte Milli.

Fiona sah sie erstaunt an: »Kannst du etwa nicht schwimmen?«

Milli zuckte mit den Schultern.

»Was bist du für eine Mutter!«, fuhr Fiona Grit an.

»Wir haben es tausend Mal versucht. Milli mag kein Wasser.«

»Ich kann schwimmen«, warf Milli ein. »Jedenfalls ein bisschen.«

»Gut«, sagte Fiona, »dann setz du dich eben in den Sarg, und wir schieben dich. Meinst du, das geht?«

Milli zuckte mit den Schultern und nickte.

»Ist dein Sarg überhaupt wasserdicht?«

»Ob er … Natürlich ist er wasserdicht! Glaubst du, ich baue einen Sarg, der nicht wasserdicht ist?«

Sie stellten den Sarg am Ufer ins Gras, Fiona nahm den Deckel ab, und sie warfen die Gurte hinein.

Dann zog Fiona sich ohne weitere Umstände aus und warf ihre Kleider zu den Gurten. Grit zögerte zuerst, aber da Fiona sich bereits die Unterhose über die Füße streifte, wollte sie nicht umständlich erscheinen und warf ihre Kleider ebenfalls in den Sarg. Schließlich standen sie einander nackt gegenüber. Taxierten sich.

»Wieso bist du immer noch so dünn?«, fragte Grit.

»Dein Bäuchlein steht dir gut.«

»Bäuchlein? Ich habe kein Bäuchlein!«

»Doch, natürlich hast du das!« Fiona streckte den Arm aus und kniff Grit in die Hüften. »Und Hüftgold hast du auch.«

»Hüftgold? Was ist das denn für ein dämliches Wort?«

»Jedenfalls habe ich dich immer um deine Brüste beneidet.«

»Sie sind unförmig.«

»Sie sind perfekt.«

»Findest du? Ich weiß nicht …«

»Ich habe immer darunter gelitten, dass ich keine hatte.«

»Trotzdem hast du die meisten Jungs abbekommen. Denen schien es zu gefallen.«

»Das haben sie gesagt. Aber es ist nicht wahr.«

»Zumindest bin ich froh, dass du auch Cellulitis hast.«

»Schön, dass dich das freut.«

»Hast du diese Leberflecken da mal untersuchen lassen?«

»Ja, habe ich. Jedes Mal, wenn ich mit einem Kerl im Bett war. – Können wir jetzt ins Wasser gehen?«

»Soll ich mich auch ausziehen?«, fragte Milli.

»Ist vielleicht besser«, antwortete Grit. »Falls der Sarg doch nicht dicht ist.«

Fiona setzt an, etwas zu sagen, schwieg dann aber. Als Milli auch ausgezogen war, ließen sie den Sarg zu Wasser. »Was machen wir mit dem Deckel?«, fragte Fiona. »Sollen wir ihn drüberlegen?«

»Aber nicht zumachen!«, bat Milli.

»Wir könnten ihn quer oben drüberlegen.«

Grit überlegte kurz, dann nahm sie den Sargdeckel und legte ihn ins Wasser. »Stell den Sarg drauf, dann gibt der Deckel noch Auftrieb. So liegt er nicht zu tief im Wasser.«

»Na, du bist ja schlau«, kommentierte Fiona, als sie es genau so machten. Sie hielten den Sarg am Ufer fest, bis Milli eingestiegen war.

Der Sarg schwankte bedrohlich. »Setz dich in die Mitte«, mahnte Grit. Dann stiegen die Schwestern in den See. Das Wasser war erstaunlich klar, sie wirbelten allerdings Schlamm auf, der in hellen, sonnenbeschienenen Wolken emporwallte.

»Kalt!«, schrie Fiona lachend auf, während sie bis über die Schultern untertauchte. Auch Grit lachte unwillkürlich, als sich das eiskalte Wasser um ihren Körper schloss. Milli hielt sich an den Seitenwänden des Sargs fest und bemerkte, dass die beiden Schwestern zum ersten Mal zusammen lachten.

Während Grit in den See eintauchte, spürte sie auf ihrer nackten Haut das Strömen des kalten Wassers. Trotz seiner Kälte – oder gerade deswegen – ein sensationelles Gefühl, als es mit den Schwimmbewegungen über ihren Körper wirbelte. Von ihren Schenkeln bis zu den Armen, vom Bauch bis zum Rücken, sogar auf den Fußsohlen und Fingerspitzen strich es sanft über sie hinweg, und sie erinnerte sich nicht, das je zuvor so klar gespürt zu haben.

Als auch Fiona zu schwimmen begann, sah Grit die Schulter ihrer Schwester ganz nah vor sich. Sie sah, wie das Wasser klar und rein über Fionas Haut rann.

*

Sie saßen gemeinsam in der Badewanne. Das Wasser war heiß, der Spiegel in dem kleinen Badezimmer war beschlagen, und der Dampf, den sie einatmeten, duftete nach fruchtigem Kindershampoo. Ihre Haut war vollgesogen mit dem heißen Wasser, und in ihren aufgequollenen Fingern spürte Grit die herrlich seifige Glätte, sobald sie ihre Haut berührte oder die ihrer kleinen Schwester. Genussvoll ließ sie Fionas nasse Haare durch ihre Hände gleiten und massierte ihr den Kopf mit Schaum ein. Aus dem steifen Badeschaum formten die Mädchen sich tollkühne Frisuren und weiße Bärte, und sie lachten, als Fiona aufstand und sich einen Bikini auf ihren Kinderkörper modellierte. Aber der Schaum fiel wie immer viel zu schnell in sich zusammen, bis sie schließlich im kalten Wasser saßen. Schnatternd standen sie auf und ließen sich die weichen Frotteetücher umlegen. Grit sog den Duft frischer Wäsche ein, während sie sich das Gesicht trockenrieb. Sie spürte bis heute das Ziehen der Bürste, den warmen Luftstrom des Föhns und die Hitze auf der Kopfhaut, wenn er mit einem wohligen Kitzeln unter ihre Haare griff und sie hochwirbelte.

Grit erinnerte sich an ein Spiel, das sie und Fiona in der Badewanne gespielt hatten. Sie hielten sich die Nasen zu, legten sich auf die Seite und zogen die Beine an, um die Köpfe unter Wasser zu bekommen. Wer von ihnen konnte länger die Luft anhalten? Wer schaffte es länger, mit dem Gesicht unter Wasser zu bleiben? Es war herrlich unter der Wasseroberfläche, die Augen geschlossen, damit kein Seifenschaum hineinkam, irgendwo am

Rücken oder am Bein die Berührung von Fionas Haut zu spüren, auf die fremdartigen, träge gluckernden Geräusche zu lauschen und auf das erlösende Plätschern zu hoffen, mit dem die kleine Schwester auftauchte und als Erste aufgab. Doch wenn Grit auch anfangs der Kleinen überlegen gewesen war, dauerte es nicht lange, bis sie das erlösende Plätschern nicht mehr hörte. Immer länger musste sie unter Wasser bleiben, und bald schaffte sie es nicht mehr, gegen den Ehrgeiz der kleinen Schwester anzukommen. Fiona entwickelte schnell einen unbändigen Willen, die Große zu übertrumpfen, und so sehr Grit sich auch bemühte – irgendwann musste sie Luft in ihre gequälten Lungen lassen. Und erst, wenn sie aufgetaucht war, fuhr Fiona aus dem Wasser empor, japsend und keuchend und überglücklich strahlend, weil sie gewonnen hatte.

Oft genug zog Grit die Kleine aus dem Wasser, weil sie Angst um sie hatte. Weil sie damals schon dachte, Fiona würde es auf die Spitze treiben, bis ein Unglück geschah.

Einmal hatte ihr Vater, als er die Mädchen baden musste, Kerzen aufgestellt und das grelle Deckenlicht ausgeschaltet. Es war ein wunderschöner Moment gewesen, während sie in der Wanne saßen und aus lauter Ehrfurcht vor der schönen Stimmung nur flüsterten.

Grit erinnerte sich auch an einen Streit in der Badewanne. Sie wusste nicht mehr, worum es ging, vielleicht nur darum, wer von ihnen am Fußende sitzen musste, wo der Stöpsel war. Jedenfalls war Fiona wütend geworden, hatte erst einen Lappen und dann ein Plastikspielzeug nach Grit geworfen, hatte angefangen zu weinen und schließlich den Stöpsel gezogen. So wild gezogen, dass das Kettchen, mit dem er befestigt war, abriss. Damit Grit, die stärker war, ihr den Stöpsel nicht abnehmen und wieder in den Abfluss stopfen konnte, hatte sie ihn weggeworfen, irgendwo hinter die Toilette, und Grit angeschrien, während das Wasser langsam ablief und sie beide im Kalten saßen.

*

Der Sarg schwankte auf der Wasseroberfläche, als sie ihn vor sich her schoben. Milli saß darin wie das Weibchen einer seltsamen Tierart in einer kleinen Arche. Als ob sie nach ihrem verlorenen Männchen Ausschau hielte, blickte sie bedenklich in das glasklare Wasser hinab. Auf dem Grund ragten große Felsen auf. Der Sarg war keineswegs wasserdicht, aber durch die Ritzen drangen nur wenige Rinnsale herein. Als Milli die Kleider mit den Füßen an das höhere und trockene Fußende des Sarges schob, schwankte ihr Boot gefährlich und drohte zu kentern. Milli schrie auf, und diesmal lachten sie alle drei. Fiona und Grit gelang es, den schlingernden Sarg zu stabilisieren, und von nun an saß Milli still. Während die Schwestern schwammen, hatte sie Gelegenheit, sich in Ruhe umzuschauen. Vor ihnen führten die Wiesen steiler und steiler nach oben, und darüber ragten graue Felsen in den strahlend blauen Himmel. Zur Seite und nach hinten hinaus konnte Milli über die grünen Ufer des Sees weit in die Ferne sehen, wo in feinem Dunst die nächsten Bergketten standen. Über ihnen segelten weiße Wölkchen. Still war es. Bis auf das Plätschern des Wassers war nichts zu hören.

Schließlich erreichten sie das andere Ufer. Das Wasser lief an Fionas Oberkörper herunter und tropfte von Grits Brüsten.

»Und jetzt?«, fragte Grit. »Womit trocknen wir uns ab?«

»Wir lassen uns in der Sonne trocknen. Ich finde, wir haben uns eine kleine Pause verdient.« Fiona wandte sich an Milli. »Was sagst du? Ist eine Pause okay? Oder müssen wir uns sofort weiterquälen?«

»Nein«, erwiderte Milli. »Ich denke, eine Pause geht in Ordnung.«

Und so legten sie sich nackt ins hohe Gras. Grit spürte die weichen Halme unter dem Rücken, unter den Armen und unter den Schenkeln. Sie strich mit den Händen tastend über die Grasspitzen und Blüten. »Ist das herrlich«, stöhnte sie wohlig. »Habt ihr jemals vollkommen nackt im Gras gelegen?«

»Oh Gott, Grit«, gab Fiona zurück. »Du hast noch nie nackt im Gras gelegen? Das ist ja alles noch viel schlimmer, als ich dachte!«

Milli stützte sich auf einen Ellbogen auf und sah sich um: »Meint ihr wirklich, es kommt niemand?«

»Wer sollte hier oben kommen?«, fragte Fiona und gähnte.

Dann lagen sie schweigend, während die Sonne warm auf ihre Körper schien. Es war so paradiesisch, dass sogar Milli einschlummerte. Die unruhige und schlaflose letzte Nacht saß ihnen allen dreien in den Knochen.

17

Sie wurden von einem tiefen Räuspern geweckt. Als sie die Augen öffneten, stand nicht weit von ihnen ein Mann. Er hatte ihnen den Rücken zugewandt.

Grit sprang auf, riss ihre Kleider an sich, die ausgebreitet auf der Wiese lagen, und zerrte sie sich über den Körper. Auch Milli schlüpfte schnell in ihre Sachen, während Fiona gelassen blieb, sich in aller Ruhe aufsetzte, ihre Augen mit der flachen Hand gegen die Sonne abschirmte und den Mann erst einmal betrachtete. Er trug einen großen Rucksack, lederne Wanderstiefel und eine Kappe. Der Teil seines Gesichtes, den man von schräg hinten sehen konnte, wurde bedeckt von einem struppigen grauen Bart. Es war der Bergführer der beiden Familien.

»Sie können sich jetzt umdrehen«, sagte Grit, während Fiona als Letzte ihre von der Sonne getrockneten und aufgewärmten Strümpfe anzog. Der Mann musste um die sechzig sein. Seine Haut war von der Bergsonne gebräunt, im Schatten seiner Kappe duckten sich zwei buschige Augenbrauen, die lebendig wirkten wie zwei kleine Tiere, und von seinen Augenwinkeln strahlten Falten aus. Er schien nicht der Typ zu sein, der viel lachte, also stammten die Falten wohl eher vom Zusammenkneifen der Augen im grellen Sonnenlicht.

»I hob euch beobachtet«, sagte er.

»Aha«, sagte Fiona, während sie ihre Schuhe anzog. »Ich hoffe, es hat sich gelohnt.«

Er ging nicht darauf ein, sondern sagte nur in aller Ruhe: »Es geht mi nix an, aber ihr werdts Schwierigkeiten kriagn.« Obwohl er ihnen zuliebe mehr oder weniger Hochdeutsch sprach, war der Tirolerische Klang unverkennbar.

»So?«

»Wie hoch wollts ihr denn?«

»Bis zum Gipfel.«

Er nickte. »Das hob i befürchtet.«

»Wir waren schon einmal da oben. Wenn sich seither nichts geändert hat, muss man nicht klettern.«

»Hier ändert sich nix.«

»Also führt bis oben ein Weg, richtig?«

»Schon. Ist halt zum Gipfel hin recht ausgesetzt. Geht tief runter.«

»Kein Problem.« Fiona lächelte. »Wir wollen nicht runter. Wir wollen hoch.«

»Schwirig mit dem … Ding.«

»Das ist ein Sarg.«

»I weiß.«

»Der muss da hoch.«

»Man muss die Hände frei haben. So ist es gefährlich. Kehrt lieber um.«

»Das geht nicht. Sie sagt, wir müssen da hoch.« Fiona schaute Milli an. »Also gehen wir.«

»Mir scheint, es ist eher a Sache zwischen euch beiden.« Er wies mit einem Wink seines grauen Barts auf Fiona und Grit. »Warum lasst ihr das Kind net raus?«

»Sie lässt sich nicht raushalten«, antwortete Fiona.

»Das ist kein Spaß. Schauts euch doch an! Ihr seids nicht einmal vernünftig ausgerüstet! Das schaffts ihr nicht!«

»Hör zu, alter Mann, mein Leben lang haben mir Leute gesagt, was ich alles nicht schaffe. Inklusive meiner Schwester. Ich habe die Schnauze voll davon. Niemand sagt mir, was ich nicht kann.«

»Machen Sie sich um das Kind keine Sorgen«, sagte Grit versöhnlicher. »Ich passe gut auf sie auf.«

»Im Fels solltest du deine Tochter anseilen.«

»Es ist *meine* Tochter«, stellte Fiona klar.

»Es ist *meine* Tochter!«, beharrte Grit.

Er schaute von einer zur anderen. Dann sah er Milli fragend an.

»Deshalb müssen wir da hoch«, erklärte sie mit einem Schulterzucken.

»Wir können nicht abbrechen«, sagte Grit.

Er blickte wieder von einer zur anderen. Schaute hinauf zum Gipfel. Schließlich nickte er. »Gut.«

»Gut?«, fragte Grit.

Und er antwortete: »I geh mit.«

*

Er legte die Gitarre auf den Hauklotz, nahm die Axt und hob sie hoch über den Kopf.

Grit wollte schreien. *Papa, was tust du? Papa, tu das nicht!* Aber sie brachte keinen Ton heraus. Als die Axt herunterfuhr und den Klangkörper zertrümmerte, zuckte sie nur zusammen. Sie zuckte bei jedem weiteren Schlag zusammen. Fiona begann zu weinen. »Papa, ich habe Angst!«, rief sie.

Er antwortete nichts. Er schlug die Axt in den Holzklotz, dass sie stecken blieb, sammelte die Trümmer der Gitarre ein und warf sie auf den Haufen mit dem gespaltenen Holz.

»Was gibt es da zu gucken?«, fragte er nur. »Manchmal muss man eben tun, was man tun muss.«

»Aber die schöne Gitarre …«

»Vergiss die Gitarre.«

Als er aus der Schnapsflasche trank, glaubte Grit zu sehen, dass er sich vorher eine Tablette in den Mund gesteckt hatte. Oder mehrere.

Abends nahm er Fiona auf den Schoß. »Du brauchst keine Angst zu haben, Schmetterling.«

»Mama soll doch kommen.«

»Mama kann nicht kommen.«

»Warum nicht?«

»Du weißt doch, die Wand. Niemand kann kommen, niemand kann weg.«

Am nächsten Morgen wachte Grit früh auf. Sie krabbelte an den Rand der Empore und lauschte nach unten. Sein Atem ging ruhig und regelmäßig.

Sie kroch zu Fiona und rüttelte an ihrer Schulter. »Fiona!«, flüsterte sie. »Wach auf!«

»Was ist los?«, murmelte Fiona verschlafen.

»Komm, steh auf, wir müssen hier weg.«

»Hm?«

»Zieh das hier an. Und leise!«

»Was ist mit Papa?«

»Er schläft. Sei leise.«

Grit, die schon komplett angezogen war, half der verschlafenen Fiona in ihren Pullover und in ihre Hose.

»Hier sind deine Strümpfe. Komm jetzt runter. Deine Jacke ziehe ich dir draußen an.«

»Wo willst du hin?«

»Psst! Papa geht's nicht gut. Wir holen Hilfe.«

»Aber die Wand! Er hat gesagt, wir können nicht weg!«

»Er hat gelogen. Es gibt keine Wand! Komm jetzt endlich!«

Grit half ihrer kleinen Schwester, die Leiter hinunterzuklettern. Sie knarrte. Grit blieb stehen und starrte durch die Sprossen hindurch zum Bett hinüber, in dem ihr Vater lag.

»Ich habe Angst, Grit …«

»Komm jetzt, leise.«

Grit drückte vorsichtig die Türklinke hinunter. Die Tür war abgeschlossen. Wo war der Schlüssel? Sonst steckte er immer von innen. Grit schaute sich um. Da lag er! Auf dem Tisch. Während die kleine Fiona bei der Tür stand und ihre große Schwester mit offenem Mund beobachtete, schlich Grit behutsam hinüber und nahm den Schlüssel, ohne dass er klimperte. Langsam steckte sie ihn ins Schloss und drehte ihn um. Dann drückte sie die Klinke hinunter. Die Tür ging auf. Geschafft! Grit nahm ihre und Fionas Schuhe und ging leise hinaus, doch als sie draußen war, merkte sie, dass Fiona ihr nicht folgte. Sie drehte sich zu ihrer Schwester um. Fiona stand immer noch am selben Fleck.

»Komm!«, flüsterte Grit. Fiona sah sie mit großen Augen an. Schaute zurück zu ihrem Vater.

Grit klemmte Fionas Schuhe unter ihren linken Arm und nahm mit der Rechten Fionas Hand. Doch Fiona riss sich los, rannte zum Bett und schrie: »Papa! Grit will weg! Grit will, dass wir weglaufen! Ich will nicht weg! Ich will bei dir bleiben!«

Schon nach den ersten schrillen Worten fuhr er aus dem Schlaf hoch, starrte sie verwirrt an und sah zu Grit hinüber, die immer noch – ihre und Fionas Schuhe in der Hand – an der Tür stand. Wortlos sprang er auf, war mit einem Sprung bei ihr und riss ihr die Schuhe aus der Hand. Er starrte Grit zitternd an. Er war bleich, und seine Haut wirkte fast grau. Wütend hob er die Schuhe, und es sah aus, als würde er sie Grit mit aller Kraft an den Kopf werfen. Doch dann ließ er sie sinken und sagte nur: »Das hast du gut gemacht, Fiona. Ihr dürft nicht weglaufen, das ist gefährlich.«

»Ja, wegen der Wand!«, bestätigte Fiona, die froh war, dass sie so gut verstanden hatte, was er ihnen erklärt hatte. Er warf die Schuhe in die hinterste Ecke unter sein Bett und ließ sich schwer auf die Sitzbank fallen. Fiona kletterte auf seinen Schoß.

»Das hast du gut gemacht, mein kleiner Schmetterling …« Seine Fuchsaugen blitzten Grit an.

*

Sie wanderten zu viert weiter. Fiona und Grit voran, dann Milli und zuletzt mit ruhigem Schritt der bärtige Mann. Fiona versuchte, sich über die anderen hinweg ein wenig mit ihrem neuen Begleiter zu unterhalten, aber er antwortete auf ihre Fragen wortkarg und einsilbig.

»Wie heißt du, alter Mann?«, rief sie nach hinten.

»Franz.«

»Ich bin Fiona. Meine Schwester heißt Grit. Meine Tochter heißt Milli.«

»Gut.«

»Was machst du denn so, wenn du nicht gerade Frauen beim Baden beobachtest?«

»Bergtouren.«

»Du bist Bergführer?«

»Ja.«

»Wohnst du unten im Ort?«

»Ja.«

»Familie?«, fragte sie, inzwischen ebenso einsilbig.

»Ja.«

»Kinder?«

»Ja.«

»Wie viele?«

»Zwei.«

»Wie alt?«

»Erwachsen.«

»Aha. – Du redest nicht gerne, was?«

»Ja.«

Es beruhigte Grit, jemanden in der Nähe zu haben, der sich auskannte. Nicht wegen des Weges – soweit sie sich erinnerte, konnte man nicht viel falsch machen. Aber sie war sich tatsächlich nicht im Klaren darüber, wie gefährlich das war, was sie taten. Sie musste an die Menschen denken, die gelegentlich am Ende der Nachrichten auftauchten. Familien, die im Urlaub verdursteten oder ertranken oder abstürzten. Und man dachte dann: Wie können die Leute so unvorsichtig sein? Mit Kind! Sie sah sich und Fiona und Milli schon in den Nachrichten auftauchen, und sie sah die Leute, die sich das anschauten und dachten: Wie konnten diese Weiber so unvorsichtig sein? Mit Kind! Ein Bergführer an ihrer Seite würde das hoffentlich verhindern.

Nach dem See wurde das Gelände unerbittlich steiler. Die Sonne brannte immer noch herab, und die frischen Kräfte durch die Pause und den Mittagsschlaf verbrauchten sich schnell. Die Beine wurden schwer, die Füße wollten nicht mehr, und sie mussten immer öfter stehen bleiben, um zu verschnaufen. Sie probierten, ob es besser ging, wenn sie den Sarg nicht trugen, sondern hinter sich her zogen.

»So lange wir noch auf der Wiese sind«, sagte Fiona. »Oben wird das ohnehin nicht mehr gehen.«

Also stemmten sie sich in ihre Gurte wie Treidelschiffer. Sie gingen weit auseinander, als ob sie wirklich an den gegenüberliegenden Ufern eines unsichtbaren Flusses entlangstapften, und in der Mitte schleifte der Sarg über den Boden. Doch er blieb immer wieder an Steinen oder vom Vieh ausgetretenen Stufen in der Wiese hängen, oder die Gurte rutschten heraus.

Milli wanderte gleichmütig und tapfer hinter ihnen her. Wenn sie die Gurte wieder einmal befestigen mussten oder den Sarg von einem Hindernis befreien, an dem er sich verhakt hatte, dann wartete sie, bis es weiterging. Milli hatte den Eindruck, dass Franz ihren hinkenden Gang beobachtet hatte, aber kommentiert hatte er ihn nicht. Beim Losgehen hatte er nur gesagt, dass er als Letzter ginge, damit sie unbeeinflusst ihre Geschwindigkeit gehen konnten.

Als die Schwestern wieder einmal mit dem Sarg kämpften, streifte Franz seinen Rucksack von den Schultern und nahm aus einem Seitentäschchen eine Tube Sonnencreme heraus.

»Milli«, sagte er und setzte sich auf einen Stein. »Komm, ich creme dir das Gesicht ein.«

»Muss das sein?«

»Muss sein«, sagte Franz. Milli nahm ihre Brille ab, er drückte etwas Creme auf seine Fingerspitzen und verstrich sie auf Millis Wangen und Stirn. »Die Ohren auch«, sagte er.

Grit und Fiona bemerkten, dass die beiden zurückblieben, und wandten sich um.

»Was machst du da?«, rief Grit.

»Sonnencreme.«

»Ich mache das! Sie ist meine Tochter!«

»Sie ist *meine* Tochter, ich mache das!«

»Genau das wollte ich vermeiden«, brummte Franz. Er klappte den Deckel zu und warf die Tube Grit zu, die sie auffing. »Cremt euch gegenseitig ein.«

*

»Ich fühle mich wie der Kerl in der griechischen Sage, der den Stein immer wieder den Berg hochrollen muss. Wie heißt der noch? Tantalos?«, fragte Fiona irgendwann später.

»Sisyphos«, antwortete Grit.

»Wieso weißt du immer alles?«

»Weil ich lese.«

»Vielleicht stimmt es ja überhaupt nicht. Du behauptest das einfach nur, und es ist gar nicht wahr.«

»Es ist wahr.«

»Sagst *du*. Du hast immer schon alles Mögliche behauptet.«

»Ich habe immer schon alles Mögliche *gewusst*. Man lernt Dinge durch Lesen, Fiona. Nicht durch Kiffen.«

»Dafür habe ich andere Dinge gelernt.«

»Ach, ja? Was für Dinge?«

»Dinge eben.«

»Also nichts.«

»Menschlichkeit. Weisheit. Leben.«

»Dann erzähl doch mal von deinem Leben.«

»Damit du dich darauf stürzen kannst? Und es mit deinem Aasgeierschnabel zerfledderst?«

»Warum sollte ich das tun?«

»Weil du das immer tust. Wenn du es nicht offen tust, dann unterschwellig. Mit diesem perfiden Ton, der mich zu Hause schon irrsinnig gemacht hat. Kleine Sticheleien, Andeutungen, Zwischentöne. Das kannst du genauso gut wie Mama.«

»Hör gefälligst auf, mich andauernd mit Mama zu vergleichen!« Grit stieß von hinten kräftig gegen den Sarg und rammte ihn Fiona ins Kreuz.

»Dann benimm dich nicht so wie sie.«

»Benimm du dich nicht dein Leben lang wie Papa.«

»Ich habe nicht vor, mit dir über Papa zu reden. Und im Übrigen bin ich sehr stolz darauf, wenn du mich mit ihm vergleichst.«

»Allein deswegen würde ich dir Milli niemals anvertrauen.«

Wie von der Tarantel gebissen fuhr Fiona herum und rammte ihrer Schwester so fest sie konnte den Sarg in den Bauch. »Halt den Mund, du – *böses Weib*!«

»Autsch …«, erwiderte Grit sarkastisch, was Fionas Wut nicht besänftigte.

»Sag das nie wieder, sonst bring ich dich um!«

»Ja, Papa …«

»*Ich warne dich* …« Einen Moment lang wirkte es so, als würde Fiona versuchen, Grit die Augen auszukratzen. Grit hatte ihre kleine Schwester noch nie so wütend gesehen. In diesem Moment war sie heilfroh, dass der Sarg zwischen ihnen war.

Eine Weile gingen sie schweigend weiter. Und als Fiona dann sprach, wandte sie sich nicht um. Es war, als ob sie zu den Bergen spräche.

»Er hätte fliegen können! Ich weiß es. Er hätte es geschafft. Aber Mama hat ihn mit Gewichten behängt, die ihn runtergezogen haben!«

»Fiona! Werde erwachsen und mach die Augen auf. Papa war kein Held! Er hatte schlicht und einfach keine Lust, sich um irgendetwas oder irgendjemanden zu kümmern. Außer um sich selbst!«

»Er war ein Träumer.«

»Er war ein Egoist.«

»Irgendwann hätte er Erfolg gehabt. Mit seinen Songs und mit seinen Geschichten. Er hat mehrere Romane angefangen zu schreiben.«

»Genau. Er hat angefangen. Er hat immer alles Mögliche angefangen. Aber zu Ende gebracht hat er nichts.«

»Weil Mama ihn nicht gelassen hat. Weil sie ihm die Möglichkeiten genommen hat. Weil sie ihm den Mut geraubt hat. Sie hat alles kleingemacht. Die Sachen waren gut. Ich weiß es. Wenn er sie nicht verbrannt hätte …«

»Sie sind nicht gut. Wenn du willst, kannst du sie lesen.«

»Er hat sie nicht verbrannt?«

»Nein. Nicht einmal dazu war er in der Lage.«

»Aber er hat es mir erzählt!«

»Er hat dich angelogen.«

Eine Weile schleppten sie den Sarg schweigend. Stöhnten nur gelegentlich auf, wenn eine von ihnen stolperte, oder vor Anstrengung, wenn sie einen hohen Tritt hinauf mussten.

»Er hätte mich nie angelogen.«

»Er hat uns alle angelogen. Immer. Auch dich. Ich zeige dir die Sachen, falls wir von diesem Scheißberg jemals wieder runter kommen.«

»Ich denke, du lässt mich nie wieder in dein Haus.«

»Mein Haus ist ohnehin bald weg.«

»Wie meinst du das?«

»Nichts. Vergiss es. Ich schicke sie dir mit der Post.«

Doch Fiona ließ nicht locker: »Was ist mit deinem Haus?«

Grit ärgerte sich, dass ihr das rausgerutscht war. Sie wollte nicht mit Fiona darüber reden. Erst recht nicht vor Milli. Aber Fiona war immer schon ein kluges Mädchen gewesen, und auch ohne dass Grit etwas erklärte, begriff sie, was los war.

»Du schaffst das mit dem Renovieren nicht, oder? Sie wollen dir das Haus wieder wegnehmen.«

»Erstens ist es kein Haus, sondern eine Burg«, wich Grit aus.

»Sie werden uns die Burg wegnehmen?«, fragte Milli erschrocken.

Grit fuhr herum. »Niemals!«, rief sie wütend. »Nichts werden sie uns wegnehmen! Ich krieg das hin! Es ist unsere Burg, und niemand nimmt sie uns weg! Können wir jetzt bitte weitergehen!«

Fiona sah, dass Grit den Tränen nahe war. Doch sie sagte nichts.

»Hast du deswegen diesen Gutachter geohrfeigt?«, fragte Milli.

18

Sie hatten das obere Ende der Wiesen erreicht. Schon seit einer Weile gingen sie an Inseln von verkrüppelten Latschenkiefern vorbei, die sich auf dem letzten bisschen Erdboden festkrallten. Der Weg, dem sie vom See aus gefolgt waren, führte von hier an über ein Geröllfeld. Schräg darüber hinweg ging es hinauf zu den massiven Felsen. Oben lockte zur Belohnung ein bisschen Schatten.

Sie setzten sich einen Moment hin, und Milli aß eines der beiden Käsebrötchen, die Grit an der Autobahn gekauft hatte. Das Salatblatt war in einem traurigen Zustand, weshalb sie es herauszog und wegwarf. Das andere Brötchen teilten sich Fiona und Grit. Franz aß nichts.

Er wartete, bis Milli gegessen hatte, und sagte: »Komm, Milli, wir sammeln Holz.« Und zu Fiona und Grit: »Ihr könnts so lang verschnaufen.«

Er verschwand mit Milli zwischen dem Kieferngesträuch. Fiona setzte sich auf den Sarg, doch Grit blickte den beiden hinterher. Es lag nicht viel Holz herum, ein paar recht dünne Äste, die in der Sonne verbleicht waren wie alte Knochen.

»Geh du da links lang, ich gehe hier«, sagte Franz und verschwand. Milli ging eine Weile zwischen den knorrigen Sträuchern mit ihren dichten, langen Nadeln entlang. Sie drängten sich so eng aneinander, dass zwischen ihnen nur schmale Wege mit wirren Windungen und gelegentlichen Abzweigungen blieben, die immer wieder im dichten Gebüsch endeten. Milli hatte schon ein paar Zweige und Äste gesammelt. Als sie sich wieder nach einem bleichen Ast bückte, erklang eine tiefe Stimme wie knarrendes Holz: »Hallo, Milli.«

Milli überlief eine Gänsehaut. Sie richtete sich auf und sah sich um. Da, wo sie gerade hergekommen war, stand der große Holzmann mit der Axt. Er versperrte ihr den Rückweg. Milli sah sich um. Einen anderen Ausweg gab es nicht. »Geh weg«, sagte sie trotzig.

»Aber du läufst ja mir hinterher!«, antwortete er ungehalten. Seine hölzernen Augenbrauen verdüsterten sich. »Willst du bei mir hier oben bleiben?«

Milli wagte nicht zu antworten. Sie hatte Angst, ihn wieder wütend zu machen.

»Für immer. Im Sommer schläfst du unter freiem Himmel, und im Winter deckt der Schnee dich zu.«

Milli begann zu weinen. Sie wusste genau, was er meinte. Sie ließ ihr Holz fallen, kauerte sich ins Gras und hielt sich die Ohren zu. Einen Moment später spürte sie, wie jemand den Arm um sie legte. Es war Grit, die sie an sich drückte.

»Milli! Weinst du?«

Milli nahm ihre Brille ab und wischte sich mit den Handrücken die Augen. »Schon gut«, sagte sie trotzig. »Ich habe mich nur erschrocken. Weil es hier nicht weiterging.«

»Hör zu, Milli, lass uns aufhören damit. Lass uns runtergehen und normal miteinander reden.«

Milli schaute sie nur an und erwiderte nichts.

»Reden. Ich meine es ernst.«

»Ich brauche nicht zu reden«, entgegnete Milli. »Ihr müsst reden.«

»Wir alle müssen reden.«

»Soweit ich das sehe, redet ihr ja schon. Zum ersten Mal seit … vielleicht überhaupt.« Sie klaubte ihr Holz auf und ging zurück. Grit folgte ihr.

»Ja. Ja, du hast recht. Aber ich glaube, wir haben unsere Lektion gelernt. Wir haben es begriffen. Wir gehen jetzt wieder runter und fahren nach Hause.«

Milli hob einen Zweig auf.

»Kind, was wir hier tun, ist gefährlich. Das ist kein Spaß. Wir werden doch alle nicht mehr glücklich, wenn eine von uns hier verunglückt.«

Milli sah sie nicht an.

»Milli? Ich rede mit dir.«

»Du hast mir einmal gesagt, wenn ich mir bei etwas sicher bin, dann muss ich es tun. Gegen alle Widerstände. Du hast gesagt, das sind die glücklichsten Menschen, die ihre Überzeugungen leben.«

»Ja, aber das heißt doch nicht, dass man jeden Blödsinn auch machen muss!«

»Gegen alle Menschen, die behaupten, es wäre Blödsinn. Das hast du gesagt.«

»Aber damit habe ich doch nicht das hier gemeint!«

»Wenn es dir nicht wichtig ist, kannst du ja aufhören. Dann ist es sofort vorbei.«

»Du bist mir wichtig!«

»Nicht so wichtig, um mir die Wahrheit zu sagen.«

»Das ist nicht fair! Natürlich bist du das Allerwichtigste, das weißt du doch!«

»Ich muss wissen, *wie* wichtig.«

»Milli …«

»Ich habe ein Recht darauf, das zu wissen.«

Und damit ließ sie Grit in dem Labyrinth der Büsche und Sträucher zurück.

Als Grit zu den anderen zurückkam, nahm Franz gerade Seile und Klettergurte aus seinem Rucksack. Er winkte Milli zu sich und kniete sich vor ihr auf den Boden. Während er ihr einen der Klettergurte anzog, sagte er zu ihr: »I hätt nie gedacht, dass die beiden so lang durchhalten. Wie machen sie das?«

Milli zuckte mit den Schultern. »Ich wollte doch nur, dass sie miteinander reden.«

»Das isch dir geglückt.«

»Ich weiß nicht … Im Moment streiten sie nur.«

»Es isch ein Anfang.«

»Aber wo wird es enden?«

Ehe Franz antworten konnte, kam Fiona zu ihnen. »Du hast Klettergurte? Daran können wir die Tragegurte befestigen! Dann geht es viel leichter!«

»Und wenn er fällt?«, fragte Franz zurück.

»Was meinst du damit, wenn er fällt?«

»Dann zieht er uns mit«, antwortete Grit.

»Genau«, bestätigte Franz. »Und oben im Fels denkt dran: Wenn das Ding fällt, lasst es los. Besser der Sarg stürzt in die Tiefe als ihr.«

»Warum muss ich den anziehen?«, fragte Milli, als er ihren Klettergurt festzog und mit einem kräftigen Ruck prüfte, ob er gut saß. »Dich nehm i an die Leine. Für alle Fälle.«

»Das brauchst du nicht. Ich kann gut klettern.«

»Trotzdem.« Er befestigte einen Karabiner vorne am Gurt und knotete ein Seil fest, deren anderes Ende er auf den Boden legte. »Jetzt ihr«, sagte er zu Grit und Fiona und nahm noch zwei Klettergurte aus seinem Rucksack.

»Wieso hast du so viele Gurte dabei?«, fragte Grit.

»Die hob i meiner Gruppe abgenommen, bevor i euch nachgestiegen bin. Für alle Fälle.« Er hielt Grit ihren Gurt hin, sie stieg mit den Beinen hindurch, und er zog ihn um ihre Taille zu.

Doch als er sich Fiona zuwandte, winkte die ab. »Nein, danke. Das Ding nervt nur. Ich komm so zurecht.«

»Isch besser«, sagte Franz. »Droben gibt es ein paar ausgesetzte Stellen. Wir sichern uns gegenseitig.«

»Allein fühl ich mich am sichersten.«

Grit atmete ungeduldig ein. »Jetzt zieh das Ding doch einfach an!«

»Nein!«

»Also gut«, sagte Franz, knotete ein Seil an Grits Gürtel und mit einigem Abstand an seinen. Die restliche Seillänge wickelte er auf und legte sie sich um die Schulter. »Weiter«, sagte er und setzte seinen Rucksack auf, unter dessen Deckel er ein dickes Bündel des trockenen Holzes geklemmt hatte. Das lose Ende des Seiles, das er an Millis Gurt festgeknotet hatte, nahm er in die Hand wie eine Leine.

Grit und Fiona schauten den steil aufwärts führenden Weg hinauf.

»Das wäre ein guter Moment, um aufzugeben«, sagte Grit.

»Dann gib doch auf«, erwiderte Fiona. »Ich schleppe

das Ding auch alleine da hoch. Diesmal gewinnst du nicht!«

»Was soll das denn heißen? *Diesmal!*«

Anstatt zu antworten, nahm Fiona ihr Ende des Sarges auf und steckte ihren Kopf und einen Arm durch die Schlinge des Gurtes. »Worauf wartest du?«

»Fiona, ich habe dich etwas gefragt.«

Fiona sah sie wortlos an. Dann ging sie los und schleifte das andere Ende des Sarges über den Boden. Grit seufzte, lief hinterher, nahm ihr Ende auf, ohne dass Fiona stehen blieb, und hängte ihren Gurt, den sie schon um die Schulter gelegt hatte, unter dem Sarg ein.

Von irgendwoher ertönte ein Pfiff, der von den Felsen über ihnen widerhallte.

»Was war das?«, fragte Milli.

»Ein Murmeltier«, antwortete Franz. »Da drüben! Sigsch es?«

Er wies mit der Hand auf einen mannshohen Felsbrocken, der im Geröll lag. Obenauf stand ein pelziges Tier, schaute mit einer gewissen Empörung zu ihnen herüber und stieß unwillige Pfiffe aus.

»Sieht aus wie ein riesiges Meerschweinchen«, sagte Milli. Sie wollte es fotografieren, aber dann fiel ihr ein, dass sie ihr Handy ja ertränkt hatte.

Sie schafften auch die Rampe. Als sie am oberen Ende im Schatten standen, war Grit zu hundert Prozent sicher, dass sie keinen Schritt mehr gehen könnte. Bitte, betete sie im Stillen, bitte, gib doch endlich auf! Warum gab dieses zähe Luder nicht auf? Was steckte in ihr? Sie hatte bisher immer aufgegeben! Immer!

Milli schaute sich um und staunte. »Wow! Sind wir

schon hoch! Das ist ja unglaublich! Warum waren wir nie vorher in den Bergen, Grit?«

Grit bemerkte, dass Milli sie immer regelmäßiger Grit nannte. Nicht mehr Mama. Es stach ganz scheußlich ins Herz. Reicht es denn nicht, dachte sie, wenn ich körperliche Schmerzen erdulden muss? Muss das bis ins tiefste Innere wehtun? Auch die körperlichen Schmerzen waren inzwischen überall. Längst taten nicht mehr nur die Beine weh, sondern auch die Fersen und Zehen, die Hüftknochen, wo der Sarg scheuerte und anschlug, die Hände, die Arme und vor allem der Rücken. Der Rücken und die Schultern. Wenn sie den Gurt über eine weiche Stelle legte, dann schnitt er tief in die Muskeln, und wenn sie ihn auf die Schulterknochen schob, dann scheuerte er die Haut weg. Ihr einziger Trost war, dass es Fiona nicht besser ging.

»Wenn wir so hoch sind, dann kann es ja nicht mehr weit sein«, japste Fiona.

Franz kratzte sich nachdenklich im Bart. »Weit isch es von hier aus nicht mehr. Aber jetzt kommt der anstrengende Teil.«

Es ging gleich los mit einer steilen Stelle. Vor ihnen führten einige hohe Stufen schmal zwischen zwei Felsen hinauf, und um hindurch zu kommen, mussten sie den Sarg höher heben. »Sitzt dein Gurt fest?«, fragte Grit, die hinten anfasste. »Wenn die Kiste rausrutscht, erschlägt sie mich.«

»Das klingt doch hoffnungsvoll«, erwiderte Fiona. »Auf drei. – *Drei*!«

Sie stemmten den Sarg hoch und versuchten zugleich, Tritte zu finden. Doch nach wenigen Metern stieß er an einen Felsen an, und Grit musste, um das Gleichgewicht zu halten, einen Schritt zurück. »Pass doch auf!«, rief sie.

»Ich kann nichts dafür! Du hast zu schnell geschoben!«

»Das hat doch sowieso keinen Sinn«, stöhnte Grit wütend. »Selbst wenn du es bis oben schaffst. Was willst du mit Milli anfangen?«

»Was geht dich das an?«

»Eine ganze Menge. Dein blödes Gerede vom Kühe melken …«

»Langsam jetzt, langsam! Schieb nicht so! – Man wird doch mal träumen dürfen!«

»Zieh du mal lieber. Ich stemme hier alles alleine! – Irgendwann hat man leider ausgeträumt und muss aufwachen. Dann hast du einen leeren Kühlschrank. Du hast ja vermutlich nicht mal einen Kühlschrank! Wo willst du sie zur Schule schicken, wenn du ständig bei anderen Typen wohnst?«

»Siehst du, das meine ich: Du bist genauso wie Mama. Anstatt dass du mich unterstützt, anstatt dass du mir Mut machst, haust du mir eine rein: Du kannst das nicht, du schaffst das nicht, du bist nichts wert! Jahrelang habt ihr mich kleingeredet. Wieder und wieder und wieder! Fiona, lass das, Fiona, was hast du jetzt wieder angestellt, Fiona, vorsichtig damit, lass das lieber Grit machen, Fiona, das war so klar, dass du das wieder kaputt machst.«

»Ja, aber wir haben das doch nicht erfunden! Du bist doch diejenige, der immer schon alles scheißegal war! Die alles zerdeppert hat und dann weggelaufen ist. Du warst es doch, die unser Leben in einem fort zur Hölle gemacht hat!«

»Es gab nie *unser* Leben! Es gab deins und Mamas, und da habt ihr mich von Anfang an rausgedrängt. Weil ich nicht reingepasst habe! Weil ich anders war. Weil ich wie Papa war!«

»Aha. Darum geht es also. Um Papa …«

»Ja, Grit, darum geht es.«

»Das ist Bullshit! Du bist eine erwachsene Frau! Du kannst nicht dein Leben lang herumrennen und andere für deine Schwächen verantwortlich machen. Übernimm endlich Verantwortung!«

»Das will ich ja! Deswegen bin ich zu euch gekommen. Aber das passt dir auch wieder nicht. Fiona macht wieder alles falsch!«

»Mama hat ihre Töchter jedenfalls nicht sitzen lassen.«

»Doch, Grit! Genau das hat sie! Innerlich! So hat sie Papa kaputt gemacht, und so hat sie mich versucht kaputt zu machen. Und du hast ihr geholfen. Du hast ins gleiche Horn geblasen!«

»Au! Mein Finger!« Der Sarg war zurückgerutscht und hatte Grits Hand gegen einen Felsen gequetscht. »Verflucht, hör auf zu quatschen und konzentrier dich aufs Tragen!«

Doch Fiona hörte nicht auf: »Es kommt eben nicht auf Äußerlichkeiten an, wenn man ein Kind liebt! Nicht auf einen verlogenen Job und einen verlogenen Garten und verlogene Klavierstunden – und vor allem nicht auf eine verlogene Ehe!«

»Fiona, diese Dinge sind nicht verlogen! Mama hat geschuftet. Und ich schufte auch! Das nennt man Verantwortung! Fürsorge! Förderung!«

»Hast du das Wort *Liebe* schon mal gehört?«

»Und ich dachte, du kennst nur Selbstliebe!«

»Nein, Grit!«, fauchte Fiona und fuhr getroffen herum. Tränen standen ihr in den Augen. »Ich bin heilfroh, wenn ich irgendwo ein kleines bisschen Selbstliebe zusammenkratzen kann!«

»Du?!«

»Ja, ich! Mein Leben lang habe ich unter deiner verfluchten Selbstsicherheit gelitten! Du wusstest immer genau, was du wolltest. Du kanntest deinen Platz in der Welt. Du wusstest immer, was richtig ist und was falsch. Du warst dir deiner Sache immer sicher. Ich habe dich gehasst dafür! Und – ja – ich war neidisch. Es hat mich krank gemacht! Und jetzt komm endlich weiter! Ich hoffe, du stürzt in die erstbeste Schlucht!«

19

Grit war fassungslos. Während sie hinter Fiona her stolperte, rotierten ihre Gedanken. Sie sollte diejenige sein, die ihrer Sache immer sicher war? Ausgerechnet sie? Die auf jeder Entscheidung so lange herumkaute, bis es zu spät war? Was für ein Irrsinn! Wie konnte es sein, dass sie diesen Eindruck erweckte? Bei der eigenen Schwester, die sie doch eigentlich so gut kennen müsste wie niemand sonst. Sie war doch immer die Zaudernde gewesen! Sie hatte doch immer Fiona beneidet! Weil Fiona ohne zu zögern tat, was sie für richtig hielt, frei und sorglos, während sie selbst ständig Rücksicht nahm, haderte, Pro und Kontra abwog und alle Beteiligten versuchte einzubeziehen. Wie oft war sie gelähmt, weil sich eben nicht alles in Einklang bringen ließ? Und nun stellte sich heraus, dass Fiona unter ihrer vermeintlichen Selbstsicherheit gelitten hatte? Wie können Menschen, die sich so nahe sind, die im selben Zimmer gelebt und oft sogar im selben Bett geschlafen haben, die dieselben Filme geschaut und dieselben Bücher gelesen haben, die im Dunkeln stundenlang geflüstert haben, die sich mit einem Blick verständigen konnten – wie können diese Menschen einander so grundlegend missverstehen? Wie hatte das angefangen, dass sie ineinander nur die eigene Vorstellung der Schwester sahen?

Grit hatte mehr über Fiona gewusst als jeder andere

Mensch auf der Welt – ihre Mutter und ihren Vater eingeschlossen. Natürlich wusste sie, dass sich die kleine Fiona (im Gegensatz zu allen anderen Kindern) nie etwas aus Eis gemacht hatte, nicht einmal aus Schokolade. Sie wusste, dass Fiona (im Gegensatz zu ihr) im Dunkeln Angst hatte, dass sie Socken hasste, bei denen man die Naht spürte. Dass ihre Haare eine Stunde nach dem Kämmen schon wieder für die Bürste undurchdringlich waren. Sie wusste, dass Fiona später niemals goldenen Schmuck getragen hatte, dass der erste Junge, den sie unter ihre Bluse gelassen hatte, der Sohn des Hausmeisters ihrer Schule gewesen war und dass ihre damalige Freundin Joanna und sie sich gegenseitig Bauchnabelpiercings gestochen hatten. Der Stich hatte sich bei Fiona entzündet, und sie war beinahe an einer Blutvergiftung gestorben, weil sie sich nicht getraut hatte, ihren Eltern davon zu erzählen. Grit hatte es schließlich »gepetzt« und damit einen Riesenkrach heraufbeschworen, weil sie angeblich Fionas Vertrauen missbraucht hatte. »Ich habe dir dein beknacktes Leben gerettet!«, hatte Grit erwidert, aber das hatte Fiona nicht wahrhaben wollen. Damals hatte es also schon angefangen.

Tatsächlich brachte Fiona die Kraft auf, ihren Schritt noch zu beschleunigen. Franz und Milli gingen recht mühelos hinter ihnen her. Franz war das Gehen auf dem Berg ohnehin gewohnt, sein Tritt war sicher, und seine Beine und sein Herz waren ganz in ihrem Element. Und auch Milli kam mit dem Gehen auf Stein und Geröll gut klar, ihre jungen Beine trugen sie scheinbar mühelos bergauf. Sie dachte darüber nach, was sie eben gehört hatte. Sie verstand kaum etwas davon, aber das musste sie auch nicht. Was sie verstand, war, dass Fiona geweint hatte. Und das kam bestimmt nicht nur von der Erschöpfung.

»Milli?«, rief Grit über die Schulter, ohne ihren Schritt zu verlangsamen.

»Ja?«

»Kommst du zurecht?«

»Alles gut, Grit.«

Grit …

»Sollen wir langsamer gehen?«

»Nein.«

»Wir können gerne langsamer machen. Du brauchst dich nicht zu quälen.«

»Ich quäle mich nicht.«

»Vielleicht eine Pause?«

»Nein.«

»Etwas trinken?«

»Ich habe grade getrunken.«

»Ach so? Gut.«

»Wir können eine Pause machen, wenn du es willst.«

»Ich brauche keine Pause.«

»Jetzt tu nicht so, als ob du dich um das Kind sorgst«, mischte sich Fiona ein. »Du willst nur selbst eine Pause!«

Lange hielten sie das Tempo nicht durch. Es endete damit, dass Fiona und Grit auf die Knie fielen. Wer zuerst zu Boden ging und wer die Gelegenheit nutzte, sich fallen zu lassen, war nicht ersichtlich. Vielleicht waren sie auch wirklich beide gleichzeitig entkräftet. Jedenfalls lagen sie im nächsten Moment quer auf dem Weg, die Köpfe an einen Stein gelehnt, rinnende Schweißbahnen auf den Gesichtern. Keine von beiden sagte etwas. Aus Angst, dass sich wieder ein Wortwechsel ergeben könnte, der es unmöglich machte, liegen zu bleiben. Weil man aus Stolz seinen Worten auch Taten folgen lassen musste.

»Da drüben ist Schatten«, sagte Franz und wies ein Stück den Weg voran.

»Scheiß auf den Schatten«, japste Fiona.

»Sag dem Schatten, er soll seinen Hintern hier rüberschwingen«, keuchte Grit.

»Das wird er auch. In zwei oder drei Stunden.« Franz schaute auf die beiden Schwestern hinab. »Brecht ab. Es hat keinen Zweck mehr.«

»Niemals!«, japste Fiona.

»Ihr könntet sagen, ihr habt es beide geschafft«, schlug Franz vor.

»Vergiss es. Es kann nur eine geben«, röchelte Grit.

»Ihr könnt doch nicht mehr! Brecht ab, bevor es bös ausgeht!«

»Du bist nur ein Mann. Du hast keine Ahnung, wozu Mütter in der Lage sind!«

»Gott, tun mir die Füße weh …« Grit versuchte, ihr Bein hochzuheben, aber es zitterte nur.

»Komm«, sagte Franz zu Milli. »Wir setzen uns da vorne in den Schatten und essen etwas. Wollt ihr auch essen?«

»Dann muss ich kotzen«, hechelte Fiona.

Franz schüttelte den Kopf, als er über sie hinwegstieg, Milli an der Leine wie einen folgsamen Hund. Sie setzten sich auf einen niedrigen Felsen, der beinahe wie eine Bank geformt war und angenehm im Schatten lag. Milli kramte aus ihrer Tasche zwei der Colaflaschen, die noch halb voll Wasser waren. Sie stand auf und brachte sie Grit und Fiona.

»Danke«, sagte Fiona. »Du gutes Kind.«

»Danke«, stöhnte auch Grit.

Beide tranken gierig.

Milli setzte sich wieder zu Franz, der einen Apfel für sie aufschnitt. Als sie genüsslich kaute, schrie Grit plötzlich auf.

»Mein Kranz!« Sie sprang förmlich auf die Beine, betastete ihren Kopf und sah sich hektisch um. »Mein Blumenkranz! Wo ist er!«

Er war verschwunden. Irgendwann musste er ihr vom Kopf gerutscht sein. Fiona fühlte kurz nach ihrem Kranz. Er war welk und verschrumpelt, aber er hielt sich in den Tiefen ihres lockigen Haares.

Grit schaute sich auf dem Boden um, wo sie gelegen hatte. Kein Kranz. Sie lief ein paar Schritte zurück und sah den Weg entlang, den sie gekommen waren. Sie verschwand, als sie ein paar Stufen hinabstieg, und tauchte kurz darauf wieder auf.

»Hast du denn nicht gesehen, dass ich ihn nicht mehr auf dem Kopf habe?«

»Nein. Habe ich nicht.« Fiona sah sie nicht einmal an.

»Aber das muss dir doch aufgefallen sein!«

»Ist es aber nicht.«

»Fiona!«

Fiona atmete tief durch und sagte: »Also schön, ich habe absichtlich nichts gesagt, um dich wütend zu machen.«

»Habt ihr ihn nicht auf dem Weg liegen sehen?«, fragte Grit Milli und Franz. »Ihr seid doch hinter uns hergegangen.«

»Jetzt gib nicht Milli die Schuld!«, rief Fiona.

»Ich gebe ihr nicht die Schuld.«

»Es klingt aber so, wenn du das so sagst.«

»Wenn ich das *wie* sage.«

Fiona äffte Grit nach: »*Habt ihr ihn nicht auf dem Weg liegen sehen?*«

Grit starrte Fiona an. Sie starrte Fionas Blumenkranz an. Milli hatte ihr und Fiona Kränze geflochten, Fiona trug ihren noch auf dem Kopf, und ihrer war weg. Grit spürte das Fehlen ihres Kranzes körperlich. Als ob sie keine Haare mehr auf dem Kopf hätte. Wie eine Amputation. Sie war abgrundtief verzweifelt.

Franz kannte solche Zustände. Er wusste, dass das die Erschöpfung war. Irgendwann ging es nicht mehr. Nach all der Anspannung gab innerlich etwas nach, und man stürzte in ein bodenloses Elend. Er hatte das schon erlebt.

»Wenn ihr nicht runter wollts, müssen wir hier oben übernachten«, sagte Franz.

»Ja!«, rief Milli begeistert.

»Das wird steinig und kalt.«

»Egal!« Milli freute sich. Sie hatte noch nie auf einem Berg übernachtet.

»Ein Stück weiter oben isch eine geschützte Stelle. Da übernachten immer mal wieder welche.«

Milli verschaffte die Aussicht auf eine Übernachtung unter freiem Himmel einen Energieschub. Sie rannte förmlich los. Grit und Fiona schleppten sich mit letzter Kraft weiter.

»Hör auf, mir das Ding dauernd ins Kreuz zu stoßen!« Fiona stieß mit dem Hintern gegen den Sarg, dass Grit einen Schritt rückwärts stolperte. Wenn beide den Sarg nicht um die Schultern gebunden hätten, wäre er jetzt in die Tiefe gestürzt.

»Ich habe nicht gestoßen!« Mit einem kräftigen Stoß gegen den Sarg brachte Grit Fiona zu Fall.

»Aua!« Fiona rappelte sich auf und rammte den Sarg wieder gegen ihre Schwester.

»Das tut weh?« Grit stieß den Sarg noch einmal gegen Fiona. Doch die hatte den Stoß kommen sehen und stemmte sich dagegen. Jede der beiden wollte ihrer Schwester den nächsten Stoß versetzen, aber jetzt waren beide darauf vorbereitet. Beide schoben und drückten an dem Sarg, mal stolperte die eine einen Schritt zurück, mal wurde die andere auf dem lockeren Geröll des Weges knirschend nach hinten geschoben, bis sie wieder genug Halt fand und ihrer Schwester Widerstand bieten konnte. Es war ein verbissener Ringkampf.

»Hör auf, mir wehzutun! Hör endlich auf, mir wehzutun!« Nicht einmal Fiona selbst wusste, aus welchen Tiefen dieser Ausruf kam.

»Ich tue dir weh?« Grit lachte auf. »Mach dich nicht lächerlich! *Du* hast für meinen Mann die Beine breit gemacht!« Grit rammte den Sarg gegen ihre Schwester.

»Ja!« Fiona rammte den Sarg zurück. »Und damit du es weißt: Es ging dabei überhaupt nicht um ihn. Es ging um *dich*. Es war eine Sache zwischen dir und mir!«

»Dein Sex mit *ihm* war eine Sache zwischen *dir und mir*?«

»Ja. Um dir endlich *auch* einmal wehzutun!«

Nur langsam begriff Grit, was Fiona da sagte. »Du hast mir wehtun wollen …?« Sie blickte unwillkürlich auf Milli, die hinter Franz stand und geduldig wartete, dass sie weitergingen.

»Ja«, antwortete Fiona. »Ich habe dir maximal wehtun wollen.«

*

Er schwankte. Sein Atem strömte den Geruch aus, den Grit so sehr hasste. Sie hatte damit zu leben gelernt. Sie hatte gelernt, feinste Nuancen zu unterscheiden. Sie konnte riechen, ob ihr Vater in einem bemitleidenswerten Zustand war, in einem verachtenswerten oder – seit Neuestem – in einem gefährlichen. Das Erschreckende war, dass sie sein Wesen überhaupt als Zustände wahrnahm. Als ob er ein Ding wäre. Ohne Willen. Kein Mensch.

Als Grit in die Hütte kam und ihn vor sich sah, wie er auf der Eckbank saß, den schweren Kopf auf den Schultern schwankend, und Fiona auf dem Schoß hielt, roch sie es sofort. Die harzige und holzige Luft der Hütte, der Geruch der staubigen Vorhangstoffe und muffigen Betten, war durchdrungen von bitterer Gefahr. Einer sprungbereiten Bedrohung, die er aus seinem Mund und seinen Nasenlöchern ausatmete. Seine Augen schwankten zu Grit hinüber, als sie gegen das grelle Sonnenlicht in der Hüttentür stand und wartete, bis sie sich an das Dunkel gewöhnt hatte. Sie sah seine unmenschlichen Augen, aber das hatte sie erwartet. Diesen Blick hatte sie befürchtet. Deshalb war sie so lange draußen geblieben. Bis ihr plötzlich siedend heiß aufgefallen war, dass Fiona nicht da war. Sie war bei ihm! Grit war aufgesprungen und über das Gras zur Hüttentür gefegt, und nun stand sie da, die kleine Hand am warmen Holz des Türrahmens – und konnte nicht weiteratmen. Seinen Anblick hatte sie erwartet, aber nicht Fionas. Ihr kleiner Kopf taumelte, als sie ihn zu Grit herumrollte, mit einer unnatürlich weichen Bewegung, als hätte sie kein Rückgrat mehr, und ihre Augen – ihre Augen trieben in ihren Höhlen wie zwei gekenterte Boote.

»Fiona!«, schrie Grit.

Fiona lächelte. Es war ein grauenhaftes Lächeln. Von weit her. Ihr Mund öffnete sich mit einem leisen Schmatzen, aber ein Ton kam nicht heraus.

»Was hast du mit ihr gemacht!«, schrie Grit ihren Vater an.

»Grit, meine Große ... Komm her.« Er streckte seine Hand nach ihr aus, mit der anderen stützte er den weichen Rücken Fionas wie den einer Puppe. »Komm zu mir.«

In Grits Kopf drehte sich alles. Er hatte etwas Schreckliches getan. Aber was? Er hatte ihr doch nichts zu trinken gegeben? Das war nicht möglich, den scharfen Schnaps hätte sie niemals runtergekriegt. Aber was dann? Fieberhaft suchten ihre Augen herum, bis sie an etwas hängen blieben: Auf dem Holz des Tisches lag – neben dem Deckel einer halbvollen Schnapsflasche – ein Päckchen Tabletten. Weiß mit einer Aufschrift in Orange und Grau. Die silbernen Tabletts, in denen die weißen Pillen eingeschweißt waren, ragten daraus hervor. Eines aber glitzerte in seiner Hand, mit der er Fiona umfasst hielt. Und glasklar sah Grit das zerbeulte durchsichtige Plastik, aus dem die Tabletten herausgedrückt worden waren, und die aufgerissene Silberfolie darunter. Die Packung war leer.

All das registrierte Grit ohne ein Gefühl von Zeit und Raum. Hatte sie schon Ewigkeiten in der Tür gestanden und Fiona angestarrt? War sie schon da gewesen, als er die Tabletten eine nach der anderen aus der Packung gedrückt und Fiona in den Mund gesteckt hatte? Stand sie noch im Türrahmen, als eine Grithand die Packung mit den restlichen Tabletten vom Tisch riss, eine andere Grithand die halbvolle Flasche Schnaps? Seine letzte Flasche, die offen auf dem Tisch stand und ihren benebelnden Geruch verströmte. Griff die behaarte Männerhand wütend dorthin, wo gerade noch ein Gritarm gewesen war? Oder war der Gritarm so winzig und tablettenklein geworden, dass er durch die grobe Hand hindurchschlüpfte? Rannte die winzige Grit durch seinen Griff hindurch, während sie selbst immer noch in der Tür stand? Sie taumelte ins grelle Sonnenlicht, und dort gelang es ihr endlich, sich mit der Grit zu vereinen, die Tabletten und Schnaps genommen hatte, und ihre kopflose Flucht zum alten Heuschober zu lenken. Sie riss die schwere Tür auf und warf beides hinein. Durch die schattige Luft sah sie die Flasche fliegen und die Tabletten zwischen Haufen von altem Heu verschwinden. Sie hörte das Gebrüll ihres Vaters, der irgendwo hinter ihr auftauchte, der sie beiseite stieß und in den Heuschober taumelte, um seinen letzten Schnaps zu retten, der ins Heu gluckerte. Doch sobald er im Schober war, warf sie das Tor zu, warf die Ofentür hinter der Hexe zu und schob den Riegel vor. Den schweren alten Holzriegel, aus urigen Balken geschnitzt und stark wie ein Männerarm. Er schrie im Inneren und warf sich gegen die Tür, aber sie war für Jahrhunderte gebaut, sie hatte Stürmen und Schneemassen standgehalten, hungrigen Rindern, war tausendfach durchnässt und dann wieder getrocknet, bis das Holz knochenhart geworden war und einem Mann, der sich kaum auf den Beinen halten konnte, ungerührt widerstand.

»Grit!«, brüllte er aus dem Inneren. »Mach auf! Lass mich raus! Grit, hörst du? Mach sofort auf!«

Er rief, er brüllte, er warf sich gegen das Holz, doch Grit hörte nicht auf ihn. Das war ja gar nicht er, das war das Ding, der Zustand. Sie lief zurück zur Hütte, wo Fiona verbogen auf dem Boden kniete, gleich einer Marionette, deren Fäden durchschnitten worden waren. Grit zog sie hoch, und Fiona blickte sie aus weit entfernten Augen an.

»Mir geht's nicht gut«, lallte sie.

»Hat er dir Tabletten gegeben?«, fragte Grit. Sie stützte die Schwester hinaus.

Ihr Vater lockte jetzt mit lieblicher Stimme: »Bienchen, sei vernünftig. Sei wieder gut. Komm schon, wir haben alle Hunger. Ich mache euch Frühstück. Grit, hörst du mich?«

Grit hörte nicht auf ihn. Sie fiel nicht auf ihn herein. Sie schob ihrer Schwester ihren Zeigefinger tief in den Hals. Verblüfft riss Fiona die Augen auf und würgte. Grit drängte noch tiefer hinein. Was immer darin war, musste heraus. Und da kam es auch. Fiona kotzte einen heftigen Schwall ins Gras, würgte und würgte, und in der gallig stinkenden Suppe schwammen schmierige weiße Bröckchen.

20

Das restliche Stück des Weges stolperten sie schweigend weiter. Grit sah nichts mehr und spürte nichts mehr. Ihr Körper war dumpf und wie betäubt.

Wie verdreht können Dinge sein! Grit konnte keinen klaren Gedanken mehr fassen. Fiona hat mit Marek geschlafen. Marek hat mit Fiona ein Kind gezeugt. Marek hat Fiona sitzenlassen. Fiona hat das Kind sitzenlassen. Sie hat das Kind angenommen. Marek hat sie deswegen sitzenlassen. Und nun stellte sich heraus, dass Fiona sich Marek überhaupt nur gegriffen hatte, *um ihr wehzutun?* Rache? Ein mutwilliger Akt der Zerstörung? Aufgrund Fionas unheilbarer Scherbensucht? Und nun? Nachdem sich gezeigt hatte, dass das Kind das Beste war, was ihr im Leben je passiert war, kam Fiona zurück, um ihr Milli wegzunehmen!

Nein. Sie würde nicht aufgeben. Um keinen Preis der Welt. Sie würde sich ihr Leben nicht noch einmal zerstören lassen! Nicht noch einmal!

»Hier ist es«, sagte Franz endlich. Sie bogen vom Hauptweg ab, der weiter nach oben führte, und umrundeten einen überhängenden Felsen, der über ihnen in den Himmel ragte wie ein Schiffsrumpf. Als Grit schon glaubte, der Steig ende im Nichts, waren sie da. Die Stelle schien tatsächlich wie geschaffen zum Übernachten. Etwas abseits des Weges flachte eine Flanke des Berges so eben ab, dass Gras darauf wuchs. Durch den schiefen Turm links und eine niedrigere Kante rechts, hinter der es steil in die Tiefe ging, ergab sich ein geschützter Platz, in dessen Mitte jemand aus einem Steinring eine Feuerstelle gebaut hatte. Milli war begeistert. Der Ausblick war überwältigend.

»Es wird doch nicht regnen?«, fragte Grit.

»Na«, antwortete Franz. »Heut kimmt nix mehr. Kalt wird's halt werden.« Er löste das Seil um seinen Rucksack und ließ das Bruchholz und die Äste, die er und Milli gesammelt hatten, neben der Feuerstelle fallen. »Wir machen a Feuer, aber es wird net die ganze Nacht brennen. Und vom Boden her wird's allemal kalt.«

Er packte Regenjacke, Überhose und einen dünnen Schlafsack aus, zog den Reißverschluss des Schlafsacks auf und faltete ihn auseinander.

»Da legt ihr zwei euch drauf«, wies er Fiona und Grit an und breitete ihn neben der Feuerstelle aus. Der Schlafsack war auch, nachdem er ihn auseinandergefaltet hatte, nicht eben breit. Sie würden eng beieinander schlafen müssen.

»Und Milli?«, fragte Grit.

Franz blickte auf den Sarg, den sie nicht weit von der Feuerstelle abgestellt hatten.

Grit begriff. »Nein«, sagte sie entschlossen. »Sie schläft nicht in dem Sarg!«

»Warum nicht?«

»Weil …«

Fiona sagte: »Es wird schon kein Unglück bringen, Grit. Es ist kein richtiger Sarg! Er ist nur symbolisch.«

»Da drin wird sie es schön warm haben«, sagte Franz.

»Sie wird ersticken!«

»Den Deckel lassen wir einen Spaltbreit offen.«

»Ich find's prima«, sagte Milli.

Grit atmete tief ein. »Wenn ihr meint …«

»Nimm du den Schlafsack. Ich leg mich einfach ins Gras«, sagte Fiona.

»Na, s Gras wird zu feucht«, erwiderte Franz. »Ihr legts euch zamm da drauf. Keine Widerrede.«

Milli sah ihn prüfend an, um zu sehen, ob er vielleicht Hintergedanken hatte. Ob er die beiden nicht viel mehr deshalb zwang, beieinander zu schlafen, damit sie sich näher kamen. Doch seinem Blick war nichts dergleichen anzusehen. Wenn Milli erwartet hatte, dass er ihr zuzwinkerte oder einvernehmlich lächelte, dann wurde sie enttäuscht.

Franz und Milli packten die letzten Essensreste aus, die sie noch im Rucksack hatten: ein paar Kekse, den Gouda mit dem Kanten Brot, die halbe Tafel Schokolade, Kaubonbons, Gummibärchen, die angebrochene Tüte Nachos sowie zwei Äpfel. Franz steuerte eine halbe Semmel und zwei Landjäger bei. Außerdem brachte er eine Teetasse aus dünnem Blech zum Vorschein sowie ein paar Teebeutel. Einen der Äpfel beschlossen sie für das Frühstück aufzubewahren.

Obwohl das alles in allem recht mager war, so war es für Milli doch das schönste Abendessen ihres Lebens. Die Sonne ging in der Ferne in jubelnder Glut unter. Ihre letzten Strahlen versetzten alle Gipfel in Brand, und es sah aus, als seien sie von magischen Fackeln umgeben, die nach und nach erloschen. Hoch oben am Himmel schwebten fadige Wölkchen, die noch lange in den wärmsten Farben nachleuchteten, und sogar die Kondensstreifen der Flugzeuge bekamen etwas Poetisches.

Ehe es ganz dunkel wurde, entzündete Franz ein kleines Lagerfeuer, das eine wohlige Wärme spendete. Grit und Fiona schwiegen die meiste Zeit. Milli führte das auf ihre Erschöpfung zurück. Aber sie spürte auch, dass die Schwestern an eine Grenze geraten waren. Immer wieder waren in ihren Streits Dinge aufgetaucht, die schwer wogen. Sie waren nur kurz berührt und dann eilig wieder fallen gelassen worden. Als ob sie zu heiß wären, um sie wirklich zu ergreifen. Sie würden über Nacht nicht abkühlen. Die Schwestern mussten den Mut finden, sich an ihnen zu verbrennen.

Noch unglaublicher als der Sonnenuntergang war der Sternenhimmel. So etwas hatte Milli noch nie gesehen. So unendlich viele Sterne! So klar und strahlend. Über ihnen spannte sich die Milchstraße von einem Ende des Himmels zum anderen. Franz erklärte ihnen einige Sternbilder, sie sahen das schwerelose Gleiten einiger Satelliten, und als ein besonders heller über den Nachthimmel zog, sagte Franz, das sei die europäische Raumstation.

»Da oben sind Menschen?«, fragte Milli, und alle folgten dem hellen Punkt schweigend mit den Augen, bis er verschwunden war.

Sie sahen sogar eine Sternschnuppe. Es war das erste Mal, dass Milli eine sah.

»Wir dürften uns etwas wünschen«, sagte Grit.

»Und das geht dann in Erfüllung?«, fragte Milli.

»Vielleicht. Aber du darfst es nicht aussprechen.« Also wünschten sie sich etwas im Stillen. Nur Fiona durfte sich nichts wünschen, weil sie die Sternschnuppe nicht gesehen hatte. Sie hatte gerade ins Feuer geschaut.

»Egal«, sagte sie. »Ich bin ohnehin wunschlos glücklich.«

Grit erinnerte sich, dass sie als Kinder mit ihren Eltern gelegentlich nachts auf der Wiese gelegen hatten, auf Isomatten, dick angezogen und zusätzlich noch eingepackt in Decken aus der Hütte. Sie hatte gemeinsam mit Fiona zwischen ihren Eltern gelegen, hatte den Boden unter ihrem Rücken gespürt und den endlosen Himmel über sich gesehen. Es hatte sich angefühlt, als könne ihr niemals etwas geschehen. Alles war gut, alles war richtig, und wie sollte es jemals anders sein.

»Stellt euch vor«, hatte ihr Vater einmal gesagt, während sie so dalagen, »dieser unglaubliche Sternenhimmel ist nicht nur über uns, sondern rund um uns herum. Unter uns ist er genauso unendlich wie da oben.«

»Unter uns?«, hatte Fiona gefragt, die noch kleiner gewesen war und den Gedanken erst nicht verstanden hatte. »Unter uns ist doch die Erde!«

»Ja, aber unter der Erde! Die Erde ist nichts als ein kleiner Ball, auf dessen Oberfläche wir liegen. Oben und unten ist das Weltall. Man kann nicht einmal sagen, dass wir auf dem Ball oben drauf liegen. Vielleicht liegen wir unten drunter. Auf jeden Fall ist der Himmel rund um uns herum. Wir sind mitten im Himmel!«

Grit hatte ihren Vater dafür bewundert, dass er solche Sachen sagte. Und auch heute noch war sie dankbar für die Erinnerungen. Sie zeigten ihr, dass er nicht nur der verantwortungslose Trinker gewesen war, der seine Töchter in Gefahr brachte. Er hatte kluge Gedanken gehabt. Vorstellungen. Träume. Er war einmal ein ganzer Mensch gewesen.

Sie hatte allerdings damals noch nicht gewusst, dass er sich an diesen Abenden nur zusammenriss. Dass die Ehe ihrer Eltern längst gescheitert war. Dass sie ihren Töchtern nur noch mit größter Anstrengung eine Familie vorspielten.

Während sie noch hinaufsahen, stand Fiona auf, ging hinüber zur Felskante, hinter der es in die Tiefe ging, und setzte sich alleine dort hin. Sie zog ihre Beine an und umschloss die Knie mit den Händen.

Milli beobachtete, dass Grit zu ihrer Schwester hinübersah. Sie dachte, Grit würde aufstehen und zu ihr hingehen, doch das tat sie nicht. Stattdessen legte sie den Arm um Milli, und sie schauten in die Flammen des Lagerfeuers.

»Franz?«, begann Milli nach einer Weile.

»Hm …«

»Warum gehst du mit uns?«

»Damit euch nichts passiert.«

»Nein, ich meine, du kennst uns doch gar nicht.«

Franz sah Grit an und sah zu Fiona hinüber, aber er antwortete nichts.

»Du hättest uns auch abhalten können.«

»I hab's ja versucht …«

Danach sagte er lange nichts. Er hielt Milli gelegentlich einen Ast hin, damit sie ihn ins Feuer legte.

»Wohin?«, fragte Milli dann.

»Dahin«, antwortete er, wies auf eine Stelle im Feuer und schwieg wieder.

»Weißt du …«, begann er irgendwann. »I hob einmal an

Bruder g'habt.« Er sah in die Flammen, als könne er seinen Bruder dort sehen. »Er isch gstorben. Auf dem Berg.«

»Auf diesem Berg?«, fragte Milli.

»Nein. Auf an hohen. An richtigen. An schwierigen. Sie waren zu mehreren. Es war a schöner Tag. Eigentlich sollt i a mitgehn. Aber i konnt dann nicht. Eine Klettergruppe hat mi als Führer gmietet, und i hob das Geld braucht. Also sind sie ohne mi los.«

»Und dein Bruder?«, fragte Milli.

»Isch abgstürzt.«

»Das tut mir leid.«

»Isch lange her. Weißt du, was i erzählen will … Auf dem Gipfel, den sie bestiegen haben, gab es damals noch ka Kreuz. Deshalb hamma beschlossen, eins aufzustellen.«

»Darf man das einfach so?«

Er zuckte mit den Schultern. »Wir ham nicht gfragt. Wir ham eines gebaut. Ein großes, weißt du. Dann haben wir alles da hinauf geschafft. Das Kreuz, Stahlseile, um es zu sichern, Verankerungen, a Bohrmaschine – sogar an Generator. Weißt du, was a Generator ist?«

»Damit macht man Strom.«

»Genau. Damit wir Löcher bohren konnten für die Sicherungen. Wir wollten doch nicht, dass das Kreuz irgendwann herunterfällt und jemanden erschlägt.«

»Und das habt ihr alles auf den Gipfel getragen?«

»Ja.«

»Auf den hohen und schwierigen?«

»Ja. Das Kreuz haben wir vorher auseinandergeschraubt und oben wieder zammgsetzt.«

»Da musstet ihr doch auch richtig klettern.«

»Ja. Es war das Schwerste und Anstrengendste, was i
in meinem Leben gemacht hob. Aber wir mussten es tun.
Vielleicht gar nicht einmal, damit es da oben steht. Wir
mussten es da hinaufschaffen.«

Sie schauten eine Weile ins Feuer.

»Steht das Kreuz noch?«, fragte Milli.

»Ja«, antwortete Franz.

Milli hatte sich vorgenommen, so lange wie möglich
wach zu bleiben, um kein bisschen der besonderen Nacht
zu versäumen, aber ihr fielen im Sitzen die Augen zu.

»Ich gehe schlafen«, sagte sie. »Gute Nacht, Franz.«

»Gute Nacht, Milli. Träum schön.«

Milli ging zu Fiona.

»Warum sitzt du hier alleine?«

Fiona wandte sich zu ihr um und lächelte sie an. Ihr
Lächeln wirkte wehmütig. Sie überlegte einen Moment,
als ob sie ihre Gedanken irgendwo in der Dunkelheit
verloren hätte und erst einsammeln müsste. Dann antwortete
sie: »Wenn man nicht so nah am Feuer sitzt,
kann man die Sterne besser sehen.«

Milli schaute auf zum Himmel. »Die sind wirklich
schön.«

»Ja …«

»Ich gehe schlafen. Gute Nacht.«

»Gute Nacht.«

Sie sahen sich an. Und als Milli sich schon abwandte,
rief Fiona: »Milli!«

»Ja?«

»Darf ich dir einen Gutenachtkuss geben?«

»Ja.«

Fiona stand auf, gab ihr einen Kuss auf die Wange und

umarmte sie lange. Sie wollte etwas sagen, doch es schien ihr schwer zu fallen. Schließlich sagte sie nur: »Bis morgen früh.«

»Bis morgen früh«, antwortete Milli und ging zu ihrem Sarg. Sie hob den Deckel ab und stieg hinein.

Grit kam zu ihr und nahm ihr den Deckel aus den Händen. »Ich lasse oben eine Lücke, damit du genug Luft bekommst.«

»Ist gut. Danke.«

Grit legte den Deckel ein wenig versetzt auf und ließ am oberen Ende des Sarges einen handbreiten Spalt.

»Weiter zu«, sagte Milli aus dem Inneren. »Da kommt's kalt rein.«

Also schob Grit den Deckel noch ein wenig höher, bis man gerade noch einen Finger hindurchstecken konnte.

»So ist gut.«

Grit blieb neben dem Sarg stehen und konnte die Tränen nicht zurückhalten. Wie oft hatte sie Milli in ihrem Leben abends zugedeckt. Und jetzt legte sie einen Sargdeckel über sie! Es brach ihr das Herz. Und auch als sie sich bewusst machte, dass es kein richtiger Sarg war, dass er nur das Produkt eines dämlichen Workshops war, blieb die Frage: Wessen Vergangenheit wird hier eigentlich symbolisch begraben?

Millis Stimme ertönte – gedämpft, aber fröhlich – aus der Kiste: »Es ist wirklich herrlich warm hier drin!« Ihr Zeigefinger erschien in dem Spalt. »Gute Nacht, Mama.«

Grit nahm den kleinen Finger und drückte ihn sanft. »Gute Nacht, Milli. Schlaf schön.«

Als Grit zum Feuer zurückkam, reichte ihr Franz eine Tasse Tee.

»Danke«, sagte sie.

»A kluges Kind«, sagte er. »Erstaunlich klug.«

Grit nickte.

»Ihr könnt stolz auf sie sein. Alle beide.«

Grit nickte in Gedanken. »Danke.« Sie sah Franz an. Im Licht der flackernden Flammen schien sein Bart ein Eigenleben zu entwickeln und seinerseits zu flackern. »Ich schäme mich so, dass wir sie in die Lage bringen, sich entscheiden zu müssen …«

»Muss sie ja nicht«, entgegnete Franz. »Sie hat ja einen Weg gefunden, das zu verhindern.«

»Glaubst du, sie würde das durchziehen?«

»Was durchziehen?«

»Zu meiner Schwester zu gehen, wenn ich aufgebe?«

Franz zuckte mit den Schultern. »Wer weiß.«

Darauf erwiderte Grit nichts.

Als Franz sie anschaute, sah er, wie Grit eine Träne die Wange herunterlief.

»Ich will sie nicht verlieren«, sagte Grit.

Franz sah auf die Uhr und sagte: »Besser, wir schlafen jetzt. Morgen wird ein anstrengender Tag.«

Grit nickte.

»Wir müssen früh weiter. Wir werden vor Kälte aufwachen – und nachmittags müssen wir wieder unten sein. Dann kann's gewittern.«

Milli lag in ihrem Sarg und lauschte auf die Geräusche, die von außen hereindrangen. Sie hörte den Wind, sie hörte, wie jemand eine leere Teetasse abstellte, und sie hörte leise die Stimmen von Franz und Grit.

Wie warm es in einem Sarg ist, dachte Milli. Ein bisschen hart, weil sie nur ihre Jacke hatte, die sie unter dem Kopf zu einem Kissen zusammengerollt hatte. Wenn sie sich auf die Seite legte, konnte sie die Knie nicht sehr weit anziehen, ohne an das Holz zu stoßen. Aber im Grunde war es sehr gemütlich. Das Wort *heimelig* fiel ihr ein. Ob es viele Leute gab, die einen Sarg heimelig finden? Meist lagen ja nur Tote darin. Deshalb gab es sicher auch nicht viele Menschen, die in einem Sarg auf der Seite liegen. Es duftete nach Holz, und wenn Milli mit den Fingern über die Innenwände strich, dann fühlte es sich schön an. Glatt und ein bisschen faserig und an manchen Stellen spürte sie einen kleinen Splitter oder Riss.

»Herrje, ist das eng hier«, sagte plötzlich eine Stimme. Sie klang in der engen Holzkiste ein wenig dumpf, aber Milli erkannte sie sofort.

»Hans?«, fragte Milli. »Bist du das?«

»Ja.«

»Wieso bist du hier?«

Und dann hörte sie noch eine Stimme. »Ich finde es nicht zu eng. Es ist gemütlich.« Das war Fritz. »Fast wie die Kartons, in denen wir immer gespielt haben. Oder die Wäschekiste.«

»Seid ihr etwas alle hier?«, fragte Milli. »Hedi? Lotte?«

»Wir wollten bei dir bleiben. Alle zusammen«, sagte Hedi.

Und Lotte flüsterte: »Ist das wirklich ein Sarg?«

»Natürlich!«, rief Hans. »Was denn sonst, du Dumme!«

»Das find ich unheimlich …«

»Du brauchst keine Angst zu haben«, tröstete Milli sie.

»Angst?«, fragte der kleine Fritz. »Wovor?«

»Vor nichts«, sagte Milli. »Hier drin ist es auf jeden Fall sicherer als draußen.«

»Gibt es hier in den Bergen wilde Tiere?«

»Pumas«, antwortete Hans.

»Erzähl keinen Unsinn!«, wies ihn Lotte zurecht. »Pumas gibt es in Amerika. Nicht hier.«

»Es gibt Luchse. Und Gämsen.«

»Aber die sind nicht gefährlich.«

»Wenn eine Gams dich in den Abgrund stößt, bist du tot.«

»Warum sollte sie jemanden in den Abgrund stoßen?«

»Wer weiß? Vielleicht aus Angst. Oder aus Wut.«

»*Mich* machst du wütend, wenn du so einen Unsinn erzählst.«

»Dann eben, um ihre Jungen zu verteidigen. Alle Tiere verteidigen ihre Jungen bis aufs Blut. Sie würden für ihre Kinder alles tun. Alles!«

21

Bevor Grit sich schlafen legte, ging sie noch einmal zum Sarg. Die bunte Bemalung entfaltete im Schein des Lagerfeuers eine ganz eigentümliche Wirkung. Grit wollte sich vergewissern, ob alles in Ordnung war, und hob vorsichtig den Deckel an. Milli lag auf dem Rücken, den Kopf leicht zur Seite gedreht, eine Hand auf dem Bauch, die andere mit dem Handrücken gegen die Holzwand gelehnt, als ob sie im Schlaf die Sicherheit ihres Rahmens spüren wollte. Ihre Brille lag neben ihrem Kopf ganz oben in der Ecke. Sie atmete ruhig und gleichmäßig.

»Wie wunderschön sie ist ...« Auch Fiona war herübergekommen. Sie stand auf der anderen Seite des Sarges und schaute auf Milli hinab.

»Ja, das ist sie.« Grit lächelte.

»Jetzt, wo ich sie sehe, tut es noch mehr weh, dass ich all die Jahre nicht bei ihr war. Ich habe alles versäumt. Alles.«

Grit sah, dass eine Träne ihre Wange herunterlief. Fiona wischte sie mit dem Ärmel weg.

Grit sagte: »Mama hätte dich auch gerne noch einmal gesehen.«

Fiona hob den Kopf. Grit sah förmlich, wie ihr Gesicht sich verschloss.

»Sie wollte mit dir im Reinen sein, bevor sie stirbt.«

»Warum machen alle Leute eigentlich immer so eine Sache daraus, ihr Leben ins Reine zu bringen, ehe sie sterben? Wenn sie tot sind, ist es doch ohnehin egal.«

»Vielleicht für die anderen? Die Überlebenden?«

»Mama soll an andere gedacht haben?«

»Du kanntest sie in den letzten Jahren nicht. Sie ist anders geworden. Sanfter. Zugänglicher.«

»Sie hätte mich ja nicht vertreiben müssen …«

Grit dachte an den letzten Tag, an dem Fiona zu Hause gewesen war. Damals hatte sie noch nicht gewusst, dass es der letzte Tag war. Dass Fiona ausziehen würde. Der Tag hatte begonnen wie jeder andere: mit Streit. Fiona hatte ausgeschlafen und die Schule geschwänzt. Als ihre Mutter von der Arbeit kam, sie arbeitete damals halbtags bei einem Händler für Autoteile, und zwei Einkaufstaschen hereinschleppte, rastete sie sofort aus. Ihre Toleranz für Fionas Eskapaden war auf null gesunken. Sie hatte nicht mehr die geringste Reserve an Verständnis. Sie stand in Fionas Zimmer, schrie ihre Tochter an, die in Unterhose und Tanktop auf ihrer Bettkante saß. Fiona hatte längst eine Technik entwickelt, das Schreien ihrer Mutter an sich abprallen zu lassen und sie völlig zu ignorieren. Sie angelte nach einem Päckchen Marlboro und einem silbernen Sturmfeuerzeug, das sie zu der Zeit immer benutzte, und steckte sich eine Zigarette in den Mund, ohne ihre Mutter anzusehen. Durch ihre zur Schau gestellte Arroganz brachte sie ihre Mutter erst richtig in Rage. Obwohl sie natürlich wissen musste, dass das nur eine Masche ihrer Tochter war, hatte sie dem nichts entgegenzusetzen. Sie schlug Fiona die Zigarette und das Feuerzeug aus der Hand.

»Schau mich gefälligst an, wenn ich mit dir rede!«, kreischte sie, und ihre Stimme überschlug sich.

Grit kam zur offenen Tür und sah, wie ihre Schwester langsam aufstand. Mit ihren langen Beinen war sie bereits größer als ihre Mutter. Sie sah auf ihre Mutter herab und sagte nichts.

»Ich kann nicht mehr, Fiona! Ich ertrage dich nicht mehr! Du machst mich verrückt! Ich arbeite, ich kaufe ein, ich koche, ich entschuldige dich bei deinen Lehrern, ich rede mit ihnen, damit sie Verständnis für dich haben! Und du? Du machst alles kaputt! Immer nur alles kaputt! Tag für Tag!«

»Mama …«, versuchte Grit sie zu beruhigen.

»Nein, es reicht! Ich kann nicht mehr! Wie es hier aussieht! Ich ertrage dich nicht länger!«

»Mama, komm …«, versuchte Grit es noch einmal. »Lass uns später in Ruhe reden.« Vielleicht hatte sie doch gespürt, auf was es hinauslief. Dass es kurz davor war auseinanderzubrechen.

Doch ihre Mutter kam nicht. »Ich ertrage dich nicht, hörst du? Du widerst mich an!«

Fiona beugte sich zum Nachttisch, wo ein übervoller Aschenbecher stand. Sie hielt ihn ihrer Mutter hin. »Wenn du rausgehst, nimmst du den bitte mit?«

Ihre Mutter holte aus und schlug Fiona mit aller Kraft ins Gesicht. Fionas Kopf wurde herumgeschleudert, die Zigarettenkippen aus dem Aschenbecher stoben in einer widerlichen Wolke über Fionas Bett.

Während ihre Mutter zitternd vor ihr stand, schien Fiona immer noch völlig ruhig. Mit einer knappen Bewegung ihres Kinns wies sie auf das Bett. »Und das kannst du auch saubermachen. Aber lass dir ruhig Zeit. Ich brauche es nicht mehr.«

Sie schloss sich im Bad ein, und eine Stunde später verließ sie das Haus, während ihre Mutter immer noch in ihrem Schlafzimmer auf dem Bett lag und weinte. Grit hatte die Einkäufe eingeräumt und angefangen, Kartoffeln zu schälen und Gemüse zu putzen. Ihre Mutter hatte fertige Cordons bleus gekauft. Sie wollte einfach nicht einsehen, dass sowohl Grit als auch Fiona paniertes Fleisch – im Grunde jedes Fleisch – nicht ausstehen konnten. Grit hörte, wie die Haustür ins Schloss fiel.

»Fiona?«, rief sie, doch sie bekam keine Antwort. Sie lief zur Haustür. Fiona ging gerade an den Mülltonnen vorbei auf den Bürgersteig. Sie trug eine große Adidas-Tasche über der Schulter.

»Fiona!«

Fiona drehte sich um, und die beiden Schwestern sahen sich an. Dann wandte Fiona sich ab und ging davon.

Franz schlief ruhig. Er hatte die Schnürsenkel der Wanderschuhe geöffnet und lag auf dem Rücken, die Hände über der Brust verschränkt. Als Grit über Fiona hinweg zu ihm sah, erinnerte er im letzten Licht des Feuers, mit dem struppigen Bart und den harten Schatten um die Augen, die seine Falten noch betonten, an das Grabmal eines alten Ritters. Es fehlte nur das Schwert in seinen Händen. Grit dachte an die Geschichte seines Bruders. So hat also jeder sein Kreuz zu tragen.

Fiona und Grit lagen gemeinsam und nah beieinander auf dem Schlafsack. Fiona am Feuer, Grit hinter ihr. Grit überlegte, ob es Fiona einfach gleichgültig war oder ob das die alte Rollenverteilung war, die immer noch galt: Die kleine Schwester bekommt den besseren Platz, die große ist schon so vernünftig, dass sie ihn der kleinen überlässt … Jedenfalls lag Fiona der Wärme zugewandt und mit dem Rücken zu ihrer Schwester. Grit versuchte zu ignorieren, dass ihr Rücken und ihr Po eiskalt wurden. Trotz der Jacke, die sie angezogen hatte, und trotz Franz' Regenponcho, mit dem sie sich gemeinsam zudeckten.

Grit blickte auf Fionas dunkle Haare, deren eigenwillige Wellen und Locken mit expressiven Strichen in die Luft gemalt schienen. Sie erinnert sich an das Gefühl, diese Haare zu kämmen, während die kleine Fiona ungeduldig vor ihr saß und immer wieder fragte: »Bist du endlich fertig?« Grit war längst fertig, aber sie genoss das Gefühl, durch Fionas Haar zu gleiten, und kämmte noch weiter.

»Bist du noch wach?«, flüsterte Grit und musste daran denken, wie oft sie diese Frage im Dunkeln geflüstert hatten.

»Hm …«, brummte Fiona.

»Erinnerst du dich noch«, fragte Grit, »dass wir gemeinsam davon geträumt haben, eines Tages eine Burg zu bewohnen? Wir zwei?«

Grit glaubte schon, dass Fiona eingeschlafen war, bis schließlich eine Antwort kam: »Nein …«

»Wir haben in unserer Phantasie Bälle gegeben und sind zur Jagd ausgeritten. Wir haben uns ausgemalt, wie wir Prinzen und Könige empfangen, die um unsere Hand anhalten – aber jeden einzelnen haben wir zum Teufel gejagt. Keiner war gut genug für uns.«

»Ja?«
»Das weißt du nicht mehr?«
»Nein.«
»Wir hatten sogar einen Namen: Burg Edelstein.«
Fiona antwortete nicht mehr.

Obwohl sie völlig entkräftet war, konnte Grit nicht einschlafen. Ihr Körper fühlte sich an, als habe jemand ihr Inneres in kleine Stücke zerfetzt und dann ohne Verstand in die Haut zurückgestopft. Sie drehte sich auf den Rücken und schaute zum Himmel auf. Vereinzelt zogen jetzt Wolken vor dem tiefschwarzen Sternenhimmel dahin. Sie wurden hell angeleuchtet vom Mond, der irgendwo hinter dem Berg stand und nicht zu sehen war. Wie anders der Sternenhimmel hier in den Bergen ist! Obwohl die Sterne Milliarden von Kilometern entfernt waren, sah es wirklich so aus, als ob man ihnen hier oben merklich näher wäre.

Aus einem Impuls heraus, der von irgendwo ganz tief aus ihrer Seele emporstieg, strich Grit über Fionas Kopf. Sie zuckte zurück, als sie die Haare unter der Hand spürte. Sie hatte diese Haare nicht nur gekämmt, sie hatte Zöpfe geflochten und Pferdeschwänze gebunden. Sie hatte sie hochgesteckt, mit Ringen und Bändern verziert und sogar Diademe und Krönchen aus glitzerndem Plastik hineingesteckt. Sie hatte diese Haare geliebt. Fionas dunkle Haare waren immer schöner und voller und lockiger und länger gewesen. Ihre eigenen hatten nie so richtig wachsen wollen. Sobald sie lang wurden, hingen sie kraftlos herunter und bekamen Spliss, sodass sie wieder abgeschnitten werden mussten. Fionas Haare waren immer fließend und voll und glänzend gewesen.

Bis Fiona dreizehn oder vierzehn Jahre alt war und ihre Haare radikal abschnitt. Jahrelang behandelte sie ihr Haar dann mit einem verbitterten Widerwillen, den Grit nie verstand. Sie bleichte sie, färbte sie, härtete sie mit Gel, stellte sie hoch und rasierte sie an verschiedenen Stellen ultrakurz. Fiona sah in ihren Haaren nichts mehr, das schön sein sollte. Sie durften nicht mehr gefällig sein. Für Fiona waren sie nur noch ein schrilles Statement. Ihr könnt mich alle mal. Deshalb waren Grit, als Fiona vor zwei Tagen im Burghof aus dem Auto gestiegen war, zuerst ihre Haare aufgefallen. Fiona ließ sie wieder wachsen und stellte nichts damit an. Ihre Haare waren keine Provokation mehr, es waren einfach nur Haare. Sie war auch nicht geschminkt. Und mit einer Mischung aus Bewunderung und einem Stich Neid hatte Grit gesehen, dass ihre Schwester in ihren Augen trotz allem eine Schönheit war.

Weil Fiona sich nicht rührte, streichelte Grit weiter ihr Haar. Bis Fiona plötzlich sagte: »Weißt du noch, wie wir damals mit Papa und Mama vor der Hütte auf dem Boden gelegen und den Sternenhimmel angeschaut haben?«

Grit erschrak. Ihre Schwester war die ganze Zeit über wach gewesen! Sie hörte auf, Fionas Haar zu streicheln, und keine von beiden verlor ein Wort darüber. Trotz der Kälte schlief auch Grit bald ein.

*

Grit kämpfte. »Los, weiter, komm!«

»Meine Beine tun weh«, jammerte Fiona. »Grit, lass mich! Ich will zurück zu Papa!«

»Wir dürfen nicht zurück, verstehst du das nicht? Wir dürfen auf keinen Fall zurück! Komm, weiter!«

Die Mädchen stolperten über den abschüssigen Waldboden. Immer wieder rutschte eine von ihnen aus, aber Grit hielt Fionas Hand fest, wild entschlossen, ihre Schwester nicht allein zu lassen. Festhalten, dachte sie immer wieder. Festhalten! Nicht loslassen! Nur nicht loslassen!

»Aber du hast ihn eingesperrt! Er wird verhungern!«

»Er wird nicht verhungern. Los, komm!«

Grit schaute zwischen den hoch aufragenden Bäumen ängstlich zum Himmel, wo sich strahlend weiße Wolken bildeten. Seit Tagen gab es jeden Nachmittag ein Gewitter. Zum Teil über einem der anderen Berge in der Umgebung, sodass sie nur das langgezogene Grollen des Donners hörten, wenn er durchs Tal rollte. Mehrmals hatten sie in der Ferne winzig klein die Blitze gesehen, unheimlich still und eigentümlich losgelöst von ihrem Donner, den sie auf die Entfernung nicht hören konnten. Einmal aber waren sie mitten drin gewesen. Es war schwarz geworden, als die Wolken sie einhüllten, und taghell, wenn ein Blitz niederfuhr. Zuerst waren Donner und Blitz noch getrennt voneinander aufgetaucht. Vater hatte ihnen erklärt, dass sie zählen mussten, um die Entfernung des Gewitters zu bestimmen: eins, zwei, drei – ein Kilometer. Und so hatten die beiden Mädchen gemeinsam gezählt, wenn der Blitz aufzuckte. Anfangs waren sie noch weit gekommen und hatten gehofft, das Unwetter ziehe durch ein anderes Tal und über einen anderen Berg. Aber das tat es nicht. Bald kam der Knall schon, wenn sie bis drei gezählt hatten. Und schließlich war es eins: Mit einem grellen Aufleuchten, das sogar durch die kleinen Fenster hindurch das Innere der Hütte blendend hell erleuchtete, explodierte ein Donner, der über sie hinweg und durch sie hindurch fuhr wie ein rasender Zug. Und es war nicht nur einer, es blitzte und knallte in einem fort, auf allen Seiten, sie waren mitten drin.

Grit und Fiona hatten sich in der Hütte unter den Tisch gekauert, aneinander festgeklammert und geweint und geschrien. Vater hatte versucht, sie zu beruhigen. In der Hütte seien sie in Sicherheit, der Blitzableiter schütze sie verlässlich, es könne gar nichts passieren.

Inzwischen wusste Grit, dass er gelogen hatte: Es gab keinen Blitzableiter. Niemand installiert an einer Hütte, die nicht einmal eine richtige Almhütte war, sondern nur für den gelegentlichen Aufenthalt von Waldarbeitern gebaut, einen Blitzableiter.

Jedenfalls wären die beiden Schwestern trotz der Beteuerung ihres Vaters, dass sie in Sicherheit seien, beinahe vor Angst gestorben. Nun aber waren sie nicht in der Hütte. Sie waren draußen.

Fiona hatte die Wolken noch nicht bemerkt. »Grit, zieh nicht so! Ich kann nicht mehr! Du tust mir weh!«

»Wir müssen weiter.«

»Aber was ist mit der Wand?«

»Es gibt keine Wand.« In diesem Moment stolperte Fiona über einen abgebrochenen Zweig, der auf dem Waldboden lag. Überall lagen sie herum, sie mussten andauernd darüber steigen oder drauftreten. Nun war sie auf das eine Ende eines Zweiges getreten, dadurch war das andere Ende in die Höhe gehebelt worden, und sie war mit dem anderen Fuß daran hängen geblieben. Fiona stürzte der Länge nach hin. Zwar hielt Grit Fionas Hand fest, aber den Sturz konnte sie nicht verhindern. Auch nicht, dass ihre Schwester mit der Hüfte auf eine kleine, spitze Astgabel fiel und sich die Haut aufschrammte.

»Au!« Fiona begann zu weinen. Als sie sich wieder aufgerappelt hatte, hob sie ihr T-Shirt hoch und sah die aufgerissene Stelle, an der sich sogar winzige Blutströpfchen sammelten.

»Komm weiter«, mahnte Grit und sah sich besorgt um. »Das ist jetzt egal.«

»Aber es tut weh! Ich kann nicht mehr, Grit. Ich will zu Papa!«

Grit überlegte fieberhaft. Hier im Wald kamen sie viel zu langsam vorwärts. Ein Stück über ihnen sah sie helles Licht zwischen den Stämmen und Ästen. Dort oben waren die Almwiesen. Und noch weiter oben – die Alm! Dort mussten sie hinauf! Dort konnten sie Hilfe finden! Grit bückte sich und pustete auf Fionas Schramme. Dann zog sie ihre Schwester bergauf. Fiona stolperte tapfer weiter, aber sie hörte nicht auf zu weinen. Als sie endlich oben ankamen, sahen sie, dass tatsächlich der Wald aufhörte und die Wiesen begannen. Fiona klappte erschöpft zusammen. Grit zerrte sie wieder hoch und bückte sich. »Steig auf meinen Rücken. Ich trage dich.«

Wie ein schlaffer Sack hängte sich Fiona auf sie. Grit, die selbst schon nicht mehr konnte, stemmte sie hoch – und stapfte bergan. Ich habe starke Beine, sagte sie sich. Ich schaffe das. Ich bin die Große. Ich kann das.

22

Am Morgen war Milli als Erste wach. Der Sargdeckel fiel mit einem gedämpften Poltern auf den Felsen, als sie ihn beiseiteschob. Sie setzte sich auf und sah sich um. Die ersten Sonnenstrahlen ließen die Höhen aufleuchten, im Gras glitzerten Tautropfen, es war kühl, und es roch so frisch, als sei die Erde neu geboren. Der Himmel über ihr leuchtete wolkenlos in allen Farben von blau über türkis, violett, rosa und orange. Blass und doch tief und unendlich. Hoch oben kreuzten sich Kondensstreifen von Flugzeugen in rosa und pink. Sie waren leicht gebogen, und Milli überlegte, ob die Flugzeuge wohl in einer weiten Kurve geflogen waren oder ob man daran die Krümmung der runden Erdoberfläche sehen konnte. Als Milli aufstand, konnte sie ins Tal sehen, und dieser Anblick war noch erstaunlicher: Tief unter ihnen lag eine Schicht Wolken, die so dicht war, dass Milli den Eindruck hatte, darauf laufen und sich hineinwerfen zu können. Noch lagen die Wolken im Schatten, nur an einer Stelle, wo sie in ein Nebental hineinflossen, wurden sie von der Morgensonne beschienen und glühten noch heller auf als die Berggipfel.

Milli zog ihre ungleichen Schuhe an, die am Fußende des Sarges standen. Franz, Grit und Fiona lagen noch an der Feuerstelle, wo die Flammen erloschen waren. Franz lag entspannt ausgestreckt und schnarchte leise, während Grit und Fiona auf der Seite lagen, eng aneinander gekuschelt unter Franz' Regenponcho, den Fiona allerdings so fest umklammerte, dass er Grits Po und Rücken frei ließ.

Milli ließ sie schlafen und ging zu dem großen Felsen, von dem sie sicherlich eine noch bessere Aussicht auf die Berge und das Tal haben würde. Sie stieg hinauf und umrundete den mächtigen Felsturm. Je nachdem von welcher Seite aus man ihn sah, hatte er zwei Gesichter: Auf der Talseite ragte er steil und imposant auf, aber auf der Bergseite war er über einen schrägen Anstieg leicht zu besteigen. Dort stieg Milli hinauf. Und tatsächlich war der Ausblick von seiner Spitze aus atemberaubend. Tief unten das Wolkenmeer, nah und fern Berge und oben der Himmel mit den Kondensstreifen kreuz und quer. Und mitten darin Milli. Mitten in all dieser *Welt*, klein und verletzlich und riesig und allmächtig. Die ersten Strahlen der Sonne wärmten Millis Wange.

Während sie auf dem schrägen Stein stand, wurde Milli zum ersten Mal bewusst, dass ihre ungleichen Beine nur ein Problem waren, wenn der Boden eben war. Hier oben aber, wo jeder Schritt ohnehin ein Eigenleben hatte, mal hoch und mal abwärts führte, wo man ständig entscheiden musste, ob man neben einen Buckel trat oder darauf, hier oben war es völlig gleichgültig. Sie hätte auch auf drei Beinen gehen können oder auf Hufen wie die Gämse. Am liebsten hätte sie hier oben zwei gleiche Schuhe gehabt, die es ihr erlaubten, selbst auszugleichen, und nicht länger diesen unseligen Schuh mit der dicken Sohle und den Einlagen, der wie ein Klotz an ihrem Bein hing.

Milli sah auf ihr Nachtlager hinab. Die anderen schliefen noch. Hoch oben am Himmel sah sie einen riesigen Vogel mit ausgebreiteten Flügeln schweben. Er zog weite Kreise und schraubte sich dabei langsam höher.

»Du kannst auch fliegen, wenn du willst«, sagte plötzlich eine tiefe Stimme. Als Milli sich umdrehte, stand da der Holzmann mit seiner Axt. Wieder konnte sie sein Gesicht im Schatten des Hutes nicht sehen, er stand etwas tiefer als sie und sein Kopf war genau vor der aufgehenden Sonne. »Möchtest du gerne fliegen?«, fragte er.

Milli hatte Angst zu antworten und zuckte nur mit den Schultern.

»Ich bin schon einmal geflogen«, brummte der Mann. Er wies mit seiner Axt den Berg hinauf. »Da oben. Es war herrlich.«

Milli hatte den Eindruck, als sei er noch größer als am Tag zuvor. Sie versuchte, sein Gesicht zu erkennen, aber die Strahlen der Morgensonne blendeten zu sehr.

»Komm«, sagte er und streckte seine geschnitzte Hand nach ihr aus. »Wir fliegen gemeinsam.«

Hoch am Himmel schwebte der große Vogel über sie hinweg. »Nein«, sagte Milli entschlossen. »Ich höre nicht auf dich.«

Der Axtmann machte einen Schritt auf sie zu, und jetzt sah Milli sein Holzgesicht, und es verzog sich vor Wut. »Dann stoße ich dich wie eine Gämse!«

»Milli?«, schrillte plötzlich Grits Stimme von unten. »Milli! Oh mein Gott, wie bist du da hochgekommen?«

Milli schaute über die Felskante hinunter. Grit stand neben Fiona, die noch unter dem Regenponcho lag, und streckte ihr beschwörend die Arme entgegen.

»Beweg dich nicht! Setz dich hin! Setz dich einfach hin, wir holen dich runter!«

Fiona hob den Kopf. »Was ist denn los?«, fragte sie verschlafen.

»Milli steht da oben!«

Fiona schaute unter schweren Augenlidern auf. »Wenn sie rauf gekommen ist, wird sie auch wieder runterkommen.«

Auch Franz, der am Tag zuvor vollkommenes Vertrauen in Milli gewonnen hatte, blieb gelassen. Er verschwand hinter einem Felsen, um zu pinkeln.

Als Milli sich wieder umwandte, war der Axtmann verschwunden. »Ich komme runter!«, rief sie.

»Nein! Beweg dich keinen Zentimeter!«

Milli hörte nicht auf sie, sondern stieg auf der Rückseite des Felsens hinab. Als Grit sie kurz darauf erleichtert in die Arme schloss, kommentierte Fiona nur: »Siehst du …« und legte sich wieder hin.

Das Frühstück war noch magerer als das Abendessen. Milli bekam den Apfel, obwohl sie sich weigerte, ihn alleine zu essen, doch die anderen bestanden darauf.

»Wenn schon keine von beiden aufgibt«, kommentierte Franz, »dann wird wenigstens bald eine von ihnen verhungern …«

Fiona setzte behutsam den Blumenkranz wieder auf, den sie über Nacht neben sich ins Gras gelegt hatte. »Das ist unfair. Grit hat mehr Reserven als ich.«

»Die ich den ganzen Weg hier hoch schleppen musste«, erwiderte Grit.

Franz kontrollierte, ob unter der Asche des Feuers keine Glut mehr war, Fiona und Grit setzten den Deckel auf den Sarg, spannten die Gurte darum und schulterten sie. Grit taten Muskeln weh, von denen sie nicht einmal gewusst hatte, dass sie sie besaß. Gegen das, was sie jetzt zu erdulden hatte, waren die Schmerzen beim Einschlafen ein Kinderspiel gewesen. Aber sie hätte sich lieber die Zunge abgebissen, als ein Wort darüber zu verlieren.

*

Durchhalten, dachte Grit. Weiter. Vornübergebeugt schleppte sie ihre kleine Schwester. Schritt für Schritt. Weg von ihrem Vater, hinauf zur Alm. In Sicherheit. War er noch in der Hütte? War er noch eingesperrt? Plötzlich erstarrte sie.

»Grit!«, hörte sie aus weiter Ferne. »Griiit! Fionaaa! Wo seid ihr?«

Entsetzen kochte in ihr auf, ihre Beine drohten einzuknicken.

»Fionaaa!« Seine Stimme hallte vom Tal herauf. Er war irgendwo unter ihnen!

Grit schüttelte das Entsetzen ab. Auch das war nur ein Zustand. Das hatte nichts mit ihr zu tun. Sie musste weiter! Das war das Einzige, was zählte. Weiter!

Also stapfte sie wieder los. Fiona auf ihrem Rücken richtete sich auf und drehte sich um. »Ist das Papa?«

»Sei still! Er darf uns nicht hören!«, zischte Grit.

»Aber mir geht es nicht gut.«

Grit trug die Kleine so lange sie konnte. Ihre Beine brannten, sie schwitzte und keuchte, aber sie hielt durch, bis es nicht mehr ging. Dann ließ sie sie vorsichtig ab, nahm ihre Hand und zog sie wieder.

»Komm«, sagte sie. »da die Wiese hinauf. Wir gehen da hoch.«

»Hoch?«, fragte Fiona enttäuscht. »Aber das ist so anstrengend!«

Ja, dachte Grit. Zu anstrengend für ihn. Für seinen *Zustand*. »Da oben ist die Almhütte. Die haben wir neulich gesehen. Weißt du noch, Fiona?«

»Ja.«

»Da wollen wir hin. Vielleicht ist da jemand und hilft uns.«

»Aber das ist so weit …«

»Nein«, sagte Grit. »Wir sind gleich da.«

Ja, dachte Grit, es ist so weit. Und ich kann ja jetzt schon nicht mehr! Aber man muss nur wollen. Wenn man will, kann man alles schaffen. Ihr wurde schwindelig, als ihr auffiel, dass *er* das gesagt hatte. Er hatte sich selbst gemeint. Er hatte sich selbst beschwören wollen, aber er hatte es nicht geschafft, er hatte nicht durchgehalten. Aber ich, dachte Grit. Ich halte durch. Ich werde durchhalten.

»Komm, weiter …«, sagte sie und nahm Fiona wieder auf den Rücken.

*

Die Sonne brannte zum Erbarmen. Franz blieb immer wieder stehen und betrachtete den Himmel. Strahlendes Blau, nicht ein Wölkchen.

Am ersten Tag war es mühsam gewesen. Eine Plage. Ein Kampf. Nun, am zweiten Tag, war es eine Tortur. Nahezu vom ersten Schritt an. Grit hatte gehofft, nach dem Schlaf frische Kräfte zu haben, aber es gab nur Schmerzen.

Sowohl Grits als auch Fionas Hände waren voller Blasen. Ihre Füße waren geschwollen und wundgescheuert, und die Muskeln in Armen und Rücken schmerzten mit jedem Stück des Weges mehr. Es stimmte zwar, dass sie nicht klettern mussten, aber was sie als Weg bezeichnet hatten, wurde immer steiler und stufiger. Oft ging es jetzt an Abgründen vorbei. Sie hielten sich, wann immer sie eine Hand vom Sarg nehmen konnten, an den Stahlseilen fest, die auf der Bergseite angebracht waren.

Franz hatte endgültig darauf bestanden, dass sie sich aneinander sicherten. Fiona war zu schwach, um Gegenwehr zu leisten, als er ihr in den Klettergurt half. Er band sich und die Schwestern an den Gurten zusammen und ging von nun an vor ihnen. Milli ließ er vor sich gehen und nahm sie wieder an die Leine. Das Seil zu ihrer Sicherung hielt er nur in der Hand, damit er das Kind für den Fall, dass er und die Schwestern gemeinsam mit dem Sarg stürzten, loslassen konnte.

So fest Fiona und Grit äußerlich aneinander gebunden waren, so fern waren sie sich im Inneren. Sie hatten seit dem Aufbruch kein Wort gesprochen.

Milli sah wieder den riesigen Vogel. Er flog so niedrig über sie hinweg, dass sein Schatten über den Sarg streifte.

»Was ist das für ein Vogel?«, fragte sie und zeigte hinauf.

»Ein Geier«, antwortete Franz. »Manchmal kommt er hinunter ins Tal und stiehlt den Bauern ein Huhn. Aber meist isch er hier oben. I hab ihn schon oft gesehen.«

»Immer denselben?«, fragte Milli.

»Wer weiß«, antwortete Franz.

Irgendwann machten sie Pause. Zu essen gab es nichts mehr, aber zumindest hatte Franz noch Wasser aufgespart. Nach einer kurzen Rast gingen sie weiter.

Milli wusste, dass sie sich keine Schwäche erlauben durfte. Auch wenn die Erwachsenen es ihr gestatteten, weil sie noch ein Kind war. Wenn sie es schaffen wollte, ihre Mütter zu versöhnen und am Ende alle beide als Mütter zu haben, dann musste sie stark und erwachsen sein. Frei von Schwächen. Nur: Was hatte es für einen Sinn, Mütter zu haben – zwei Mütter! –, wenn man erwachsen war und frei von Schwächen? Dann brauchte sie keine Mutter mehr! Es war ein Widerspruch, den es ihr nicht gelang aufzulösen, so sehr sie auch bei jedem Schritt darüber nachdachte: Wenn sie ihre Mütter gewinnen wollte, musste sie erwachsen werden. Aber dann brauchte sie keine Mütter mehr. Wenn sie jetzt schwach war, dann würde sie ihre Mütter verlieren – alle beide! – und bräuchte sie mehr denn je.

Franz hinter ihr blieb stehen. »Pause?«, fragte er.

Milli wandte sich zu ihm um. »Ich brauche keine Pause.« Und als sie weiterging, bemühte sie sich nach Kräften, nicht zu hinken, damit er nicht merkte, wie sehr ihr der Fuß wehtat.

23

Grit ließ Fiona hinter einem Kieferngesträuch ins Gras fallen. Nur einen Moment verschnaufen! Sie waren Kinder, sie durften verschnaufen. Sie mussten verschnaufen.

»Ich bin so müde …«, jammerte Fiona. Als Grit selbst im Gras saß, wandte sie ihr Gesicht von Fiona ab und begann zu weinen. In der Almhütte war niemand gewesen. Die Fensterläden waren verschlossen, alles war verlassen. Sie hatten aus dem Trog getrunken und im Schatten gesessen, und Grit hatte fieberhaft nachgedacht, was sie tun könnte, wo sie hin sollten, wo sie bleiben könnten, wo sie Hilfe finden würden, als plötzlich wieder aus der Ferne seine Stimme erklang: »Griiit! Fionaaa!«

Grit war aufgesprungen, hatte die Hand ihrer Schwester gepackt und sie weitergezerrt.

»Wieder bergauf?«, hatte Fiona verzweifelt gekeucht.

»Ja. Er wird denken, wir sind den Weg da runter. Komm! Da oben sind wir in Sicherheit!«

Grit hockte im Gras und spähte zwischen den knorrigen Kiefernstämmchen hindurch ins Tal. Hierher würde er ihnen auf keinen Fall folgen. Hier oben waren sie alleine. Hier würde er sie niemals finden! Wie herrlich der Ausblick ist, dachte Grit und musste an die schönen Stunden denken, die sie hier verbracht hatten. Erschöpft von einer Wanderung, aber glücklich, während ihre Mutter und ihr Vater Köstlichkeiten aus ihren Rucksäcken hervorzauberten.

Grit schaute nach oben. Die Wolken strahlten gleißend am blauen Himmel, und einige türmten sich zu beeindruckenden Höhen auf. Wären wir doch nur zwei Vögel! Dann würden wir da in die Ferne fliegen, und alles wäre gut. Aber vielleicht war es ja ohnehin gut. Sie war so weit gelaufen, und sie war so listig gewesen, hier herauf zu gehen, wo er sie nicht vermutete. Sie rätselte immer noch, wie er sie auf der Alm gefunden hatte. Ob er in seinem Zustand einen niederen Instinkt hatte, der ihn leitete? Einem Tier gleich, das seine Beute verfolgt und untrüglich die richtige Spur findet? Ob ein Vatertier seine Jungen immer finden würde? Unsinn, dachte sie. Er ist einfach nur ein betrunkener Mann, der Glück gehabt hat! Er ist längst in die falsche Richtung –

Grit erstarrte.

Da war er!

Weit unten auf der Wiese. Winzig klein, aber unverkennbar. Schritt für Schritt stapfte er aufwärts. Wie war das möglich? Warum? Warum? Warum! Tränen schossen Grit aus den Augen. Ihre Hände krallten sich in den Boden, ihre schmalen Schultern zitterten. Schritt für Schritt kam die winzige Gestalt herauf. Eiskalter Schweiß brach ihr aus, und in ihrem Inneren glühte Hass auf. Hass auf diesen Mann, auf die Welt, auf ihre Mutter, die sie nicht gerettet hatte. Wild entschlossen sprang sie auf, wild entschlossen, sich selbst zu retten, Fiona zu retten, nicht aufzugeben. Fiona lag zusammengerollt auf der Seite und war eingeschlafen. Grit zerrte sie hoch, Fiona wachte nur halb auf, so erschöpft war sie.

»Lass mich«, stöhnte sie und stieß Grit mit schlappen Armen von sich. »Lass mich doch endlich in Frieden!«

Grit hockte sich hin, zog Fiona über sich, schob sich unter sie und wuchtete sie mit größter Mühe hoch. Sie hielt sich zwischen dem Kieferngestrüch, in dem es labyrinthische Gänge und verwunschene Lichtungen gab, während sie sich weiter bergan quälte. Schritt für Schritt.

*

Das Gelände wurde immer steiler, und die Abgründe seitlich des Weges wurden schwindelerregend. Grit war nicht sicher gewesen, ob sie die Stelle wiedererkennen würde, aber sie spürte, dass sie näher kamen, weil die Beklemmung größer wurde. Sie erkannte sogar einzelne Abschnitte des Weges und markante Felsformationen. Sie wusste, dass sie auf den letzten Metern waren. Die Angst von damals kroch ihren Rücken herauf. Gleich sind wir oben, hatte sie damals gedacht. Auf dem Gipfel. Auf der Spitze. Dort geht es nicht weiter. Höher wird es nicht gehen, nur noch abwärts. Doch sie hatten es nicht bis oben geschafft. Die Katastrophe hatte sich bereits vorher ereignet. Auf dem Gipfel waren sie nie gewesen.

Die ganze Flucht war nur noch ein seltsam verfremdetes Erinnerungsirrlicht, das durch ihr Inneres flackerte. Als ob sie verkehrt herum durch ein Fernglas in die Vergangenheit schauen würde. Alles weit entfernt und kaum zu erkennen. Ganz nah waren die Gefühle: Ihre Hände erinnerten sich an den kleinen Po von Fiona, die auf ihrem Rücken saß. Ihre Füße erinnerten sich an die Tritte. An die schrägen, spitzen, spaltigen und immer rauen Felsen. Ihre Füße erinnerten sich so deutlich, dass sie sich schon mehrfach, wenn sie nach unten schaute, gewundert hatte, dass da auf dem Weg ihre Erwachsenenschuhe ausschritten und nicht ihre Kinderschuhe von damals. Vor allem aber erinnerte sich ihr ganzer Körper an die Angst. Je höher sie kamen, desto mehr musste sie dagegen ankämpfen.

In den vergangenen Jahren hatte sie gedacht, das alles sei längst vergessen. Aber jetzt spürte sie, dass die Angst da war. Sie regte sich. Sie rührte sich. Sie hob bedrohlich ihr Haupt. Sie war immer da gewesen. Während sie hinter ihrer verbissen schweigenden Schwester herging und mit jeder Biegung des Weges die Panik stärker aufwallte, die damals in ihre Knochen eingedrungen war, erkannte sie, dass sie immer da gewesen war. Sie hatte sie nur nicht wahrhaben wollen.

Wie oft hatte sie etwas hinter sich atmen gespürt, wenn sie abends auf der Burg vor ihren Rechnungen und Bescheiden saß, sodass sich ihre Nackenhaare aufgestellt hatten? Musste sie nicht immer diesen Reflex unterdrücken, über die Schulter zu schauen, weil sie etwas hinter sich spürte? Wie oft hatte sie, wenn sie wegen ihrer Schulden mit der Bank zu tun hatte, wenn sie Mahnungen von Handwerkern bekam, die bedrohliche Gewissheit gehabt, jeden Moment schlagen sich Zähne in ihr Genick und alles ist aus? Und hatte sie nicht immer dieses Gefühl zu ersticken, wenn eine ihrer Beziehungen aus dem Ruder lief? Hatte sie da nicht Ruhe bewahren und kämpfen müssen, anstatt immer wieder zu fliehen? Wie oft war ihr der Schweiß ausgebrochen, wenn es in einem ihrer unzähligen Jobs Streit gegeben hatte? Wie oft hatte sie überreagiert, wenn einer ihrer Schützlinge unter seinen Eltern litt? Sie hatte einen so feinen, einen so übersteigerten Instinkt für Gefahr, dass sie jeden Druck, jedes Missverständnis, jeden Streit, jeden Konflikt bereits als *Gefahr* wahrnahm. Und dann: Flucht.

Warum kämpfte sie all die großen und kleinen Kämpfe des Lebens alleine? Weil sie sich auf niemanden verlassen konnte als auf ihre Kinderarme, die ihre kleine Schwester trugen, und ihre Kinderbeine, die schneller sein mussten als die starken Beine ihres Verfolgers.

Je höher sie stieg, den hohlen Kasten in ihren schmerzenden Händen, desto klarer wurde ihr, was alles in ihrem Leben schiefgelaufen war. Ohne es zu merken, war sie immer auf der Flucht gewesen. Er war immer und immer hinter ihr her gewesen.

Grit beneidete Fiona, die von all dem nicht viel mitbekommen hatte, weil sie noch zu klein gewesen war und die Tabletten sie in einen gnädigen Dämmerzustand versetzt hatten. Fiona hatte nicht all die Jahre darunter gelitten.

Franz beobachtete mit Sorge, dass Fiona mehrmals stehen blieb. Sie wirkte verstört und mied seine Blicke. Aber er sagt nichts. Stattdessen fragte Grit, als sie wieder einmal hinter Fiona anhalten musste: »Was ist los?«

Fiona antwortete nicht.

»Kannst du nicht mehr?«

Fiona fuhr herum und funkelte Grit wild an. Sie hatte, seit sie am Morgen aufgebrochen waren, geschwiegen. Nun brach es aus ihr heraus: »Du sitzt da in deiner schönen Burg, igelst dich ein und lässt es dir gutgehen. Fragst du dich jemals, ob du etwas falsch gemacht hast? Hast du jemals Zweifel? Hast du niemals Angst, dass du einen Fehler gemacht hast?«

»Was? Wovon redest du?«

»Du weißt genau, wovon ich rede.«

Natürlich wusste Grit das.

»Was ist, wenn du dich geirrt hast?«

Grit holte tief Luft. Sie wollte nicht darüber reden. Sie wollte nicht.

»Was ist, wenn er uns nicht töten wollte?«

Grit schrie Fiona an: »In deiner verdammten Kotze waren *Tabletten*!«

»Natürlich waren da Tabletten! Weil ich krank war! Deshalb hat er mir Tabletten gegeben! Ich habe mich hundeelend gefühlt!«

»Du hast dich hundeelend gefühlt, *weil* er dir Tabletten gegeben hat! Und wenn du sie nicht ausgekotzt hättest, wärst du daran krepiert! Du wusstest genau, wie schlimm es um ihn stand! Du hast ihn doch gesehen! Du hast geweint, weil er uns nicht einmal mehr anschauen konnte.«

»Er brauchte Hilfe!«

»Aber bestimmt nicht von zwei Kindern! Selbst Mama ist daran gescheitert, ihm zu helfen!«

»Jetzt fang nicht von Mama an. Sie hat ihn schlicht und einfach im Stich gelassen.«

»Es war nicht ihre Schuld! Er war krank! Und niemand hat geahnt, wie krank er war! Er hat uns entführt!«

»Grit, jetzt sei nicht albern. Wir waren seine Kinder. Er *konnte* uns nicht entführen! Er hatte jedes Recht, mit uns in die Berge zu fahren.«

»Fiona! Es war kein verfickter Urlaub! Er wusste von Anfang an, dass es keine Rückkehr geben würde.«

»Er wusste es nicht. Er hat gekämpft. Er hat dagegen angekämpft.«

»Aha. Du wusstest es also sehr wohl!«

Schweigen. Fiona antwortete nicht. Sie rang mit den Tränen. Sie wollte nicht weinen. Nicht vor Grit.

Grit fuhr fort: »Du bist einfach naiv! Und du wirst es immer bleiben! Du glaubst bis heute nicht, dass er gefährlich war!«

Fiona schrie sie an: »*Du* bist gefährlich! Du hast uns durch deine sinnlose Flucht in Gefahr gebracht! Du hast uns hier herauf gebracht! Er wollte uns retten!«

»Er wollte uns umbringen!«

»Er hat dagegen angekämpft! Mit aller Kraft, die ihm zur Verfügung stand! Grit, er war krank! Er hat gekämpft!«

»Er hatte verloren! Er hat aufgegeben!«

Jetzt kamen die Tränen. Fiona schrie und heulte gleichzeitig: »Wie kannst du dir so sicher sein! Gib doch endlich zu, dass du es nicht weißt! Gib doch ein einziges Mal in deinem Leben zu, dass du nicht sicher bist! Ich ertrage dich nicht mehr! Lass meinen Sarg los! Es ist mein Sarg! Ich will nicht, dass du ihn anfasst! Gib mir den verfluchten Sarg, ich will ihn alleine tragen!« Sie trat einen Schritt vor, packte den Sarg, umfasste ihn mit beiden Armen und zerrte daran. Doch Grit hielt ihn fest und zerrte von der anderen Seite.

»Nein!«, gab Grit zurück. »Ich habe versprochen, das verfluchte Ding da hoch zu schaffen, und genau das werde ich tun!«

»Es ist meiner! Nimm deine Finger weg!«

Und während sie beide an der unseligen Kiste zerrten und jede sie der anderen aus der Hand reißen wollte, spürte Grit, dass ihre Kopfhaut kribbelte. Trotz aller Wut und Gewalt spürte sie ein unheimliches Kribbeln, und zugleich stellten sich die Härchen auf ihren Armen auf. Die Luft schien trocken, wie elektrisch aufgeladen, es roch nach Metall.

War das der Geruch von Hass? Kann man Hass riechen? Sie hasste Fiona! Warum tat sie ihr das alles an? Warum war sie wieder aufgetaucht? Warum hatte sie alles zerschlagen müssen? Selbst wenn sich Fiona in Luft auflöste, blieb ein Haufen Scherben zurück, die nie wieder zusammenzusetzen waren. Ihr Leben mit Milli lag ein für alle Mal in Scherben. Wegen Fiona! Wie herrlich wäre es, jetzt einen großen Stein zu nehmen und –

Kain und Abel.

Grit sah Fiona auf dem Boden liegen und sich selbst mit einem schweren Stein in den Händen. Hoch erhoben. In diesem Moment begriff sie mit einem Schlag, dass es nicht Fiona war, die sie hasste. Sie hasste sich selbst.

*

Er war wütend.

Düsternis hüllte ihn ein. Er stapfte durch den Regen, das Wasser floss ihm entgegen, rann den Steig herab, die zuckenden Blitze spiegelten sich darin, und wenn es donnerte, dann war es, als ob seine Schritte auf dem Fels dröhnten.

Grit hatte gekämpft und gekämpft und gekämpft. Nun konnte sie nicht mehr. Sie saß mit dem Rücken in eine Felsspalte gepresst, hielt ihre kleine Schwester im Arm und starrte ihm trotzig entgegen. Allein der kämpferische Blick kostete sie alle Kraft, die sie noch aufbringen konnte.

Als er nach Fiona griff und sie von Grit wegzog, kreischte Grit ihn an: »Lass sie los! Geh weg!«

Doch er ließ sie nicht los. Er umklammerte sie fest. Und als Grit aufsprang und Fiona packte und an ihr zerrte, holte er aus und ohrfeigte Grit. Sie stürzte rückwärts und schlug mit dem Kopf am Felsen auf. Er machte einen Schritt auf sie zu, packte mit der freien Hand ihren Unterarm und zerrte sie zum Abgrund.

»Lass mich! Du tust mir weh! Geh weg! Ich hasse dich, geh weg!« Sie versuchte sich loszureißen, doch unerbittlich zerrte er sie weiter auf den Abgrund zu. Er sagte kein Wort, er erklärte nichts, er entschuldigte nichts, er verteidigte nichts.

Im anderen Arm hielt er die kleine Fiona, die sich an ihn klammerte und ihr Gesicht trostsuchend in seinem Hals vergrub. Ein Blitz ließ die Regentropfen grell aufleuchten, für einen Moment erstarrte ihr Glitzern reglos in der Luft. Grit sah die Tropfen stehen und verharren, sie erwartete fast, dass sie ihre Richtung ändern und wieder nach oben rauschen würden, bis ein unglaublicher Donner den Augenblick dröhnend zerschmetterte. Und dann war es Grit, die ihre Richtung änderte: Sie hörte auf zu zerren und stürmte auf ihn zu. In ihrer verzweifelten Wut stieß sie ihn so fest sie konnte in die Richtung, in die er sie gezogen hatte. Er verlor das

Gleichgewicht, stolperte, stürzte, und Fiona fiel ihm aus dem Arm. Der Moment genügte der kleinen Grit, und während er sich noch aufrappelte, auf dem felsigen Untergrund nach Halt suchend, eine Hand noch zum Abstützen am Boden, rammte die kleine Gritgams von unten, verteidigte ihr Junges bis aufs Blut. Er kippte hintenüber – und stürzte über die Felskante. Fiona schrie auf, kroch hinterher, Grit hielt sie fest, und beide starrten hinunter. Es war nicht besonders tief. Aber unten waren schroffe und kantige Felsen. Er lag auf dem Rücken, seltsam verdreht, und starrte aus wässrigen Augen hinauf in den Himmel. Der Regen prasselte auf sein Gesicht.

*

Grit kam eine erstaunliche Idee: Was wäre, wenn sie einfach losließe? Was würde passieren? Auf einmal war ihr alles klar. Der ganze lange Weg, die elendig langen Jahre, seit sie damals hier oben gewesen waren, hatte nur ein Ziel gehabt: Loslassen. Ihr Kampf war nicht zu gewinnen. Aber sie konnte aufhören zu kämpfen. Nur so verlor die ganze Sinnlosigkeit, gegen die sie wieder und wieder anrannte, ihren Schrecken. Einfach loslassen.

Jetzt.

Grit ließ den Sarg los, hob den Gurt, der so schmerzhaft über ihren Schultern lag, hoch, beugte den Kopf und nahm ihn ab. Ganz einfach. Wie leicht das ging.

Fiona hielt das schwere Gewicht der Kiste plötzlich alleine in ihren Armen.

»Ich *bin* mir nicht sicher«, sagte Grit, und Wärme

durchströmte sie. Zum ersten Mal konnte sie es zugeben. »Fiona, du hast recht. Wir werden es niemals wissen. Der Gedanke quälte mich all die Jahre: Vielleicht habe ich mich geirrt. Vielleicht hätte ich ihn retten können. Vielleicht hätte er seinen Kampf gewonnen – mit unserer Hilfe. Ich weiß es nicht.«

Fiona starrte sie verblüfft an.

»Es vergeht kein Tag, an dem ich nicht sein Gesicht sehe, wie er da unten liegt. Tot. Ich habe ihn umgebracht. Anstatt ihm zu helfen, anstatt Hilfe zu holen, habe ich ihn umgebracht! Vielleicht war er wirklich nur ein kranker Mann, der wieder gesund geworden wäre. Ich bin mir nicht sicher, Fiona, ich bin mir nie sicher gewesen … Bitte vergib mir.«

Irgendetwas war zu Ruhe gekommen. In Grit, in Fiona, in ihrer Welt. Alles schien zu Ruhe gekommen. Es war beinahe mit Händen greifbar.

»Es *quält* dich … seit damals …«, stammelte Fiona.

Grit zuckte mit den Schultern. »Verzeih mir, dass ich dir das nicht schon viel früher gesagt habe.«

In diesem Moment erschien über ihnen die Wolke. Sie schob sich mit erschreckender Geschwindigkeit über den Berg. Ihre graue Masse stürmte vor den strahlend blauen Himmel, und im nächsten Moment schon war sie nicht mehr grau, sondern schwarz.

Mit Erstaunen sah Grit, wie Millis Haare sich aufstellten und in alle Richtungen von ihrem Kopf abstanden. Millis Gesicht war aschfahl geworden. Die elektrische Spannung in der Luft war greifbar.

Sie alle blickten erstarrt zu der Wolke hoch. Franz war der Erste, der reagierte.

»Hinhocken!«, brüllte er. »Kauert euch auf den Boden! Beine zamm! Macht euch so klein wie möglich!«

Doch es war bereits zu spät: Ein greller Blitz löste sich aus der schwarzen Masse, zuckte schräg über ihre Köpfe hinweg und schlug in unmittelbarer Nähe mit einem unglaublichen Knall in den Berg ein. Steinsplitter stoben auf und schossen in alle Richtungen. Ein Dampfwölkchen wurde davongeweht. Milli kreischte entsetzt auf, blieb erstarrt stehen und hielt sich die Ohren zu. Der Sarg polterte zu Boden, und der Deckel fiel ab.

Dann öffnete sich der Himmel. Ein Wasserfall begann auf sie herab zu stürzen.

»Milli! Schnell! In den Sarg!«, schrie Grit durch den Tumult. Doch Milli rührte sich nicht. Sie stand reglos und starr. Grit sprang zu ihr, nahm sie auf den Arm, trug sie zum Sarg und legte sie hinein. Für einen Moment lag Milli im strömenden Regen, bis Grit den Deckel aufgelegt hatte. Das Regenwasser floss in Strömen darüber.

Der Regen prasselte so mächtig auf das Holz, dass Milli sich vorkam wie im Inneren einer Trommel. Dazu donnerte es in einem fort ohrenbetäubend. Sie krümmte sich im Dunkeln zusammen, so gut es ging. Sie hatte Angst. Warum hatte sie das getan? Es war alles ihre Schuld! Sie hatte die beiden gezwungen, hier herauf zu gehen. Und nun? Sie würden alle sterben!

Milli lag zum dritten Mal in dem Sarg, und sie hatte Angst, dass es das letzte Mal sein würde.

24

»Da rüber!«, brüllte Franz so laut er konnte, um das hohle Prasseln auf dem Deckel des Sarges zu übertönen. »An den Fels!« Während sie den Sarg mit Milli darin in den Schutz des Felsens zerrten, bemerkte Grit, dass Fiona verschwunden war. Das Seil, das sie miteinander verbunden hatte, lag auf dem Boden.

»Fiona!«, schrie sie durch das Rauschen des Regens. Ein weiterer Donner dröhnte ihr in den Ohren. »Fiona! Mein Gott, Fiona ist weg!« Sie schaute den Weg nach unten.

»Da runter ist sie nicht!«, schrie Franz. »Sie ist nicht an mir vorbei! Sie muss hoch gelaufen sein!«

Grit wollte hinterherrennen, doch sie war noch an Franz gesichert. Sie zerrte den nassen Knoten auf, während sie durch den Regenguss nur Fetzen von dem hörte, was er ihr zuschrie: »… zu gefährlich! … jetzt nichts für sie tun! … hier bei dem Kind!«

»Ich muss hinterher!«, rief sie zurück. »Bleib du bei Milli!«

Der Regen klatschte schwer und kalt auf Grit nieder. Der Weg war rutschig. Weil ihr das Wasser in die Augen lief, konnte sie kaum sehen, wohin sie die Füße setzte. Sie kämpfte sich weiter. Mehrmals rutschte sie aus, stand wieder auf, und wenn sie schließlich nicht auf allen Vieren gekrochen wäre, dann wäre sie an Fiona vorbeigestolpert, ohne sie zu bemerken: Fiona hockte zusammengekauert am Rand des Weges in einer Felsspalte. Wasser lief am Stein herab und troff von allen Überhängen. Der Berg erschien Grit wie ein lebendiges Wesen mit einem schillernden Panzer, das dabei war, Fiona zu verschlingen. Grit erkannte die Stelle sofort: Es war dieselbe Spalte wie damals. Nur war Fiona kleiner gewesen und hatte sich tiefer hineinquetschen können. Schutz gegen den Regen bot der Spalt nicht. Im Gegenteil: Das Wasser troff in Kaskaden darin herunter. Fionas Blumenkranz war jetzt auch verschwunden.

»Fiona!«, rief Grit.

»Lass mich! Lass mich, bitte!« Fiona wandte den Kopf ab und versuchte, ihr Gesicht mit den Händen zu verbergen. Sie quetschte sich noch tiefer in den Spalt. »Ich schäme mich so!«, wimmerte sie.

»Es wird alles gut, Fiona, das Gewitter ist gleich vorbei.«

»Es tut mir leid, Grit, es tut mir so leid!«

»Komm zurück, Fiona! Komm zu Milli und Franz!« Grit zog Fiona aus der Spalte und presste sie an sich. In ihren Armen wandte Fiona sich wie ein Wurm und krümmte sich zusammen. Grit umschloss sie mit ihrem Körper, damit das Wasser nicht weiter in ihren Nacken lief.

»Die Tabletten ... Ich wusste es die ganze Zeit. Ich wusste, dass er mich umbringen wollte. Ich wusste, dass er dich umbringen wollte!«

Grit erstarrte.

Fiona blickte auf, wobei der Regen auf ihr Gesicht prasselte. In ihrem Blick lag so erbärmliche Scham, dass es Grit tief ins Herz stach. »Ich habe ihn auf unsere Spur gebracht. Ich wollte, dass er uns findet. Du hast es nicht gemerkt … Ich habe meine Kappe fallen lassen. Mein Haarband. Bonbonpapiere aus meiner Tasche … Damit er uns findet.«

Grit starrte ihre Schwester fassungslos an. Endlich löste sich dieses Rätsel, das sie ihr Leben lang nicht losgelassen hatte. Deshalb hatten sie ihn nicht abschütteln können! Deshalb hatte er ihnen bis hier herauf folgen können!

»Aber warum? Wenn du doch wusstest, was er uns antun wollte!«

Fiona schluchzte und war lange nicht in der Lage zu sprechen. Grit schloss ihre Arme noch enger um ihre Schwester. Sie spürte, wie der Regen hart auf ihren Rücken und ihren Kopf prasselte.

Endlich brachte Fiona Worte heraus. »Ich habe doch an ihn geglaubt! Er war *alles* für mich. Er war der *Einzige* für mich! – Und er wollte, dass ich sterbe.« Sie sah zu Grit auf. »Wenn der einzige Mensch, an den du glaubst, will, dass du stirbst. Was willst du dann? Ich war doch sein kleines Mädchen. Ich musste doch auf ihn hören …« Sie schloss die Augen, weil sie sich so sehr schämte. »Er wollte, dass ich sterbe … Die Drogen, die Unfälle, all die Dummheiten, all die zerstörerischen Beziehungen … – Das war doch nicht ich! Ich habe mein Leben lang gegen seine Stimme gekämpft. Immer und immer … Und als ich dann Milli beinahe umgebracht habe …«

Sie senkte den Kopf. Grit musste an den Moment vor drei Tagen denken, als Fiona auf der Landstraße gekniet hatte. Mit hängendem Kopf gefügig ihre Exekution erwartend.

»Grit«, wimmerte Fiona kaum hörbar. »Es hat nicht einmal vor meinem Kind Halt gemacht …« Das Wasser lief in Strömen über ihr Gesicht. Es sah aus, als ob sie selbst flüssig wurde. Ihr Leid, der Druck, die Gegenwehr, all das, was sie ihr Leben lang mühsam in Form gehalten hatte, verflüssigte sich und strömte davon. Sie floss aus Grits Armen.

»Der Sarg …«, sagte Grit und strich Fiona übers Gesicht. Sie sah ihre Schwester an. Sah sie seit Ewigkeiten zum ersten Mal wirklich an. »Du hast ihn nicht symbolisch gebaut … Nicht für deine Vergangenheit …«

Fiona blickte zu ihr auf. »Ich habe endlich auf ihn hören müssen. Ich dachte, vielleicht gewinne ich durch den Sarg ein bisschen Zeit. – Weißt du, was passiert ist, als ich daran gearbeitet habe?«

Gritt schüttelte den Kopf.

»Ich habe eine zweite Stimme gehört! – Die von Milli.« Das Wasser lief Fiona so wild übers Gesicht, dass es unmöglich war zu sagen, was Regen und was Tränen waren. »Aber ich habe wieder alles falsch gemacht. Ich hätte nicht auf sie hören dürfen. Was habe ich nur angerichtet! Ich gebe auf, Grit. Ich gebe auf. Du bist ihre Mutter, Grit. Bitte bleib ihre Mutter.«

»Nein, Fiona, das lasse ich nicht zu.«

»Lass mich …«

»Ich lasse nicht zu, dass du aufgibst. Diesmal nicht. Und nie wieder. Wir werden dieses verfluchte Ding da hochschleppen. Gemeinsam. Du und ich. Keine von uns gibt auf, das schwöre ich dir. Keine von uns. Nie wieder.«

Fiona starrte sie ungläubig an. Und dann weinten sie zusammen. Sie weinten, bis auch der Regen aufhörte.

Die letzten herabfallenden Tropfen schillerten blendend in der Sonne, die abziehende Gewitterwolke gab einen strahlend blauen Himmel frei. Während das Regenwasser noch von ihnen heruntertropfte, wärmten die Sonnenstrahlen sie schon auf, wärmten die Schwestern bis tief in ihr Innerstes.

Hand in Hand stolperten die beiden zurück zu Milli und Franz, die auf dem Sarg saßen und auf sie warteten. Franz war klitschnass, Milli halbwegs trocken. Der warme Felsen und der Sarg dampften unter den Sonnenstrahlen, und inmitten der schimmernden Schwaden sahen die beiden aus, als ob sie Teil einer magischen Bühnenshow wären. Als Milli sie kommen sah, rannte sie ihnen entgegen, wobei sie den weißen Dunst verwirbelte, und umarmte sie beide. Ohne dass sie etwas sagen mussten, spürte Milli sofort, dass sich etwas geändert hatte, und erleichtert drückte sie die beiden an sich.

Franz machte sich die größten Vorwürfe und bat sie um Entschuldigung, dass er das Gewitter nicht hatte kommen sehen. Er hatte mit Sicherheit für den späten Nachmittag damit gerechnet. »Sonst lieg i immer richtig! Und dann kam es so schnell …«

»Mit uns ist eben alles ein wenig anders«, entgegnete ihm Grit. »Danke dir. Ohne dich wäre das nicht gut ausgegangen.«

»Es gibt noch etwas, das ihr wissen solltet. I … I hab seinerzeit zu denen gehört, die euren Vater gesucht haben. Die Gendarmerie hat uns eure Beschreibung von der Stelle gegeben, wo er liegt. Gleich unterhalb des Weges. Aber … da lag er nicht.«

Grit sah ihn verwirrt an.

»Er ist nicht hier gestorben«, fuhr Franz fort. »Wir haben ihn erst Tage später gefunden. In einer Schlucht. Eine halbe Stunde Fußmarsch entfernt. Dort muss er sich in die Tiefe gestürzt haben.«

In Grit arbeitete es fieberhaft.

»Dieser verfluchte Scheißkerl«, sagte Fiona.

»Ich habe ihn nicht umgebracht«, sagte Grit tonlos.

»Ich weiß nicht, wovon ihr redet, aber ihr macht mir Angst«, sagte Milli.

Grit nahm sie in den Arm. »Entschuldige, du brauchst keine Angst zu haben. Wir erklären dir alles in Ruhe, wenn wir unten sind.«

»Und genau dahin sollten wir jetzt gehen«, sagte Franz. »Lasst uns absteigen. I schlag vor, wir lassen euren Sarg hier stehen. I red mit der Bergwacht und bitte sie, ihn herunterzuschaffen.«

»Wovon redest du? Wir können nicht runter! Noch nicht!«

Franz sah Grit fragend an.

Fiona fuhr fort: »Wir haben uns vorgenommen, das Ding auf den Gipfel zu schaffen, und genau das werden wir tun.«

Milli stand auf und umarmte ihre Mütter. »Das braucht ihr nicht. Er muss ja gar nicht da hoch! Ich wollte nur, dass ihr miteinander redet!«

»Und dafür sind wir dir dankbar. Aber es stimmt: Du hast ein Recht darauf zu wissen, ob wir es wirklich *wollen*. Wie weit wir als Mütter gehen würden. Du sollst sehen, dass wir bis zum Äußersten gehen. Also schleppen wir dieses Ding bis zum Gipfel«, erklärte Grit.

Und Fiona sagte: »Richtig. Erst beweisen wir dir, dass

keine von uns aufgibt. Nie wieder. *Dann* hören wir uns deinen Schiedsspruch an. Weiter.«

Und damit wuchteten sie den Sarg hoch, hängten sich ein letztes Mal die Gurte um die Schultern und stapften weiter. Schmerz und Erschöpfung waren noch da, aber sie waren nicht mehr dieselben. Nicht einmal eine halbe Stunde später waren sie tatsächlich oben. Sie erreichten den Gipfel. Mit Sarg. Erschöpft ließen sie ihn zu Boden poltern. Franz und Milli kamen kurz nach ihnen an. Auf der höchsten Erhebung eines unregelmäßigen kleinen Plateaus stand das Gipfelkreuz. In einigen Mulden glitzerte Regenwasser. Die Luft war rein und klar, und es war ein wunderbares Gefühl, oben angekommen zu sein.

Milli kletterte auf den Sockel des Gipfelkreuzes und sah sich um. Zum ersten Mal konnte sie rundum schauen.

»Und jetzt?«, fragte Fiona. »Keine von uns hat aufgegeben.«

»Das wusste ich«, sagte Milli.

»Das wusstest du?«

»Ich habe an euch geglaubt. An euch alle beide.«

»Das ist das erste Mal, dass jemand an mich glaubt …«, schluchzte Fiona und fing gleich wieder an zu weinen. »Tut mir leid«, sagte sie und wies auf ihre Tränen. »Ich weiß nicht, warum das schon wieder losgeht.«

»Das ist die Erschöpfung«, meinte Franz.

»Ja«, nickte Fiona, »das ist nur die Erschöpfung.«

Milli nahm die Hände der beiden in ihre und fragte: »Wollt ihr alle beide meine Mütter sein?«

»Das wollen wir«, antwortete Grit.

»Das wollen wir«, antwortete Fiona.

»Ich finde«, fügte Grit hinzu, »jeder Mensch sollte eine chaotische und eine vernünftige Mutter haben.«

Und Fiona fragte: »Welche von uns ist die chaotische?«

Im Sockel des Kreuzes war ein Fach, in dem ein Gipfelbuch lag. Milli holte es heraus, und sie schrieben ihre Namen hinein. Franz machte Fotos von ihnen mit dem Kreuz und dann zur Erinnerung auch noch mit dem Sarg.

»Was machen wir jetzt mit dem Ding?«, fragte Grit.

Grit und Fiona schauten in den Abgrund und wechselte einen einvernehmlichen Blick. Ohne dass eine der beiden ein Wort hätte aussprechen müssen, lösten sie die Gurte vom Sarg, nahmen ihn beide, eine vorne, eine hinten, und hoben ihn hoch. Sie sahen ihn ein letztes Mal an.

»Du warst ein guter Sarg«, sagte Fiona.

»Du warst ein beschissener Sarg«, sagte Grit.

Die Schwestern schwangen ihn mehrmals hin und her, höher und höher.

»Auf drei«, rief Fiona.

»Drei«, rief Grit.

Er flog eine wunderschöne Parabel, wurde vom Schwung erst hinaus getrieben, wandte sich dann vom Himmel ab und senkte sich langsam der Erde zu. Er war ein Sarg. Er wusste, dass er im Himmel nichts verloren hatte. Dass seine Bestimmung die Erde war. Er hatte sich nicht wohlgefühlt, dem Himmel immer näher zu kommen. Er hatte sich schwer getan damit. Er hatte sich gequält. Nun aber zog die Erde ihn wieder an. Das gefiel ihm. Immer schneller ging es abwärts. Seine Flugbahn strebte steiler und steiler dem Boden zu. Und dann schlug er zum ersten Mal auf. Er krachte auf eine Felsnase, der Deckel flog ab, und er zersplitterte in mehrere Stücke. Der Hall seines Bruchs drang mit einiger Verspätung zu Grit, Fiona, Milli und Franz herauf. Weiter zog es das Holz abwärts, wieder schlugen die Bruchteile auf, der Sargdeckel zerlegte sich in seine einzelnen Bretter, andere Teile zerbrachen und splitterten noch einmal. Die Teile rutschten und polterten eine Geröllhalde hinunter und blieben verstreut liegen.

Epilog

In der folgenden Nacht schliefen sie alle drei in der Hütte. Sie schliefen tief und wachten erst am Mittag auf. Die Schwestern legten sich auf die Holzbänke in die Sonne, Milli legte sich zwischen sie auf den Tisch, und sie schliefen gleich noch einmal ein. Trotz ihres Muskelkaters wanderten sie später zur Alm und holten Eier, Milch, Speck und Brot. Unterwegs flocht Milli ihren Müttern zwei neue Blumenkränze, die sie stolz und würdevoll trugen wie Königinnen. Der Hirte bot ihnen an, die Jungen könnten unten im Ort noch andere Sachen für sie einkaufen und ihnen mit den Motorrädern zur Hütte bringen, aber sie lehnten dankend ab. Sie wollten nichts weiter. Als sie das erste Rührei brieten, erinnerte Milli daran, dass Fiona es als Kind mit Schale in die Pfanne geworfen hatte. Grit sagte, falls Fiona es immer noch nicht besser könne, würde sie es diesmal aufessen. Das ließ sich Fiona nicht zweimal sagen und warf das erste Ei in die Pfanne. Als sie draußen in der Sonne am Tisch saßen, probierten sie einige Gabelspitzen davon, aber es knirschte zu sehr zwischen den Zähnen. Sie beugten sich alle drei über den Teller und pickten mit ihren Gabeln alle Splitter der Eierschale heraus.

Als sie später zu dritt nebeneinander saßen und den Sonnenuntergang anschauten, nahm Fiona Millis Hände in ihre und sagte: »Es tut mir so leid, Milli, dass ich nie für dich da war.«

Und Milli antwortete: »Jetzt bist du ja da.«

»Ja. Und für deine Mutter auch. Ich zeige euch, wie man in Rekordzeit eine Burg renoviert. Das wäre doch gelacht!«

Grit stellte sich vor, wie Scharen von Handwerkern sich darum reißen würden, umsonst für Fiona zu arbeiten, und fühlte sich erleichtert.

»Ich muss euch etwas gestehen …« Fiona zögerte. »Ich war bei euch und habe euch beobachtet. Durchs Fenster.«

»Du hast uns beobachtet?«, fragte Milli erstaunt.

»Wann?«, fragte Grit.

»Im letzten Winter. Ihr habt am Tisch gesessen. Milli hat Hausaufgaben gemacht. Du hast gekocht. Ihr habt geredet. Milli sah so glücklich und zufrieden aus …«

»Aber warum bist du denn nicht hereingekommen?«, fragte Milli.

»Ich habe mich nicht getraut. Ich wollte dich einfach nur sehen. Ich wollte wissen, was du tust. Ich weiß doch gar nichts über dich. Ich weiß nicht, was deine ersten Worte waren, ich weiß nicht, wie dein erster Schultag war, ich weiß nicht, worüber du lachst, ich weiß nicht, worüber du weinst. Nichts weiß ich. Ich wusste nicht einmal, was ich dir schenken konnte. Dieser Schminkkoffer … Das ist mir so peinlich …«

»Peinlich? Aber der ist toll! Du hättest mir nichts Besseres schenken können!«

»Ehrlich?«

»Also ehrlich gesagt … Er ist furchtbar. Aber ich liebe ihn trotzdem.«

Während Milli Fiona aufmunternd anlächelte, sagte Grit: »Ich habe dir alles aufgeschrieben.«

»Was hast du aufgeschrieben?«, fragte Fiona.

»Alles. Über Milli. Ich habe Tagebuch geführt. Nicht jeden Tag. Aber regelmäßig. Was sie tut. Was sie gesagt hat. Ihre ersten Zähne. Ihre Einschulung. Ich habe alles aufgeschrieben. Für dich. Elf Hefte, für jedes Jahr eins.«

»Für mich?« Fiona starrte Grit entgeistert an. Das war das Unbegreiflichste, was sie in ihrem Leben je gehört hatte: Ihre Schwester hatte das all die Jahre getan. Für sie!

»Ich dachte, eines Tages schwestern wir wieder.«

Dank

Mein Dank an alle Schwesternschwestern, die mir in Gesprächen und Briefen nahegebracht haben, wie es ist, eine Schwesternschwester zu sein und eine Schwesternschwester zu haben.

Ein herzlicher Dank an Renate Fuchs (eine Schwesternschwesternschwester), die mir mit ihrer Bergerfahrung hilfreich war und vor allem das Tirolerische liebevoll betreut hat. Die Fehler und Kompromisse stammen dann von mir …

Der innigste Dank an meine Familie, die mit mir in den vergangenen zwanzig Jahren jeden Sommer unzählige Steige in Tirol gegangen und geklettert ist. Diese Stunden und Tage mit Euch gehören zum Wertvollsten, das ich besitze. (Unseren Blitz musste ich eines Tages noch verarbeiten …)

Was im Übrigen den Sarg anbelangt: Franz schickte die Jungen von der Alm los, um die Bruchstücke – auch die kleinsten – einzusammeln. Er nahm sie mit nach Hause, und über den Winter leimte er sie an langen Abenden sorgfältig wieder zusammen.

Am Ende war der zusammengesetzte Sarg ein wenig splittrig und löchrig, doch das Ergebnis konnte sich sehen lassen. Franz stellte ihn auf den Heuboden, wo er nicht im Weg stand. Dort oben wartete er auf seine nächste Bestimmung. Doch das ist eine andere Geschichte.

Christian Schnalke

Christian Schnalke lebte mit seiner Frau mehrere Jahre in Tokio, wo er sich angewöhnt hat, unterwegs zu schreiben: im Grünen, in Cafés oder auch in der U-Bahn. Neben einem Theaterstück, das am Broadway aufgeführt wurde, schrieb er preisgekrönte TV-Events wie *Die Patriarchin*, *Krupp – eine deutsche Familie*, *Afrika, mon amour*, *Duell der Brüder – die Geschichte von Adidas und Puma* und *Katharina Luther*. Zuletzt erschienen im Piper Verlag seine historischen Romane *Römisches Fieber* und *Die Fälscherin von Venedig* sowie im Kampa Verlag *Louma*. Heute lebt Schnalke mit seiner Familie in Köln.

KAMPA 🔶 POCKET

Christian Schnalke
Louma

Roman

»Im Planetensystem der Familie war Louma die Sonne
gewesen. Jetzt war die Sonne verschwunden.
Ohne Louma waren sie den Fliehkräften schutzlos
ausgeliefert, die Planeten schossen haltlos
in die Dunkelheit hinaus.«

Als Louma viel zu jung stirbt, hinterlässt sie vier Kinder von zwei Vätern. Die beiden Männer sind wie Feuer und Wasser: Tristan und Mo verbindet nur, dass sie mit derselben Frau verheiratet waren. Noch vor der Trauerfeier eskaliert die Situation, und die vier Kinder müssen mitansehen, wie sich ihre Väter prügeln. Beide meinen zu wissen, was das Beste für Toni, Fabi, Fritte und Nano ist, keiner von beiden würde dem anderen seine Kinder anvertrauen. Da hat Fritte eine Idee: Damit die Geschwister nicht auseinandergerissen werden, ziehen die ungleichen Väter einfach zusammen. Und während sie alle auf ihre Weise um Louma trauern, müssen sie zueinanderfinden. Kann aus der Zweck-WG eine richtige Familie werden?

Das berührende, mit feinem Humor erzählte Porträt einer Frau, die über ihren Tod hinaus die Menschen, die sie lieben, verbindet. Ein Roman über Familienbande und den Mut, sich seinen Ängsten zu stellen.

The
WICKANINNISH INN
Tofino, Canada